SV

Gerlind Reinshagen

Jäger am Rand der Nacht

Roman

Suhrkamp

Erste Auflage 1993

Druck: Wagner GmbH, Nördlingen
Printed in Germany

Jäger am Rand der Nacht

Denn es gibt eine Wahrheit der
Dinge, die den Menschen herabsetzt;
aber die Wahrheit der Dinge ist
nicht die Wahrheit des Menschen;
und das Wahre des Menschen
muß man auf Händen tragen.
Alain

Spenz, der Zugeflogene
Manja, die Uralte
Margie, die Schwester
Scharayn, der Freund
Ada, die Mutter
Barnabas, der Vater
Elisabeth, die Großmutter
Nurmi, die Ziehmutter
Agnes, die Freundin
Das fremde Mädchen

Gregor

Spenz, der Zugeflogene

Demut ist Traurigkeit, die dadurch entsteht, daß der Mensch sein Unvermögen oder seine Schwäche betrachtet.

Merkwürdig, hier, jetzt, und aus der Entfernung, mit dir zu reden!
Ich höre seltsame Nachrichten. Es heißt, du hättest alle Brücken abgebrochen. Sie sagen, du wohntest irgendwo verborgen in der Stadt und hättest dein Studium aufgegeben. Du wärest »ein Schreiber« geworden, sagt Manja. Sie sagen, du sprächest mit niemandem. Mit Margie nicht mehr, nicht einmal mit Agnes. Auch wenn wir nicht miteinander verwandt sind und nur ein Zufall uns zusammenwehte, hat mich die Nachricht betroffen gemacht. Ich weiß nicht, was es ist, was dich in diesen Zustand gebracht hat; kann es allenfalls ahnen. Laß mich dir dennoch ausnahmsweise, wenn nicht einen Rat, so doch eine Erfahrung weiterreichen, die sich als nützlich erweisen könnte. Leider hält sich allerorten hartnäckig das Gerücht, daß man aus der Erfahrung anderer nichts lernen kann.
Ich bin der Meinung nicht. Ich lerne aus jedem Schicksal, das mir begegnet, aus jedem Augenaufschlag; ich wäge ab, ich vergleiche, ich ziehe Schlüsse; ich setze die fremde Erfahrung der eigenen zu; ich bewahre das Gelernte für Zeiten des Zweifels, für Zeiten der Not, für jeden Uppercut des Schicksals auf.
So gibt es, möchte ich behaupten, neben dem normalen, dem stumpfen, eingeengten Leben, das du nicht mehr zu ertragen glaubst, ein zweites, ein – wie soll

ichs nennen? – sozusagen halluziniertes Leben. Eine Art erleuchteter Existenz, in der du stolz und unantastbar wirst. In der dich nicht einmal dein ärgster Feind, der Selbstzweifel, mehr erwischen kann. Und so preise ich, der »Zugeflogene« oder »der Ersatzmann«, wie sie mich nennen, dir, mein Leidensgefährte, eben gerade dieses dumme, kleine, eingeengte Leben.

Ich, der ich nur der Stellvertreter des eigentlich Geliebten bin, der herrenlose Hund, den Nurmi sich gegriffen hat, eben weil er zu greifen war, den sie, ebenso wie euch Kinder, an die Kette legte, den sie kommandierte, kujonierte, ich sage dennoch: Jeder Tag, jede Minute lohnt – selbst an der Kette – zu leben! Oder sollte ich sagen: zu genießen? Ich habe die Erfahrung gemacht, daß gerade die leere Zeit, die Stunden, die du scheinbar unbeachtet und erwartungslos im Untergrund des Lebens verbringst, nicht selten die erfülltesten sind. Was, könnte man fragen, kann einer erhoffen, der sich vom Milchausfahrer nach dem Krieg aufschwang zum Laufmaschenaufnehmer, Automatenkassierer, schließlich zum Vertreter für Fußpflegemittel – ein Marktschreier, Bittsteller, Vor-der-Tür-Steher? Was für eine Vorstellung hat er von sich, vor den verriegelten Mienen der Herren Apotheker und Drogisten; der Einkäufer, Verkäufer, Lagerverwalter; wie hält er sich durch, zehn Stunden täglich, stehend, nicht etwa sitzend, in Vorzimmern, Fluren, in demonstrativer Bescheidenheit devot vor Schreibtischen sich dukkend; was hat er für sein Leben zu erwarten? Was, vor allem, hätte er weiterzugeben, was an andere Erwartende zu übermitteln? Nichts hat er zu erwarten als weiterhin nur Gängelei, Erniedrigung, Verachtung.

Nichts wüßte er zu übermitteln als die eigne Mißempfindung! So denkt der ordinäre Mensch, der kleine Geist. Souveräne Seelen wissen es anders. Denn jeder, der nur ein wenig Mut, ein wenig Geisteskraft besitzt, kann ja hinaus. Es ist nur ein kleiner Sprung am Morgen. Bald wird es eine Sache der Gewohnheit. Und natürlich muß man den Trick kennen. Ich beherrsche ihn. Ich bin unantastbar. Ich zweifle nicht.
Meine Kollegen leiden unter jedem scheelen Blick. Ich leide nicht mehr. Seit meiner Kindheit im Hause eines Lotterieeinnehmers weiß ich, daß man in niedrigen Räumen gebückt gehen muß. Doch ich beherrsche die Kunst, mich aufzurichten. Mit meiner Tasche aus Elchleder verlasse ich früh das Haus. Im Garten sehe ich meine Frau bei ihren Bäumen. Sie stutzt die Zweige, schneidet Krankes aus. Hier ist etwas trocken, da beginnt es zu wuchern, dort ist schon die Rinde gebrochen. Mit Habichtsaugen sucht sie nach Geschwüren an Stämmen und Zweigen, nach Pilzbefall. Nurmi säubert und malträtiert die Gewächse, als wären es Kinder. Allenthalben entdeckt sie Schädlinge: Raupen und Läuse und Rosenspinner. Sie geht auf Schneckenjagd. Sie prüft die Blätter der Clematis und meinen Anzug. Den Kragen meines Hemds, die Manschetten. Sie trägt noch heute – vierzig Jahre nach Kriegsende – ihren gestreiften Schwesternkittel aus dem Lazarett. Mich überkommt beinahe etwas wie Rührung. Ich bin in den Fängen einer Krankenschwester. Nein. Ich habe mich hineinbegeben, freiwillig.
Sie bückt sich, sie wischt mit ihrem sauberen Taschentuch den Staub von meinen Schuhen. Forscht der Beschaffenheit meiner Socken nach. Es ist gut, denke ich, wenn einer da ist, der dir den Staub von den

Schuhen putzt. Der sich für dich bückt. Es ist gut, sage ich, einen Ort zu haben, wo du behandelt, gesäubert, zurechtgerückt wirst. Du kannst dich ja zu anderer Zeit entfernen, dich wieder beschmutzen, dich entrücken und in einen anderen Zustand überwechseln.
Was mich einmal, am Anfang unserer Verbindung, fast in den Selbstmord getrieben hat, schreckt mich heute nicht mehr. Eher erscheint es mir als Rettung. Schon als Junge oftmals in Gefahr zu straucheln, bei Schwarzmarktgeschäften oder beim Alkoholschmuggel von Ost nach West, fürchtete ich, zu weit von mir selber abzukommen, von meiner ganz speziellen Umlaufbahn, und schließlich schwerelos und auf immer verloren im leeren Raum umherzutreiben. Jetzt habe ich den Punkt, an dem ich feststehen kann, gefunden.
Noch lange nach dem Verlassen des Hauses, im Dahinfahren, verspüre ich dieses Gehaltensein. Im Geist erscheint mir die gebeugte Nurmi, mit ihrer hängenden Schulter, den riesigen Schuhen, ich spüre noch ihre schwielige Hand, den Ruck am Schlips, der mir ein Schnürmal an der Kehle hinterließ, ich ahne den Blick, den sie mir nachwirft, und – fühle mich geborgen und im Gleichgewicht.
Und deshalb denke ich, mein Freund, es sollte jeder eine Nurmi haben, die ihn, den Zerstückelten, wieder einsammelt, die ihn zusammenfaßt und in eine Form preßt; und wenn nicht eine Nurmi, so könnte es doch auch eine Julia sein, eine Marie-Luise oder eine Agnes –

Mit Erstaunen beobachtet Spenz sich beim Denken. Vor einer Ampel wartend und aufgerührt durch das Schicksal des Jungen, dem er sich verwandt fühlt, bemüht er sich um Klarheit, Folgerichtigkeit. Er versucht, Ordnung in seine Gedanken zu bringen.

Er fährt langsam, hält sich im Strom des Verkehrs, ohne nach rechts oder links zu sehn. Als wäre es elektronisch gesteuert, fährt alles in regelmäßigem Abstand dahin, niemand muß aufpassen. Man könnte abtauchen, denkt Spenz, unter den Spiegel allen Bewußtseins; fast möchte er die Augen schließen. Nun fährt nicht mehr er, ist nicht er es, der denkt; er wird gesteuert, es denkt in ihm. So, traumumfangen und gleichzeitig wach, war er nur als Kind, so fuhr er einst als Junge mit dem Vorortzug zum Auswärtsspiel. Wärme beginnt, ihn zu durchfließen. Er prüft, einen nach dem andern, seine Muskeln. Alle Kräfte der Kindheit kehren zurück. Sein Nachbar, am Steuer neben ihm, lächelt. Auch er in der Strömung, auch er voller Kraft.

Wir gemeinsam, den Kampf schon vorausdenkend, ziehen wir träumend in die Schlacht. Sie wird unblutig sein, doch nicht ungefährlich. Wenige nur werden siegen. Mancher wird auf der Strecke bleiben. Das gemeinsame Schicksal verbindet uns. Die Gefahr macht uns gleich, die Erregung; und – was soll ich dir sagen: das Glück –

Mit seiner Aktentasche, in den von Nurmi blankgeputzten Schuhen, betritt Spenz ein Vorzimmer. Noch ist er nicht zu seiner vollen Größe aufgerichtet. Noch sind die Male des Morgens nicht gänzlich verschwunden. Die Kettenmale. Die Strangulationsmale. Noch scheinen alle Wände meterdick zu sein, undurchdringlich die Türen. Wie die Augen der Frauen. Er weiß, sie sind aus dem härtesten Stoff. Bewegliche Schilde, die Chefs in ihren Büros zu schützen. Den ersten Chef, den zweiten Chef, sämtliche Einkäufer, Verkäufer, Lagerverwalter und noch alle Stellvertreter dazu.

Es sind die Augen von Herrscherinnen. Ungnädig

schauen sie von hohen Thronen. Spenz bescheidet sich, bleibt im Hintergrund; schaut, den Blick zurückgewendet, in sich selbst hinein. Wie ein Yogi beginnt er, sich schwer zu machen, dann leicht, dann, sich der Gedanken zu entledigen; er versetzt sich in einen Schwebezustand – um endlich, endlich vorzupreschen; um mit dem Mut eines Schwertkämpfers, also gedankenlos, dreist auf das schönste Auge zuzutreiben. Es ist nicht das große, ungetrübte des jüngsten Lehrlings, auch nicht das willfährige der Ältesten; es ist das diamantene der schönsten Frau, der Geliebten des Chefs.

Noch etwas schlingernd am Anfang, noch unsicher, umkreist er sein Opfer insektenhaft. Sondiert die Landefläche, sucht den Angriffspunkt. Er kreist solange, bis er in seinem Gegenüber etwas schmelzen sieht. Bis, ganz allmählich, da etwas durchsichtig wird, etwas sich verflüssigt, bis es die Konsistenz der Luft ringsum annimmt. Bis es sich ihm, dem Körperlosen, Entmaterialisierten, öffnet, um ihn einzulassen.

Ahnst du, Schreiber, wie flink unsere Sinne sind? In weniger als einer Sekunde, in einem einzigen, kaum verlängerten Blick, sind wir entkleidet, übereinanderhergefallen, umeinandergeschlungen, ineinandergedrungen, war da ein Kampf, eine Überwindung, ein Ausbruchsversuch, sind wir zu einem Höhepunkt gelangt, zu einem zweiten, und – sind doch wieder auseinandergefallen, gegen den Willen unserer vereinigten Sinne, haben wir auseinander gemußt –

Ein furchtbarer Sturz. Spenz erwacht auf der Schnellstraße. Und doch, denkt er, wird er es wieder und wieder riskieren. Will er es wieder und wieder spüren. Er muß es dem Neffen, den er als seinen Freund betrachtet, sagen. Muß ihn lehren, wie man Eisen, Stein und Diamant durchdringen kann. Es ist das stärkste Gefühl, das eindrücklichste.

Nicht von dieser Welt, würde Spenz sagen, hielte nicht Schüchternheit ihn zurück.

Überdies ist der Höhenflug wiederholbar. Dreimal an einem Arbeitstag oder öfter, je nachdem, wie viele Kunden Spenz zu besuchen hat. Oder welche Konstellation sich ergibt, wen er in seinen Vorzimmern antrifft. Auch kann es passieren, daß es nach Feierabend weitergeht, in einem Hotel, einem kleinen, sorgfältig beleuchteten Appartement, daß aus dem luftigen Liebesspiel unerwartet ein Liebesernst wird.

Doch was ist Spiel, was Ernst? Je länger Spenz herumreist, je mehr solcher Liebeszimmer er kennenlernt und je mehr Erfahrungen er zusammensammelt, desto un-begreifbarer werden sie ihm. Desto stärker bestätigt sich ein Verdacht. Fast nirgends hat es an etwas gefehlt. Weich waren die Decken, die Betten, die Kissen; bis in die Ecken und oft noch über die Schwellen weg reichte der schmeichelnde flauschige Teppich, die gelben Bambusfächer vor den Lampen schufen ein warmes, belebendes Licht – und doch hat nichts von alledem geholfen: nie hat das wirkliche Erlebnis die Intensität des gedachten erreicht.

Es ist unerreichbar. Warum? Weil eben dieser Sprung im Geist, dieser Blitzeinschlag schneller, stärker als jede Reaktion des Körpers ist, weil, was sich späterhin in Fleisch und Blut vollzieht, nur ein schwaches Wetterleuchten im Vergleich zum ersten ist.

Natürlich sind es die Dichter, die es bestreiten, die lebensunerfahrenen Gelehrten. Er wird sich mit dem Neffen streiten müssen. Ach, die Dichter, die Gelehrten, was können sie wissen? Gregor, der Schreiber, was weiß er schon?

Spenz ist nicht ungebildet. Zwar kann er sich nicht mit Gori messen, nicht einmal mit der klugen Margie. Auch kennt er das Buch des Monats nicht. Doch hat er häufig Nurmis Bücherschrank durchforscht, hat sich vom toten Barnabas entliehen, was er brauchte. Hat sein selbstverfaßtes Weltbild geprüft, um es am Ende sogar bestätigt zu finden.

Er ist zu der Überzeugung gekommen: nichts wissen diese sogenannten Geistesmenschen, die sich anmaßen, über ihn zu schreiben, ihn oder seinesgleichen auf die Bühne oder in Filme zu bringen. Wer nicht erfahren hat, was der Vertreter Spenz erfahren hat, wer das Leben nicht wie er erlitten hat, darf sich keine Meinung über ihn bilden. Es gibt nicht nur den Adel des Geistes, es gibt den Erfahrungsadel, denkt Spenz. Er hat ihn bei den Alten gefunden, in den Geschichten, die vor der Seelenwissenschaft enstanden sind, die hat er manche Nacht verschlungen. Ist den geheimnisvollen Wesen gefolgt, ihren nie vorausberechenbaren Wegen, Schritt für Schritt, hat daraus für sein eigenes Leben gelernt. Nur sie kamen ihm wahrhaftig vor. Nur dort hat er sich beschrieben gefunden.

Spenz denkt oft in langen Verknüpfungen. Würde er selber Bücher verfassen, beschriebe er sich und die Kampfgefährten, würde er Entferntestes mit einbeziehen, Unglaubliches für möglich halten, würde jedem Einzelnen *alles* zutrauen. Er müßte jeden, denkt er, den er zu kennen glaubt, solange um und umkehren, wenden, ihn von so vielen verschiedenen Seiten beleuchten, bis er zur Un-Kenntlichkeit verändert wäre. Erst dann, denkt Spenz, käme er sich selber ähnlich oder beinahe wahr heraus. Und mit ihm womöglich auch seine Zeit, die Wahrheit seiner Epoche vielleicht. O ja, Spenz hätte den allumfassenden, den wahrhaftig künstlerischen Blick.

Er wäre höchstwahrscheinlich auch ein guter Arzt. Für seine Leidensgenossen, all diese von der Kunst, der Wissenschaft Beschädigten, würde er Therapien entwikkeln, für jeden Einzelnen eine neue. Er wäre der Vordenker schlechthin, könnte Verzweifelte trösten, Leben erhalten. Das fremde Leben wie das eigene retten.

Spenz weiß es. Er lächelt. Er eifert nicht. Nur muß er den Jungen zu fassen kriegen! Muß ihm wie früher ein paar Geschichtchen erzählen, ein paar Anekdoten, Tagesgeschwätz. Hätte er ihn leibhaftig vor sich, brauchte er nicht viel um die Sache herumzureden. Gregor ist einer, der schon die kleinste Andeutung versteht. So jedenfalls war es früher einmal. Wie ist es heute?

Folge meinem Beispiel, Neffe, und sieh dich um! Du brauchst nicht weit zu laufen. Du mußt nur auf deinen Nebenmann sehn. Auf ihn und wieder dessen Nebenmann, auf alle, die vor dir, hinter dir sind.

Sieh die Mädchen am Abend, die Frauen, wenn sie die Bildschirme abschalten, wenn sie die letzten Gläser von den Tischen räumen; sieh den Kranführer, wenn er schwankend wieder die Erde betritt. Beachte den Ausdruck der Gesichter, die Schwere in den Bewegungen.

Richte die Augen anstatt auf dich auf die anderen. Verzichte auf das eigne jämmerliche kleine Glück. Bedenke, was du leisten könntest! Ein einziger geringschätziger Blick am Ende eines langen Arbeitstages auf eine gedrückte, übermüdete Person geworfen, kann bewirken, daß sie hingeht und sich in ihrer Küche erhängt. Ein bewundernder Blick auf die gleiche Person, am gleichen Tag, kann machen, daß sie alle Kraft zusammennimmt und sich wieder aufrichtet. Daß sie mit einem neuen Stolz und einer anderen Kraft an einer

Ampel wartet und auf die Liebe ihres Lebens trifft. Oder nur auf das Bild ihres Lebens: den atemberaubenden Sturzflug der Möwen am Abend über dem Kanal. Werde demütig, Freund! Keiner darf sich entziehn –

Spenz weiß, daß er viele gerettet hat. Daß er von vielen gerettet worden ist. Doch wann wird er den Tag erleben müssen, an dem er, aller Anstrengung zum Trotz, selbst keinen Blick mehr erhaschen kann? An dem der seine nicht mehr die Wendung eines Kopfes wert sein wird? Was liegt daran? Er will nichts mehr für sich.

»Allons, enfants«, singt Spenz und schüttelt es ab. Mit einem Schwung wirft er sich den Mantel um die Schultern. Er schließt nachlässig seinen Wagen ab. Noch ist er vom Abgrund weit entfernt, noch hat er einen Auftrag zu erfüllen. Komm mit, sagt er, als ginge der Neffe neben ihm.

Geh mit mir über diesen Hof und sieh, wie viele es von ihnen gibt! Zähl sie zusammen, alle die Gelähmten, die Genervten, Lebensmüden. Mach dir Gedanken, wie sie ihren Tag bestehen sollen. Auf sich gestellt, allein und ohne nur die Spur von Wertschätzung, Verständnis. Ohne Achtung, ohne Bewunderung; dieses Quentchen stummer, täglicher Werbung, den immerwährenden Minnegesang.

Mag sein, daß du in diesem Zustand bist, der mir bekannt ist, in dem du dich als ein Niemand empfindest. Und doch, behaupte ich, bist du alles! Du kannst töten. Du kannst Tote zum Leben erwecken. Du hast eine Gnade zu verteilen. Du bist, ja, fast bist du wie –

Spenz stockt und hält an. Greift sich an die Kehle und tritt auf der Stelle.

Spenz reißt sich am Schlips. Vor ihm in der Pförtnerloge auf dem Tisch sitzt ein Mädchen, dessen Anblick ihm den Atem verschlägt. Es baumelt mit den Beinen, macht mit dem noch jungen Pförtner herum und ist genau die Frau, die für ihn paßt. Die haargenau für ihn, Spenz, angefertigt wäre. Die er von Jugend an erträumt hat. Ein Geschöpf, für das er alle anderen zum Teufel schicken würde. Die Gelähmten, Genervten und alle Frauen auf der ganzen Welt. Das er sich auf der Stelle greifen und in seinem Zimmer verstecken müßte. Das, dort angekettet, auf ihn zu warten hätte, Jahr um Jahr, Jahrzehnt um Jahrzehnt, ein Leben lang. Das, ewig schön und stumm, allein für ihn, den Herrn, den Gott, zu existieren hätte.

Doch kein Mann auf der Welt sollte selbstsüchtig sein. Spenz atmet durch und geht, hochaufgerichtet, Augen geradeaus, am Verschlag vorbei. Die Kleine wirft einen flüchtigen Blick – er sieht es aus dem Augenwinkel –, schaut kurz auf ihn und schnell auf den Pförtner zurück, auf ihn, auf den Pförtner, ach, lauter flüchtige, nichtige Blicke; sie baumelt mit den Beinen, ist auf der Höhe aller Jugend, aller Kraft und braucht ihn nicht.

Er aber, Spenz, der den Lauf des Lebens kennt, den schweren Weg hinauf, den endlos langen abschüssigen zutal, er muß es ernsthafter angehn. Muß Gregor, diesem Wirrkopf, die Leviten lesen. Er hat eine Aufgabe zu erfüllen. Steifbeinig trottet er den kahlen Flur entlang. Er ist sich der Verantwortung bewußt.

Wer spricht?

Immer schneller stoßen jetzt Kiefern und Tannen die früheren Nadeljahrgänge ab. Fast alle sind krank; ihre Grünmasse schwindet. Im Sudan sterben Tausende von Kindern, in Flüssen und Meeren das Seegetier. Tiere, Bäume, Menschen gelangen immer seltener zu ihrer eingeborenen Form, dem ihnen vorgegebenen Muster. Und wir – halten uns mit Bagatellen auf!

Wir liegen wach in der Nacht, tags während der Arbeit schrecken wir hoch; in Labors, in Schneideräumen oder Büros grübeln wir einem Ereignis nach, das sich entfernt von uns entwickelt, nach Gesetzen, die wir nicht kennen, und das wir dennoch atemlos verfolgen, wie eine neuentdeckte, unberechenbare Sternbewegung.

Ach, ach, ach! Etwas treibt. Etwas reißt. Etwas kracht. Etwas möchte auseinanderbrechen. Etwas erhöht sein Tempo, gerät aus den Fugen, will aus seiner Bahn, stößt Benachbartes an, es droht, mit anderen Losgerissenen zu kopulieren, sich zu erhitzen, Flammen zu schlagen; wir gehen durch gefährliches Gelände, wir suchen den unbeschädigten Kern.

Wer spricht? Was ist das für ein Chor, der murmelt und flüstert, der flucht, vermutet, seufzt, tuschelt und zischt? Der Melancholie wie Tinte verbreitet, in abseitigen Träumen sich ergeht, der aufheult in Verzweiflung, der Gift produziert? Keiner von uns, der nicht aus seinem Gleichgewicht geraten, nicht auf die eine oder andere Art betroffen wäre.

Aber was haben wir denn gedacht, in welcher Sicherheit uns gewiegt, als sei das, was jetzt auseinanderstrebt, etwas niemals zu Dividierendes, ein Organismus, durch eine Hülle oder Haut begrenzt und klar umrissen? Brüchig war es doch längst. Und dennoch schien es jedem von uns, als sei dieses Gebilde – dieses in langen Zeitläuften herangewachsene Geschöpf – allen Anfechtungen zum Trotz so sehr ein Ganzes, daß wir uns über seine mögliche Gefährdung nie je den Kopf zerbrechen müßten. Auch wenn ein paar seltsame Moden sich einschlichen, die alten Namen aus dem Gebrauch kamen – nichts würde ihm etwas anhaben können. Kein Weltereignis wäre imstande, es aufzusprengen. War denn nicht jedes seiner Mitglieder, auch das widerspenstigste, derartig darein verschlungen und verwachsen wie Moose und Farne in eine Flechte? Könnte sich ein einziges aus eigener Kraft aus dem Gespinst befreien? Nein, keines, dachten wir bisher – möchten wir immer noch denken –, wäre außerhalb des Netzes lebensfähig, selbst wenn es bessere Nährböden, vollkommenere Wirtsorganismen fände.

Zwar haben es alle einmal versucht, sogar die Ältesten – der Sage nach – zu wiederholten Malen. Auch die Jungen zerren schon an den klebrigen Fäden, die Jüngsten reißen daran mit aller Macht; alle sind sie gescheitert bisher.

Und nun plötzlich das: Einer aus unserer Mitte, direkt aus dem Kern, ist dabei, sich von uns loszureißen, sich klammheimlich, hinterrücks zu befreien. Wir grübeln, wir rechnen, bedenken, was wohl dazugehört an Kälte, Falschheit, Rücksichtslosigkeit; an Grobheit, Heuchelei, Betrug; an Selbstgewißheit, Freiheit, Todesmut; wir forschen einer in des anderen Mienen – schaut uns die Schadenfreude an, der blanke Neid, Entsetzen? Bedauern wir ihn? Bewundern wir ihn?

Uns, den Redlichen, Aufrechten, Rücksichtsvollen ist er – schon beinah – entwischt. Wir, die Unfreien, Feigen, Schwächlichen erregen uns, bellen ihm nach, wie Haushunde dem Straßenköter. Das fremde Schicksal, was schert es uns? Was gehn uns andrerleuts Geschichten an?

Eine wühlt mit klammen Fingern in der noch gefrorenen Gartenerde. Einer dreht gedankenvoll den Knopf am Arbeitskittel. Die Meerrettichwurzel bricht mitten durch. Der Knopf reißt ab. Jemand malt Palmenblätter auf das schon frankierte Geschäftskuvert.

Wir grübeln, kreisförmig wieder, ununterbrochen, als beträfe es uns. Als gerieten *wir* aus dem Geleis, nicht *er*.

Manja, die Uralte

Die *Großherzigkeit* macht
alle Tugenden groß.

Manja, auf dem bestickten Lehnstuhl kauernd, wartet. Giftgelbe Augen, eine alte Katze. Doch schaut man tiefer, hört das Tier auf; da wird es ein Strunk. Die alten Weiden haben solche Stämme mit gewaltigen Auswüchsen, denken die Kinder; ein Strunk also mit einem Katzenkopf.

Vor Zeiten einmal waren ihre Augen riesig, braun; dann ist das Braune allmählich herausgewaschen, ist wie Topas herausgekommen, dann wie Messing, dann endlich wie fleckig verwitterter Bernstein. Der war so im Samland zu finden, früher. Nicht, daß es von Tränen hergerührt hätte – die Manja hat niemand weinen gesehn. Die Augen wurden angegriffen vom Staub der Straßen, der Kriege, von zu vielen Nächten ohne Schlaf.

Die Augen, die Ohren, die Zähne – Abrieb, Verwitterung überall. Manja geht nicht mehr zum Zahnarzt. Das, was verblieben ist in ihrem Mund, genügt ihr. Sie ist in Drachenblut gebadet; kein Lindenblatt ist auf sie gefallen.

Ha, pflegt sie zu sagen, *ein* Krieg in einer Lebenszeit, was ist das schon! *Zwei* Kriege erst machen dir eine Hornhaut. Sie kann noch kauen ohne Prothese und gehen. Allein zum Lesen braucht sie eine starke Lupe.

Doch wenn sie zuzeiten die Augen schließt, sieht sie messerscharf. Dann ist es kein Lehnstuhl, auf dem sie hockt, sondern der Kamm eines Bergs; so schaut sie rückwärts ins Tal ihrer Jugend, das ist zerklüftet, doch schön überwuchert, mit Höhlen, Lauben und Irrgärten;

die Speichen eines Rennrads blitzen manchmal auf. Die Landschaft zur Zukunft hin aber scheint flach, ein eingeebnetes Gräberfeld, von hellem Flutlicht überschwemmt.

Kein Versteck mehr, denkt Manja, die Alte, zum Sterben. Ist das der Grund, warum sie noch lebt? Sie hat doch alles längst erfahren. Und doch, auf irgend etwas, scheint es, muß sie warten, ehe sie sich davonmacht. Sie lauert, sie horcht.

Sie spricht mit den Toten, den Möbeln, den Motten im Zimmer. Sie streichelt das Holz ihres Schreibsekretärs. Es ist warm, poliert und lebt in der Sonne auf. Sie möchte alles greifen, fühlen: das Fell eines Tiers, den krausen Schopf des Hausmeisterjungen, den Stamm des Efeus neben dem Küchenfenster.

Kaum noch das Kommen und Gehen, das Auf und Ab in der Zeit interessiert sie – ein Sturz, ein Tod, ein neues Kind –, viel eher, was als Niederschlag zurückgeblieben ist, das, was überdauert. Eine Liebe, eine abgebrochene, lebt in der kühnen Schleife einer Widmung weiter; der jüngste Bruder, das Wölfchen, ihr Spielkind, in einem zerfledderten Feldpostbrief.

Nicht einmal die Namen der Nachkommen weiß sie. Die Jungen pflegt sie »Kleiner« zu nennen oder »Söhnchen«, die Mädchen alle miteinander »Ännchen«. Man kann sie kaum unterscheiden. Wie sie die Kälber im Pferch nicht voneinander unterscheiden konnte, damals im Schlachthof, den sie mit ihrem schönen jungen »Viehdoktor« besuchte. Die Kinder kommen zu zweit, zu dritt, bringen häßlich zusammengebundene Sträuße, sitzen auf Stuhlkanten, scharren mit Füßen und suchen, so schnell sie können, das Weite. Manja kann keine Zimmerblumen leiden. Die geschnittenen gibt sie der Briefträgerin, die in den Töpfen dem Hausmeister, einem

Libanesen. Der pflanzt sie unten in den Hof, den sie selten betritt.

Nur einen nennt sie noch bei seinem richtigen Namen: das ist der kleine Bastard, ihr »Wahlkind«. Den hat sie deutlicher wahrgenommen. Warum? Weil er, als einziger, allein bei ihr erschienen ist? Weil ihm mehr als den anderen im Kopf herumging? Auf diesen, scheints, hat sie noch einmal ihre Hoffnung geworfen. Auf ihn wartet sie noch.

Es ist Adas Kind, ihrer verrückten Enkelin Sohn. Sie nennt Ada der Einfachheit halber so. Denn eigentlich ist sie Manjas Nichte oder Großnichte oder Urnichte eher; doch keiner in diesem Familiengebilde macht sich die Mühe, es herauszufinden. Wie überhaupt hier manches undurchschaubar ist. Wer zum Beispiel war der Vater dieses Jungen? War es wirklich Barnabas oder ein anderer? Wie viele sind es, die infrage kommen? Hat Ada der Schwester den Mann gestohlen? Es wurde getuschelt in der Familie, doch niemand wußte es genau zu sagen. Man hat sich schließlich an die Unordnung gewöhnt, ist zur Tagesordnung zurückgekehrt.

Der Junge heißt, wie sie jetzt alle heißen, hat einen dieser dummen, ungemäßen Namen; doch Manja ruft ihn, gegen alle Widerstände, mit seinem zweiten Namen: Gregor. Weil immer wieder einer so geheißen hat; am Ende hat sie sich durchgesetzt; so wird der Faden weitergesponnen. Das Fädchen, das abgewetzte, denkt Manja, wer weiß, wie lange es noch halten wird.

Also steh auf, mein Freund, und mach dich auf den Weg! Man läßt niemanden warten, der so wie ich am seidenen Faden hängt! Ich denke auch, es gehört sich nicht!

Es wird schon dunkel. Entfernte Straßengeräusche umschließen die Stadt wie ein Zelt; die Manja grübelt und lauert und horcht. Sie sieht jetzt den Burschen leibhaftig vor sich: er spielt mit dem persischen Dolch seines Urahns, des Kapitäns, mit der elfenbeinernen Opiumpfeife; er bringt die Lexika durcheinander. Hockt am Boden zu ihren Füßen wie damals, wie so viele Nachmittage, als er zur Schule ging, und noch in der ersten Zeit seines Studiums. Er hat gelesen, sie hat ihre langen Zigaretten geraucht. Er hat versucht, ihr zu erklären: den Aufbau des Atoms, so wie man ihn sich heutzutage denkt; den Begriff der Entropie; später die Quantentheorie. Obwohl sie wußte, daß sie wenig oder nichts davon behalten würde, hat sie doch immer zugehört.

Das ist eine große Geschichte, hat Manja gesagt. Geschichten, Geschichten, sagt die Verwandtschaft und schüttelt den Kopf. Und überhaupt: Was hat sie noch vom Leben, wenn doch die Menschen – die meisten zumindest – sie nicht interessieren? Aber das wiederum ist zu kurz gedacht. Sie ist die Tage über beschäftigt, oft auch die Nächte. Es sind andere Bewegungen, die sie verfolgt.

Manja liest alles über Sterne. Ob ein Komet erscheinen wird, eine Super nova, eine Mondfinsternis. Was ist mit den schwarzen Löchern los? Mit dem roten Planeten? Sie bliebe gern so lange am Leben, bis sie herausgefunden haben, ob es auf anderen Sternen Leben gibt. Wäre sie jung, würde sie studieren. Nicht die Geisteswissenschaften, viel lieber die Naturwissenschaften.

Die größeren Umtriebe! Diese Erscheinungen, nicht nur am Himmel, auch die unter Völkern, in den Gesellschaften.

Könnte mans durchschauen! Wann etwas auftaucht, wann es untergeht; die geheimnisvollen Kräfte, die am

Werk sind, selbst in den Menschenfamilien; wann unter welchen Umständen sich ein Charakter bildet, wann ein unumstößlicher Wille. Wann ein Krieg ausbricht, eine große Idee.

Unglück, wie oft hat sie es vorausgeahnt. Man müßte es berechnen können! Die Kinder lernten es in der Schule: hier wird es weiß, dort rot, dort rosa blühen – die Kreuzung der Mirabilis jalapa. Da ist eine Eigenschaft dominant, dort rezessiv. Drei zu eins. Eins zu zwei zu eins. Oder ähnlich. Sie erinnert sich, daß es Gesetze gibt.

So einfach, denkt Manja, ist es bei uns nicht auszumachen. Zwar scheint es häufig, daß schwache Eltern starke Kinder haben – und starke Eltern schwache Kinder – sie meint ihre beiden verlorenen Söhne und hat gleich ein schlechtes Gewissen dabei; doch nicht selten macht es weitere Umwege; ihre eigenen Anlagen, gute und schlechte, haben oft seltsame Sprünge vollführt. Sind auf Schleichwegen hierhin und dahin gelangt, haben ins Abseits oder zum Chaos geführt. Mit voller Wucht ist, was man ihr an Hellsicht zuschreibt, auf Ada, die Nichte, übergegangen. Die hat deshalb in die Anstalt gemußt. Es war die Kraft, an der es ihr dafür gefehlt hat, die sprichwörtliche Kraft der Manja. Immer ist sie die stärkste in der Familie gewesen. Und noch heute fühlt die Alte Kraft so stark in sich, daß es ihr vorkommt, als nähme sie zu.

Als hätte das Sterben am Anfang gestanden: sie aber lebt nun wieder rückwärts, in umgekehrter Richtung des Zeitpfeils, wächst groß in die Kindergestalt hinein – sie wird jünger und stärker mit jedem Tag.

Doch wozu, fragt sich Manja, sie braucht sie doch kaum, sie könnte ihre Kraft verschenken. Möchte sie weiterleiten, über die Generationen hinweg, auf Ada oder Gregor, deren Sohn; auf die wenigen, die sie sich ausgesucht hat. Die sie als ihresgleichen erkennt.

Doch da ist etwas im Weg. Sie, die durch Hauswände hören, durch Telefondrähte sehen kann, spürt, daß etwas im Gange ist, irgend etwas, das diesen Jungen betrifft. Es wird geflüstert, hinter der Hand gesprochen. Sie bekommt Anrufe, mehr als gewöhnlich, sogar wieder Briefe. Entfernte Verwandte, Freunde von Verwandten, Halbverlobte, Verliebte, Freunde von Freunden, die früher immer mit dazu gehörten, zur »Überfamilie« sozusagen, melden sich plötzlich, ohne Grund.

Wäre es möglich, daß sich Versprengtes wieder sammelt, wie einstmals um Tische, um lange weißgedeckte Tafeln, zu Festtagen bei gedämpftem Licht? Fährt, was längst zerstäubt schien, noch einmal zusammen und bildet ein Neues? Einen Moment lang frohlockt sie. Doch gleich verwirft sie den Gedanken wieder. Wo sich ein neuer Stern zusammenballt, da ist ein anderer zuvor gestorben. Ihr schwant nichts Gutes.

Je genauer sie nachfragt, desto unklarere Auskünfte gibt man ihr. Sie reden alle miteinander um den heißen Brei. Nurmi, die älteste Nichte, schützt vor, im Garten zu tun zu haben. Ada, die zweite, geht nicht ans Telefon; Angst vor der Klingel. Die aus der nächsten Generation sprechen zu ihr, wie man zu Kindern oder zu Idioten spricht. Scharayn, Gregors Freund, macht unverbindliche Scherze, Margie lenkt krampfhaft von der Sache ab. Was ist das – »die Sache«? Und wer ist sie, Manja, für die anderen? Verwittert, an allen Enden versehrt, und paßt in keine Badewanne mehr; ein nicht mehr zu gebrauchendes Stück Mensch. Niemand ist ihr noch Rechenschaft schuldig.

Manja läßt das Telefonieren, sie murmelt und horcht. Versucht, den Jungen zu erreichen. Alles scheint damit zusammenzuhängen, daß er sein Studium an den Nagel hängen will. Die Physik, die Chemie. Man verläßt keine großen Geschichten, sagt Manja. Und überhaupt: Wofür? fragt sie. Für alberne Geschichtchen, Geschreibsel. Sie sagen, er arbeite »schriftstellerisch«. Es heißt, es würden schon Bücher gedruckt.

»Skribent«, murmelt die Alte und spuckt in Gedanken aus. »Gori, der Schreiber!« In dieser Familie schreibt man nicht. »Brotlose Kunst«, pflegte schon ihre Mutter zu sagen; »Poetisiererei«! Das Wort ging um wie ein Bibelzitat. Zwar sieht man Manja oft mit ihrer Lupe lesen, sogar dicke Wälzer, sorgfältig, langsam; doch es sind nur die Alten, die ihr gefallen, die *vor* ihrer Zeit; die Heutigen interessieren sie nicht. Nicht einmal als Personen, denkt sie. Selbst die, die sie gekannt hat, als sie jünger war, die in den Cafés herumsaßen, die sie mit ihren Brüdern besuchte, hinterließen nur schwache Eindrücke; als wäre an allen etwas gewesen oder um sie herum, etwas irgendwie Unangemessenes, unnützig Wehendes, etwas Seidenes, wo es nicht hingehört. Etwas unstet Flatterndes oder auch Windschiefes, als stünden sie stets nur auf einem Bein. Einmal, sie war noch schön und selbstbewußt, mit ihrem ersten Kind im Arm, verliebte sich einer in sie, ein berühmter sogar. Der hüpfte wie ein Kolkrabe durch die Gesellschaft. Sie faßte ihn ins Auge, eine Zeitlang. Können Kolkraben gute Liebhaber sein? Wahrscheinlich nicht. Aber das ist Vermutung geblieben, natürlich. Wie vieles Vermutung geblieben ist in ihrem fast unübersehbaren Leben. Vermutung jedoch, die weiterwuchs.

Die Frauen heute, denkt Manja im Lehnstuhl, konstruieren Kongreßhallen, operieren an Herzgefäßen herum, sie wissen mit Computern, mit Laserstrahlen umzugehen; sie bleiben jeglicher Vermutung auf der Spur. Sie sind auf Verifizierung aus, solange, bis die Vermutung aus der Welt ist. Bis eine neue auftaucht, die bestätigt werden muß. Die Frauen von damals, sie schlossen die Vermutung in sich ein, bewegten sie hin und her über Jahre – wer aber ist schließlich der Klügere? Wer wüßte mehr vom Leben am Ende?

> Das Leben, Skribent! Beschreibe mir den Geschmack eines Apfels, eines einzigen grünen, noch unreifen Apfels, von einem Chausseebaum gestohlen an einem Frühherbstabend zur Dämmerzeit. Die langen staubigen Wege zu Fuß. Beschreibe den Geruch des gemähten Felds, der Russenwiese hinter Samotschin, wenn die schwere Sonne endlich von ihr abläßt und es ist, als ob das Gras, die Kräuter wieder atmen und ihr Geist unmerklich aufsteigt, und du spürst es in der Luft wie feinen Rauch? Bring es mir wieder, Kind, und ich will zurücknehmen, was ich sagte. Ich werde dir zuhören. Schweigen und hören, ohne Spott –

Manja erhebt sich, humpelt auf schweren Füßen durchs Zimmer. Sie schließt das Fenster und sperrt den Straßenlärm aus, den faden Nachtgeruch der Stadt. Für ein paar Augenblicke ist sie weit entfernt, auf dieser östlichen Landstraße wieder, fühlt mit geschlossenen Augen Felder, Wälder und Dörfer in rasendem Tempo von sich weg und davonfließen, wie sie es immer am Abend gefühlt hat als Kind; das ist nur ein Moment; einer von denen, die ihr nun immer kürzer erscheinen, die sie immer seltener zurückrufen kann.

Sie findet sich im Bett sitzend jetzt, dem alten – von wem bloß? – geerbten Rotbuchenbett, das wie ein Lastkahn das ganze Schlafzimmer ausfüllt. Sie muß auf der Spur bleiben. Auf wessen Spur? Derjenigen, die zu verfolgen lohnt. Die sie noch interessiert. Auf Adas, der kranken Nichte Spur. Auf der ihrer Kinder, Margies und Gregors. Sonst hält sie nicht viel von den »Banden des Bluts«. Drei Spuren, denkt sie, sind genug. Oder schon zuviel?

Es ist etwas passiert mit Gregor, dem Schreiber. Sie glaubt herausgehört zu haben, daß es mit einer Frau zu tun hat. Wieder einmal mit einer Frau! Immer wichtiger scheinen die Frauen den Männern zu werden, immer wilder, denkt Manja, die Jagd heutzutage, das Erobern, das Tauschen; jeder dem Neuen, dem Besseren auf den Fersen ... dem Besseren?

Wird überhaupt ein Besseres erhofft, wird es noch erwartet? Oder genügt schon, worauf es am Ende herauskommt: die Jagd, der Tausch, die Veränderung? Eins nach dem anderen, eins *wie* das andere, wie die Äpfel in den Supermärkten, die Golden Delicious, die Granny Smith, die nach nichts schmecken, die kein Begehren mehr wecken. Eins wie das andere; keine Steigerung mehr im Leben des Mannes? Weiß einer noch, wie Hunger ist?

Doch so, wie sie Gori, den Jungen, kennt, muß da noch etwas anderes sein. Etwas Neues, plötzlich, ein Unerwartetes. Sie ahnt es, wie sie alles ahnt, was mit ihm zu tun hat. Als er einmal das Bein brach, tat ihr das Knie weh.

Wenn man die Geschichte begreifen könnte, den »Plot«, wie Freund Scharayn, der beim Film ist, sagt. Wenn die Kurve dieses Lebens sichtbar würde, vielleicht, daß man eingreifen, umleiten könnte, dem möglichen Verhängnis eine andere Richtung geben.

Manja lacht leise in sich hinein. So mochte der Frosch in den Heuwiesen ihres Großvaters denken, daß er den Bussard beeinflussen könnte. Sie schlägt mit der flachen Hand vor die Stirn. Auch sie glaubt ja an nichts mehr, hofft auf nichts mehr; sie lacht über alles und hockt doch auf dem Bett und nimmt noch einmal alle Kraft zusammen:

Schließe die Augen! Hebe den Kopf! Stirnknochen, öffnet euch um einen Spalt! Konzentriere dich, Alte! Alles wird, wenn du nicht abschweifst, durchlässig. Denken, erst langsam, dann schneller, wandert. Durchdringt das Glas des Fensters, die Wand. Die Mauern der Schule gegenüber. Bricht durch Holz, Eisen, Stein; durch Knochen, durch Haut, durch die Wände eines Faradayschen Käfigs. Wenn ich dich erreiche, wird es dich brennen! Du wirst stille stehn, Freundchen, und dich nach mir umsehn! Du würdest eine Nachricht schicken. Es ist nichts gekommen. Also ist keine Gefahr. Nicht die geringste. Es gäbe auch anderweitig Zeichen. Einen Traum vielleicht. Ein Gerücht. Die Schrift an der Wand.

Bei einem freudigen Ereignis gibt man Nachricht. Bei drohendem Unglück. In Lebensgefahr. Manja beruhigt sich. Noch jeder bisher hat Zeichen gegeben, jeder, der wahrhaft gefährdet war. Der diesen Stachel in sich fühlte, diesen unbarmherzig im Inneren fortwandernden, der nurmehr noch in eine Richtung sich bewegt und nie mehr zu entfernen ist. Solange Manja denken kann, hat sich noch jeder verabschiedet. Die Verwandten sowieso; die Freunde meldeten sich, die nahen Bekannten, die Halbbekannten, die Fremdgewordenen; selbst die im Streit Geschiedenen. Die größten Widerlinge sogar, von denen man jahrelang nichts gehört hatte, streckten am

Ende noch einmal die Hand aus, versuchten eine letzte Berührung. Unerwartet ein Anruf aus heiterem Himmel, nach Jahren des Schweigens ein Brief ohne Grund. Beiläufige Grüße oft, Bagatellen: »Mußte plötzlich heute an Dich denken ...«; »War an den Plätzen von damals wieder ...«; »Schicke Fußpuder, schnellstens, vergiß es nicht ...«; »In alter, unverbrüchlicher Freundschaft ...« – unverbindliche Grüße, Todesbotschaft.

Die lauten Geräusche im Haus schlafen ein. Die kleinen erwachen. Die Eintagsfliege sirrt, der Holzwurm macht Geräusche wie ein Heimchen, der Nachtfalter mischt, im Wolkenstore versteckt, ein Kartenspiel. Silberfischchen und Milben beginnen zu leben. Graben winzige Wege. Hörbar, unhörbar. Ziehen Kanäle, ein Straßennetz. Das Netz der Tiere schließt ans Netz der Menschen. Ohne Ende eins ins andere mündend, unaufhörlich in Bewegung: Tierzüge, Menschenzüge, Wagenzüge; die Leuchtspur der Rücklichter nachts in den Straßen, Flugzeuge, Satelliten am Himmel. Immerwährende Wanderung – Leben.

Du wirst dich zusammenreißen, Schreiber! Wirst tief durchatmen und die Ohren aufrichten! Das Rückgrat. Wirst Laut geben, wieder! Irgendwo wird sich deine Botschaft mit der meinen kreuzen. In welchem Hinterzimmer du dich auch verkriechst – ich werde dich zu finden wissen!

Denke nicht, daß ich dich behelligen werde. Weder mit Briefen, noch Anrufen. Aber du bist meine Wahl. Damit bist du gebunden.

Selbst wenn wir uns im Leben nicht mehr treffen sollten, du bist mir verpflichtet. Ob es dir paßt oder nicht. Du weißt es. Jeder, der gewählt ist, weiß es. Du kommst mir in Ewigkeit nicht davon.

Margie, die Schwester

Des Steuermanns Kunst erprobt sich nicht bei ruhigem Meer und günstigem Wind; etwas Widriges muß sich zeigen, dann erst kann der *Mut* sich bewähren.

Woher wohl das Sprichwort: »Was fällt, soll man stoßen«? Ist es so wahr – oder unwahr – wie andere auch? Wie: »Lügen haben kurze Beine«? Wie: »Dummheit und Stolz wachsen auf einem Holz«? »Früh krümmt sich ...«?

Hat sie die Fallenden, den Bruder, die Freundin, angestoßen, fragt sich Margie, oder lediglich angetippt? Oder ist sie nur vorbeigegangen mit entschlossenem Schritt, und schon sind sie auseinandergestürzt?

Der Wahrheit die Ehre: Die große Schwester hat nachgeholfen am Ende. Denn am Ende war es mit den beiden. Nicht, weil diese Agnes – Nurmi pflegt von der »Kaschubin« zu sprechen – um einiges älter war als Gregor. Fast nie sind es die einleuchtenden, die auf der Hand liegenden Gründe, die die Trennung bewirken. Niemals die, von denen die Klugen meinen, daß sie es wären. Hier könnten es – umgekehrt – das Alter, die Erfahrung der Freundin eher sein, die der Sache hätten Halt geben können.

Margie ahnt die Zusammenhänge, doch sie schweigt sich darüber aus. Ihr ist die Entwicklung nicht unlieb. Sie hat sie nur zusammen beobachten müssen, nur Goris nervöses Fingertrommeln hören müssen und ist schon im Bilde gewesen. Sie kennt die Ungeduld des Bruders, die so blitzartig aus einer Tagesflaute, einer Langeweile aufschießt, kennt diese wütende Unrast von früher her, wenn sie für ihre Spiele keine neue Wendung fanden, so daß sie, ewig sich wiederholend, schließlich in wilder Zerstörungswut endeten.

Es hat nicht gehen *können*, denkt Margie. Zu verschieden sind Gangart und Blickrichtung, als daß es hätte dauern können. Eine rechnet sich die Sache der Liebe im Vorhinein aus mit einem Anfang und einem Ziel, der andere denkt sie sich unbegrenzt, oder das Ziel als den Anfang für wieder ein anderes, ein neues; alles in immerwährender Weiterbewegung. So hat Margie den Bruch vorausgesehn. Und da sie wußte, daß Gregors Freundin, die bald auch Margies Freundin geworden ist, zu den ökonomischen Naturen gehört, zu denen, die eine Verbindung erst dann beenden, wenn eine neue deutlich sich abzeichnet, hat Margie sie – selbstverständlich »ganz zufällig« – mit ihrem Nachbarn, einem Brükkenbauer, bekannt gemacht. Das ist ein langsamer, an vielem interessierter Mensch, der alte Modelleisenbahnen sammelt, sie mit geduldigen Händen hin- und herschiebt; einer, der nie mit den Fingern trommelt. Und Agnes hat sich nicht entblödet – ja, sie hat zugegriffen, sofort!

Ich habe nur das Experiment beendet, denkt Margie in ihrem Berliner Zimmer, und ist so sicher, wie man nur sein kann, am Vormittag, bei Sonnenschein, auf der Höhe des Tags. Noch ist sie heiter, noch will sie sich ihren Anblick ersparen. Den Anblick, der sie seit langen Monaten quält, der seit dem »Ereignis« vor vier Jahren zunehmend schlimmer, abstoßender wird, den sie buchstäblich von sich stoßen möchte. Ein Experiment, denkt Margie verzweifelt, ein Spiel, was sonst? – so wie bisher noch alles im Leben der Geschwister zum Spiel geworden ist. Oder wie sie es dazu machten.

Es gibt echte Spiele und es gibt Pflichtspiele. Die echten, das sind alle Kinderspiele, die ungeplanten, unbesprochenen; die, die plötzlich einer Stimmung oder nur einem Wetter entspringen, fast unwillkürlich wie Vogelgesang: Verfolgen, Fangen, Verstecken, Verkleiden; die, die irgendwo im Bekannten beginnen und dann unversehens in Neuland vorstoßen, mit kleinen Seitenströmungen in immer wieder andere Richtungen, hierhin und dorthin sich verteilend, und weiter ins Unabsehbare ...

Die Pflichtspiele dagegen finden unter aller Augen an Familientischen statt, an Schultischen, in Bibliotheken, Laboren, in Ehebetten oder Büros; sie laufen, schaut man genauer hin, nach fast dem gleichen Muster ab wie die echten, nur mit dem Unterschied, daß sie – zwar nicht in jeder ihrer Wendungen vorausbedacht – doch schon vom Ziel her berechnet sind, daß es auf etwas hinauslaufen muß, daß es kaum noch Überraschungen gibt.

Verfolgen, um etwas einzufangen. Verstecken, das Gefangene zu sichern. Verkleiden, um nicht gefangen zu werden.

Stillschweigende Übereinkunft zwischen den Geschwistern, ja, fast so etwas wie eine Aufgabe, war jedoch der Versuch, jedes Pflichtspiel in ein echtes umzuwandeln. So, als ob es kein Ziel, keinen Zweck für sie gäbe. Sie erinnert sich an das Gesicht des Bruders, wenn er brütend über seinen langen Formeln saß, immer dem Augenblick gewidmet, aufmerksam, aufs höchste gespannt – mit seinem »Spielgesicht«.

Margie, um sich noch einmal vor sich selbst zu retten, läuft Kreise im Zimmer, an den Wänden entlang, um Tisch und Stühle herum. Sie gerät vor den Spiegel und sieht schnell vorbei.

Noch eine Minute, Brüderchen! Noch nicht Form werden, Umriß! Ungestalt bleiben! Halt mich ein Weilchen noch vom Spiegel weg. Dieser Morgen will bestanden werden.

Zusammenreißen! hört sie Nurmi, die Pflegemutter, sagen. Wie oft steht nicht das Wort in ihrem Tag, mal als Verkehrszeichen, mal als eine Krücke, und sie wird es nicht los; sie stößt sich daran, und sie stützt sich darauf, so wie sie sich damals stieß und stützte, wie sie sich damals zusammenriß, als das mit ihren Augen passierte. Als plötzlich eines Tages auf der Straße ein Blitz durch ihre Augen fuhr, sodaß es ihr schien, als müßten sie springen oder als hätte die Welt einen Sprung bekommen. Als sie, von Panik ergriffen, zur Manja lief. Nein, das war erst später.

Wann später? Wie zielgerade die Erinnerung; wie richtungslos aber die Wirklichkeit, mit all dem Getaste hierhin und dorthin; als suchte ein Insekt sich seinen krummen Weg; was macht ihn uns im nachhinein zu einer Geraden?

So war es erst *nach* dem Besuch bei der Ärztin, die sich vermaß, die schon Verstörte über ihren Zustand aufzuklären, ohne Erbarmen und endgültig, wie nur die schlechten Ärzte es tun; solche, die keinen Glauben mehr haben und keine Einsicht, weder in die lebendige Seele ihrer Patienten noch in die erfinderische der Natur.

»Einäuglein«, hat Manja gesagt und Margie die Hand auf den Kopf gelegt. Sie haben zusammen gelacht. Jeder, dem etwas schiefläuft im Leben, begibt sich schleunigst zur Manja. Zu jedem Mißgeschick fällt der Manja noch etwas zu lachen ein. »Weißt du noch, wie die Manja gelacht hat«, sagt immer wieder irgendwer von Zeit zu Zeit, »als Nurmi auf der Flucht den

Schmuck verlor«, »als Ada mit dem dicken Bauch nach Hause kam«, »als beim Begräbnis von Barnabas die Sargmaschinerie nicht funktionierte und die Manja vor Schreck einen Luftsprung machte«?

Und sie haben gelacht auch noch nach Margies Operation, als man ihr hoffnungsvoll die Verbände abnahm und sie erkennen mußte, daß nichts an dem zweiten, dem auch schon halbblinden Auge gebessert war. Noch immer meidet Margie die Spiegel am Morgen, heute länger denn je.

Es ist bald Mittag, doch niemand kann zwei Mißgeschicke gleichzeitig ins Auge fassen. Hätte sie den Bruder nicht gefunden gestern abend, fiebernd auf dem verlausten Diwan, neben dem Ofen – wieso Ofen, denkt Margie, war da ein Ofen? –, nur notdürftig von einem zerzausten Mädchen, einer Nachbarin versorgt. Er ist krank gewesen, das hat selbst sie mit ihrem einen geschwächten Auge gesehn.

Er lag unter unbezogenen Decken in dem staubigen, ungelüfteten Zimmer und trank aus Wassergläsern eine fuselartige Flüssigkeit, die ihm das Fieber noch hochtrieb oder, denkt sie, die es überhaupt erst zu verursachen schien. Es war, als wollte er die Krankheit schüren, ihr, Margie, zum Hohn. Er hat kein Wort mit ihr gesprochen. Nahm sie ihm das Glas weg, trank er aus der Flasche. Wollte sie ihm von der Suppe einflößen, die sie, halb eingetrocknet, auf dem Herd gefunden hatte, drehte er sich zur Wand. Simulierte Magengrimmen; es fehlte nur, daß er zu würgen begonnen hätte. Wie seit langem genährt, war ein Trotz in ihm, den sie zuvor nicht gekannt hatte; der hinterhältige Trotz des Kranken, der sich wehleidig gibt, doch insgeheim versucht, den Gesunden neben sich zu demütigen. Währenddessen schlich das zerzauste Mädchen um sie herum wie ein Hund; einer, der zubeißen möchte und sich nicht traut.

Nicht, noch nicht vor den Spiegel! Nicht vorwärts und sich entgegensehn! Und schon gar nicht nach rückwärts, über die letzte Nacht hinaus. Nicht zurück in die alten, stärkeren Tage! Doch längst ist er da und neben ihr, zum Glück ist er da –

Seh ich dich, Liebster, Freund, Bruder, Kind, erscheinst du mir doch noch immer so, in Manjas Sessel, die Beine quer über der Lehne, oder im Spiel, in Nurmis Garten, springst, springst, in ewig kreiselnder Bewegung, immer irgend etwas herumwirbelnd, hoch in der Luft, ein Seil, das Ende eines viel zu langen Gürtels, eine Peitsche, ein Lasso; den Propeller unserer alten Windmaschine aus der Küche –

Wenn andere gingen, ist er gelaufen. Wenn andere liefen, ist er gesprungen. Immer trug er so ein kurzes grünes oder blaues Wams, das an einen Pagen oder Prinzen denken ließ; weiß der Teufel, was sie inspirierte, ihm stets das Passende anzuziehn. Etwas, das aussah wie exakt für ihn entworfen. Kein anderes Kind hatte solche Kleider. Es war, als hätten die Frauen beim Anblick Goris die Kunst des Nähens entdeckt – seltsam überhaupt, daß sie im Frieden noch nähten –, als hätten sie alle, Manja, Nurmi, selbst Ada an ihren normalen Tagen, allein für ihn gearbeitet. Immer lehnte er in Prinzenhaltung an genau der richtigen Wand, dem richtigen Möbel, das zu seiner Haltung, seinem Anzug paßte. Nur junge Katzen sind imstande, sich auf solche Art zu präsentieren, wissen sich eins mit dem Holz, dem Stein, mit der Erde, auf der sie sitzen.

Nur Katzen, denkt Margie, und manche seltenen Kinder; doch auch diese nicht auf ewig, sondern womöglich nur für eine kurze, streng bemessene Zeit.

Wie lange, wüßte sie gerne, dauern sie an, solche Flug- oder Hoch-Zeiten? Sind sie in jedem Leben verschieden? Erleben manche sie nur als Geliebte, andere auf der Höhe der Karriere, wieder andere – Dirigenten zum Beispiel – oft erst als Greise? Nie kann Margie glauben, daß Leonard Bernstein, wie sie sagen, in einem Krankenbett sterben wird. Sie wünschte, es passierte anderswo; daß es im 4. Satz von Berlioz' Phantastique geschehen möchte, auf der Höhe des Fortissimo und mitten im Sprung.

> Wann wird es mit dir, kleiner Bruder, vorbei sein? Oder ist es längst gewesen? Dachte ich denn, daß es ewig bliebe? Wünschte ich es? Fürchte ich es? Ist womöglich Schadenfreude im Spiel? Wenn andere gingen, bist du gelaufen. Wenn andere liefen –

Margie, vor der Schreibmaschine jetzt, richtet sich kerzengerade auf. Das Tonband läuft, sie hört den Text von gestern ab. Es ist das Kapitel, das Nurmi ihr draufgesprochen hat. Fast täglich erscheint der eine oder andere der Familie, der eine oder andere Freund – pflichtschuldigst, auf einen Sprung –, um ihr das Lesen zu ersparen. Damit sie das Auge nicht überanstrengt. Damit sie weiß, was sie an ihnen hat. Familienmoral, Freundesmoral. Fast jeden Tag, früher, ist Gregor gekommen. Pünktlicher, zuverlässiger als jeder Freund. Margie schaltet hin und her, vor und zurück, sie findet den Anschluß an gestern nicht.

Kein Abschweifen mehr, keine Zwischengedanken! Sie muß ja weiterkommen mit der Übersetzung, muß schaffen, was sie sich vorgenommen hat.

Sie wird den Termin nicht einhalten können. Nicht, weil sie noch unsicher ist, das Blättern in den Lexika zu lange dauert. Immer öfter gebraucht sie nun schon die dicken Wälzer, die einundzwanzig Bände in Punktschrift, um sich zu üben, um für die schlimmere Zeit gerüstet zu sein. Die Zeit, die sie sich nicht im mindesten vorstellen kann.

Doch es ist nicht nur die Frage der Zeit. Für diese andere Sprache, die nicht mehr, wie in ihrem früheren Büro, eine geschäftliche ist, sondern die Sprache der Bücher, Geschichten, also keine vorgegebene, sondern eine sozusagen erst zu erfindende, für dieses »Spiel« mit der Sprache, denkt Margie, braucht sie eine andere Kraft.

Um in dem riesigen Bergwerk das Rechte zu finden, aus den vielverzweigten Schächten ein Wort nach dem anderen herauszuhauen, muß sie ganz bei der Sache sein. So wie – als wäre da Gedankenübertragung – Roland Scharayn es von seinen Filmen erzählte:

Sich stillhalten anfangs. Keine Bewegung beiseite! Das Geförderte ordnen, es prüfen, verwerfen und wieder zurückholen. Die Worte sortieren; aufstellen alles, nebeneinander, in Reih und Glied, dann wieder auswechseln, vor- und zurückschieben, um und um; und nochmals prüfen und wieder verwerfen; den Schutt, den Abraum eliminieren, bis es sauber herauskommt, ganz klar, ganz pur –

Margie begreift, daß das Konzentrieren allein nicht hilft. Daß sie, um das Richtige zu finden, zeitweise etwas wie Betäubung braucht, ein Nichtwissen vielleicht; daß ihr die Arbeit am besten gelingt im Wechsel von äußerster Anspannung und einer Art ungerichteten Denkens, in einem Stadium des freien Spiels – schon wieder: »Spiels«? – mit Worten und Sätzen.

Sie schafft es nicht. Der Zustand von Selbstentäußerung, der notwendig ist, um anzufangen, stellt sich nicht ein. Stattdessen schleicht Unerwünschtes heran, hämische und gemeine Worte wie: »Verrat«, wie: »Eifersucht«, die ihr Gehirn wie eine feindliche Armee besetzen und gegen die sie wehrlos ist.

Sie ahnt, sie hat es zu früh zu Fall gebracht. Aus Feigheit, aus einem Kleinmut heraus? Obgleich sie weiß, daß keine Frau der Welt sie dem Bruder würde entfremden können, hat sie doch keinen Augenblick im Schatten stehen wollen. Schon gar nicht in dem Schatten einer Agnes! Hat nicht mehr, wie bei früheren Gelegenheiten, zurücktreten können, war außerstande, für eine Weile die Türen hinter sich zu schließen und mit sich selbst vorlieb zu nehmen. Hat die eigene Gesellschaft nicht aushalten können.

Die Frauen, all die Vormittagsfrauen im Haus, wenn die Müllmänner klingeln, sie rennen zur Türe, sie sind durch die Sprechanlage zu hören, sie witzeln, sie zetern, von innen nach außen, von Wohnung zu Wohnung, sie lachen, sie horchen, die Müllmänner brüllen, sie schlagen auf alle zehn Klingeln auf einmal, die Frauen kichern, sie wollen nicht öffnen, noch eine Minute, noch eine Sekunde, ein Wort noch, ein Witz noch; doch schon ists vorbei und zu spät, hat eine von ihnen das Bündnis gebrochen; schon scheppert es blechern über den Hof, schon mischt sich Vogelgeschrei dazwischen, vom Spielplatz herüber Kinderstimmen, nun wird es leiser und stiller wieder; Margie im Zimmer sieht den Staub im schrägen Lichtstrahl tanzen, sie ist nicht an ihre Türe gegangen.

Schön ist Gregors Freundin Agnes, die nun wohl nicht mehr seine Freundin ist, und erfahren dazu. Auch wenn sie, die von der Mutter her, nur eine *halbe* Polin ist, mit Tricks versucht, die Halbperson zu einer ganzen zu vervollständigen. Hat sie, Margie, darüber zu richten, wenn da eine sich bemüht, ihrer natürlichen Ausstattung aufzuhelfen mit Accessoires: einer gebrochenen Sprache zum Beispiel, einem ins Slawische verfremdeten Gesicht? Ist es womöglich gerade *das* gewesen, die tagtägliche Verwandlung und Verkleidung, die den verspielten Bruder fesseln konnte? Die ihn zerstreut und aufgemuntert hat?

> Suchten wir denn aber die Zerstreuung, Gregor? War das je unser Ziel, wenn wir, hinter der Brombeerhecke in Nurmis Garten, uns die Zukunft ausdachten? Wenn wir sie uns, später in Kneipenwinkeln versteckt, nächtelang in jeder Einzelheit entwarfen?

Nie dachten sie doch, in die Fußstapfen ihrer Mutter zu treten, die sich so kopflos in alles stürzte, süchtig nach Leben oder nach dem, was nach Leben aussah. Was Rausch, Ereignis, Sensation versprach. Haben sie nicht mit ansehen müssen, wie elend sie zurückgekrochen kam? Verwundet und zerzaust, als wäre sie auf den Grund geschlagen! Wie sie dann, immer schwerer mit den Jahren, in ihrer Anstalt zu Bewußtsein kam? Arme Ada, die die Entfernung vom Leben nicht aushält! Aber wer ist imstande, sie auszuhalten? Ist sie, Margie, dabei, es zu lernen?

> Du, Gori, könntest es, wenn du wolltest. Hast du dich nicht längst, allein mit deinen Formeln, deinen Geschichten aus dem gewöhnlichen Leben entfernt? Warst du nicht immer schon abseits, »für dich«?

Sie ahnt, es ist die größte Kunst. Größer als jede andere. Es ist das Menschenmögliche. Seit langem haben sie sich doch geschworen, nie diesen Kleingeistern zu folgen, die sich in Seelenzirkeln zusammenfinden, die über ihr Alleinsein lamentieren und gegenseitig ihre Wunden lecken!

Ein bißchen Stolz, mein Kleiner! Es sind andere, mit denen du umgehen solltest. Solche, die für sich stehen können oder es zumindest wollen. Deine Agnes wird es niemals können. Du weißt es so gut, wie ich es weiß.

Margie ist sicher, sie glaubt zu wissen, daß eben das der Grund gewesen ist, warum er die Sache beendet hat oder doch beendet *hätte* zu gegebener Zeit –

Es war nicht die gegebene Zeit. Überdies weiß Margie nur zu genau, daß jeder Abschied, gleich, ob absichtlich herbeigeführt oder nicht, mit diesem Gefühl einhergeht, einem allgemeinen Versagensgefühl, ja, mit der Empfindung des Scheiterns sogar, die alle andere Tätigkeit ergreift und lähmt.

Und schon, spürt sie, sind sie wieder da und erheben sich, treten an wie zwei Schwertkämpfer gegeneinander und werden einer den anderen bekämpfen und zu Boden strecken, werden aufstehen wieder und fallen, und aufstehen und fallen, die zwei Marionetten in ihrem Kopf, deren Fäden sie hält oder zu halten glaubt, die nie zu einem Frieden kommen wollen. Sie, Margie, möchte großmütig und unbeirrbar der anderen ihre Freundschaft bieten; sie möchte diese Liebesstörerin mit einem Schlag und ein für allemal vernichten. Wie schwer ihr Kopf ist, und es ist noch immer Morgen.

Wenn andere gingen, bist du gelaufen. Wenn andere liefen ... unvorstellbar, daß du schwer werden könntest. So wie ich es nicht wollte, nie im Leben –

Und selbst zusammen – Margie denkt sich und den Bruder noch immer so: als *ein* zusammengehöriges Wesen – haben sie sich leicht – gehalten, bis – ja, bis eben noch. Was ist ihnen anderes übrig geblieben, so wie sie die Jahre zubringen mußten, Adas uneheliche Kinder, in Schande gezeugt mit dem Mann der Schwester, mit Nurmis Mann, von einem zum anderen weitergereicht, mal hier, mal da gefüttert, gewaschen, gestreichelt, gelehrt?

Wie sonst hätten sie die vielgelobte Kinderzeit durchstehen können, ohne Schaden zu nehmen? Natürlich haben sich alle gekümmert, wenn Ada »wieder ihre Touren hatte«, wenn wieder die schwarze Taxe kam und die Mutter verschluckte, sie in die unergründlich schwarze Nacht entführte. Wenn die Kinder barfuß am Fenster standen und da nicht wegzubringen waren bis zum Morgengrauen. Sie haben alle klaglos, selbstverständlich ihre Pflicht getan: die alte Manja, dieser unerschütterliche Wehrturm, und Nurmi mit den rauhen Händen; die Eltern Scharayns im Nachbarhaus; und am Ende manchmal sogar Spenz, der Zugeflogene, den Nurmi eines Nachts von einer Parkbank aufgesammelt hat.

So sollten eigentlich Adas Kinder dankbar sein. Sie haben kaum etwas entbehren müssen, nicht mehr jedenfalls als andere Kinder. Ja, vielleicht sogar weniger. Sie haben gelernt, wie man Bäume beschneidet, wie man Bindfaden knotet, daß er nicht aufgeht, und daß man Gummibänder nicht wegwerfen darf. Sie haben die Interpunktion gelernt. Sie haben die Aufgeweckten gespielt, es schließlich sogar zu Berufen gebracht, und Margie eine Zeitlang wenigstens zu einem Mann. Sie haben alle Lehren schweigend über sich ergehen lassen. Doch in Wahrheit haben sie sich alles selber beigebracht.

Sie waren Kinder, als sie hinter dem Birnbaum in Nurmis Garten, der zu der Zeit noch ein Trümmergrundstück war, das Köfferchen ausgruben. Den kleinen halbverbrannten Kinderkoffer mit dem Glasperlenarmband.

Sie waren Kinder, als Ada im Park auf das Baby losstürzte, das fremde mit den himmelblauen Gelatineaugen. Als sie es aus dem Wagen herausriß und in den Teich werfen wollte.

Sie hielten ihre Mutter fest, sie krallten sich in ihre Jacke ein. Sie gingen zu Nurmi nach Hause und schwiegen. Sie begruben das Köfferchen ein zweites Mal. Niemand weiß von dem Grab. Gori, der Kleine, hat dann noch eine Weile weitergegraben nach dem dazugehörigen Kind; konnte aber nichts finden. Schon früh begriffen sie die Unverläßlichkeit der Welt. Sozusagen hinter ihrem Rücken richteten sie sich in ihr ein.

> Wir, du und ich, Gori, im Versteck allein! Wir, die elternlosen Bastarde, ausgebrochen aus den warmen Zimmern unserer wechselnden Erzieher! Wir, die glücklichen Waisen, ihren Händen, Betten, allen sicheren Kokons entwischt!

Kaum aus den Kinderschuhen, verachteten sie die anderen Kinder. Die behüteten und umsorgten. Die mit den geregelten Mahlzeiten, festen Schlafplätzen. Sie, die Unabhängigen, Unberührbaren haben sich eigene Regeln gemacht. Sie haben eine andere Ordnung aufgestellt. Niemals waren sie ganz zu greifen. Als ob noch immer von den Eltern her ein wenig Kriegsunordnung herüberwucherte! Als ob die Rücksichtslosigkeit, mit der sich Ada und Barnabas einst allen Regeln entzogen, in ihren Kindern weiterwüchse.

> Längst haben wir das sichere Nest verlassen, das schöne warme Familiennest; wir halten uns hohnlachend an der Peripherie. Oder – sollte es umgekehrt sein? Hat sich mit uns das Gleichgewicht verschoben? Sind wir das Zentrum, der innere Kreis und halten die anderen?

O ja, sie erinnert sich. Einmal, noch gar nicht so lange

her, bildeten sie, die verlorenen Kinder, die Mitte, und alle anderen kreisten um sie herum. Einmal waren sie auserwählt; fühlten sich als Elite und ließen es die anderen merken. Ihr bloßes Schweigen rief bei Freunden und Verwandten ein seltsam serviles Verhalten hervor. Es trieb Freund Scharayn zu immer atemloseren Tiraden, Ada, die Mutter in der Anstalt, in eine fast unterwürfige Nervosität; während Nurmi, wie die Stiefmutter im Märchen, härter und härter werden mußte, sodaß sie ihre rauhen Hände immer deutlicher zu spüren bekamen. Das Los aller verzauberten Königskinder – sie lachten nur. Es war, als wären sie schon früh gestählt; niemand konnte sie wirklich berühren.

Wie lange ist das her? Jetzt, glaubt Margie plötzlich, es zu verlieren; als hätte ein unbekannter Quacksalber ihnen die Adern angezapft, als flössen Sicherheit und Selbstgewißheit langsam aus ihnen beiden heraus. Und kein Verschließen der Wunde will nun mehr nützen, kein Druckverband.

Es ist soweit. Margie ermannt sich und tritt vor den Spiegel. Sie zwingt sich hineinzusehen. Ihr noch gesundes Auge, überdimensional wie ein zu oft trainierter Muskel, sieht fürchterlich aus. Kinder, die sie nicht kennen, schneiden Grimassen hinter ihr her. Dabei ist es längst ebenfalls geschwächt, bald wird es, wie das andere, blind sein.

Furchtlos sich gegenübertreten; aushalten: die Morgenunrast, die die Züge gegeneinander aufhetzt, die Nase gegen den Mund ausspielt, Lid gegen Auge, Stirn gegen Schläfe, die ein Kreuzfeuer im Gesicht auslöst. Sich selber standhalten, Tag für Tag! Kalt die Veränderungen registrieren, die grandiose Verwandlung ins Monströse.

Und warum nicht: Monster sein? Warum nicht, Gori,

wie wir da stehen oder lauern oder posieren, uns annehmen ohne Einschränkung? Als Abnormität die Gaffer anlocken, um sie – hast du nicht gesehn – vom Felsen in den Sumpf zu stürzen. Nur Mut, mein Kleiner, und sich gestellt! Der Verunstaltung des Körpers. Der Verzerrung der Seele. Wovor hast du Angst? Sieh mich an! Von nun an will ich meine Häßlichkeit verteidigen! Sie wie die Schönheit zelebrieren!
Schaut nur her, Freunde: keine falsche Scham! Rückt in die Kabinen ein! Die wahre Ausschweifung ist hier! Ich stelle mich aus! Ich enthülle mich! Ich geh auf der Straße und fletsche die Zähne. Erschrecke das Nachbarskind am Zaun. Den Straßenarbeiter, der hinter mir herpfeift. Ungemildert werfe ich mich jedem in den Weg. Der in der Baugrube sieht mein Gesicht; er spuckt, zu Tode erschrocken, aus. Das Nachbarskind beginnt zu brüllen. Wozu das jämmerliche Unterfangen, den Fluch des Himmels abzumildern? Möglicherweise im Versuch sich umzudenken – die buddhistische Übung –, zurück in frühere bessere Jahre?
»Die schöne Margie«, hieß es doch einmal – erinnerst du dich? – »man merkt es ja kaum. Sie ist auch mit einem Auge noch ganz passabel.« Doch was, frage ich dich, ist das für ein Wort? Was erdreisten sich die Leute, in den Mund zu nehmen!
Passabel – für einen Menschen, der auf sich hält, nein, für *jedes* lebende Geschöpf, gleich welcher Art, eine unannehmbare Bezeichnung! Geradezu eine Beleidigung! Ein gestohlenes Wort, ein aus einem fremden Land, einer anderen Sprache gedankenlos entwendetes Wort; sie brennen es dir auf, wie dem wilden irischen Schaf den Stempel; »passabel« – ein Wort wie falsche Schminke, das alles zuschmiert, alles verkleistert: das

Außenbild, das Innenbild und noch das letzte Quentchen Stolz, das ganz am Grund einer jeden Person liegt, das ungetrübt aus einer unbekannten Quelle aufsteigt.

Nein, niemals hat Margie »passabel« sein wollen! So ging sie nach ihrer zweiten Operation (dem zweiten Gelächter) in ihr früheres Büro und kündigte ihre Arbeit auf. Ging, als sie schon gezwungen war, sich mit Hilfe der Hände durch Räume zu tasten, zu ihrem ehemaligen Mann und Geliebten, was zu der Zeit auf dasselbe herauskam, und kündigte ihre Verbindung auf. Natürlich sagte er: »Nichts da«, und wollte von keiner Trennung hören; er legte die Arme um Margie und wollte sie halten, doch auf diese pflichtschuldig preußische Art, diese mitleidig-unverbindliche, die keineswegs ein Halten ist, sondern nur der Abglanz einer Umarmung, eine schäbige Parodie. Als wäre jedes Fordern oder Bitten, jede heftige Annäherung, die nach Klammern oder Kletten aussehn könnte, unter der Würde eines Mannes wie Joachim, und also eine Zumutung.

Schon wieder ein Wort, aber was für eins! Eine Zumutung! Margie sieht aus dem Fenster, nimmt stärker als sonst eine Helle wahr, die kommt vom Widerschein des Rauhreifs auf den Eschenzweigen draußen; es fließt wie eine leichte Welle über ihr Gesicht, den Kopf, sie tastet abwesend nach ihrer Stirn, sie läßt sich treiben, man könnte meinen, sie lächelte.

Un-zu-mut-bar. Wenn einer un-zu-mut-bar wird! Was für ein Wort! Ur-alt. Ehr-würdig. Wut-entbrannt! Ein in Jahrtausenden gewachsenes Wort, und was ist nicht beschlossen darin! Eine der frühen Tugenden im Kern; eine Bewegung auf etwas hin, eine von etwas weg; ein Wort, vielschichtig wie Gestein ... Ja, es gibt

Worte wie Steine mit Einschlüssen, mit Überlagerungen, Verwerfungen, Verwitterungen. Worte, vom Wind, vom Wasser, von der Zeit geschliffen.

Und das. Das ist es doch. Das Wort, das ich den ganzen Morgen wollte. Was ich eben, aus Versehn, gefunden habe. Unzumutbar! Nur so ein Schaltwort habe ich gebraucht, um dich, kleiner Bruder, zu begreifen! Ein Erleuchtungswort! Also auch du auf dem Rückzug! Sind wir zur gleichen Zeit aus der Kolonne ausgeschert?

Wie sie ihn kennt, wird er es abstreiten, kein Sterbenswörtchen darüber verlieren, sie wird sich den Grund zusammenreimen müssen. Den Krankheitsgrund, den Verstörungsgrund. Sie ahnt, es kann eine Agnes allein nicht sein. Margie stellt sich das Gesicht vor, das er zu machen pflegt, wenn Nurmi, wie so oft, von »Zukunftsaussichten« spricht oder Spenz von »Steuervorteilen«. Wenn die Erfindung eines Wissenschaftlers eine »Revolution in der Technik« verheißt. Wenn wieder »ein Weltbild« aus den Angeln gehoben wird; wenn der letzte, der »allerletzte Baustein der Materie« gefunden wird, wieder einmal.

Mein Vorschlag, Bruder: Ist dir die Mitwelt, aus welchem Grund auch immer, unzumutbar geworden, bin ich der Mitwelt nicht mehr zuzumuten, so laß uns die Konsequenzen ziehn!

Kehren wir ihr gemeinsam den Rücken! Aber lustig, Brüderchen! Winken wir ihr im Absegeln noch einmal zu, mit diesem verlogenen Lächeln, wie von der Reling eines Überseeschiffs, wie solche, die ins Abenteuer fahren; mit diesem tränennassen Abschiedsgrinsen, das am Grunde schon die Befreiung spürt.

Sozusagen über Nacht hat es Margie erwischt. Etwas schlug zu oder riß ohne Grund oder veränderte lediglich seine Struktur; sie blieb schwer behindert zurück. Noch vor dem Alter unerwartet aller Sicherheiten beraubt, eine Frau ohne Liebhaber, Freunde, Zärtlichkeit, was soviel wie »keine Frau mehr« bedeutet, ist sie eine Unberührbare geworden, eine Aussätzige.

Und doch beklage ich mich nicht. Weder warte ich auf den Gnadenschuß, noch lasse ich mich retten. Wie die Greise im alten China gehe ich heiter, ohne Vorwurf ins Gebirge. Denn unter dem Schnee, auf dem äußersten Gipfel werde ich noch etwas zu finden wissen. Ich werde das Eis aufhacken. Auch du, Gori, bist in den Schnee geraten. Und ich prophezeie dir: in dem Maß, in dem du dich von der Gesellschaft entfernst, wird sie dich verfluchen. Niemand wird mit dir die Zelle teilen. Doch ich sage dir noch was: Mach dir nichts draus! Du wirst etwas anderes entdecken.

Erst als sie sich vom Leben zurückzog, will Margie sagen, bekam sie einen Begriff von ihm. Erst aus der Entfernung konnte sie größere Räume überblicken.

Als sie sich von der Liebe verabschiedete, wußte sie, wann und wo sie sich ereignet hatte. Sie meint: *wirklich* ereignet, denn nie erkannte sie sie im Augenblick. Ungerufen, nach Jahren erschien ein flüchtiges Erlebnis, das sie längst vergessen glaubte, plötzlich wieder wie illuminiert; ließ sich lange nicht abweisen; am Ufer des Spree-Kanals hörte sie neulich, ohne im geringsten daran zu denken, deutlich das Meer. Es war die Brandung von Gibraltar, die sie einstmals, zu Joachims Zeiten, so nicht wahrgenommen hatte.

Ich weiß, du wirst – vielleicht als einziger – nicht lachen, Gregor, wenn ich dir sage: am Tag, an dem mein zweites Auge blind sein wird, werde ich *richtig* lesen können.

Schon jetzt manchmal, über der Arbeit, im Clinch mit der Arbeit, unterm Spiegel der Arbeit, kann Margie die eine oder andere Sprache *sehen.* Sieht sie auf einem Schirm im Innern ihres Kopfs als Bild. Denkt sich die Sprachen, die sie kennt, nebeneinander. Ihre Verschiedenheiten, ihre Ähnlichkeiten. Manche wachsen noch immer wie Pflanzen, wie Bäume; sie bilden Kronen aus. Andere welken schon früh, sterben ab. Wie die Worte sich über die Grenzen schleichen! Wie sie sich vermehren und durch die Länder »spielen«! Fast könnte sie sie ordnen in Familien, Arten, Gattungen, wie Naturgeschöpfe.

Das Wort »Feuer« zum Beispiel ist ein Tier. Es lebt in allen Kontinenten, rings um den Erdball, in den verschiedensten Ausformungen; überall sitzen Verwandte, die Familienähnlichkeit ist unverkennbar: Feuer, Fire, Fuoco, Feu, Fogo, Fuego, Fyr. Es hat einen Leib, wie ihn Tiere haben. Es muß Glieder besitzen, denn: es greift um sich, springt über, es schleicht, es rast. Nirgendwo ist es domestiziert, denn: es wütet, es jagt, es züngelt, es beißt. Es verzehrt und verschlingt. Es frißt sich weiter. Es hat eine Brunst.

Je abgeschlossener sie sich hält, je entfernter vom alltäglichen Gerede, desto deutlicher wird ihr der Zusammenhang. Sie erkennt die geheime Struktur. Die Regel und die Verletzung der Regel. Das Gesetz und die Freiheit. Sie muß nicht wie früher noch in fremde Länder reisen. Vor ihrem Hoffenster tut sich der Raum auf.

Auch als Kinder, wenn sie in andere Räume sprangen, in Keller, Steinbrüche oder Baugruben, scherten sie ja aus dem Leben aus. Sie bildeten seine Regeln ab, nur um sie auf der Stelle zu verletzen.

Lernt einer, in seine Zelle eingeschlossen, erst richtig spielen? Hat unser Vater, den sie, wenn sie gut von ihm sprechen, den »Spieler« nennen, es erst in der Gefangenschaft gelernt? Wirst du es wieder lernen können? Ist es vielleicht das einzige, was dich, was uns noch retten könnte?

Ich sage keineswegs, daß es leicht ist, Bruder. Wie es uns selbst in Kinderzeiten niemals leicht gewesen ist. Ich erinnere mich an Augenblicke tiefster Lähmung, die uns manchmal schon am Mittag überkam. Seh uns, ohne Grund, bewegungslos am Straßenrand nebeneinandersitzen.

Kinder können in Verzweiflung fallen. Kinder können im Spielen umkommen. Eines Sommers, in wildester Jagd, sprang Gori wie in Trance durch die Glaswand des Schwimmbads; er wurde mit der Feuerwehr ins Krankenhaus gebracht. Doch keine Gefahr, keine Todesangst hielt sie jemals zurück, das wieder und wieder zu suchen: den Zustand vollkommener Überwältigung, eine Art von rasender Bewußtlosigkeit oder: eine halbe, ja, fast geträumte Bewußtheit, wenn selbst die Zeit ihre Grenzen sprengt; wenn Zeit ein roter Riese wird, kreisrund, unbegrenzt; wenn es nichts anderes mehr gibt als den Berg und das Rad, den Ball und das Netz, die Kälte des Wassers am Grund des Sees.

Könnte ich dich aus deinem Hinterzimmer zurück in unsere Spiele holen! Hättest du doch den Mut von damals! Ich will keinen Feigling zum Bruder! Also *mute* es dir *zu*! Denke an alles, was stützen kann; an unsere Vor-Spieler. Die verrückten Posen, die unser Vater, schon gezeichnet vom Tod, auf seinen letzten Fotos einnahm. Die er allein für uns produzierte, seine »heimlichen« Kinder, die er nicht kleinmütig wollte. Denk an Manjas Rauchringe. Ihr Kunststück zum Ende jeden Besuchs, das uns bei ihr festhalten sollte,

»noch eine Minute, noch eine Sekunde, nur ein Momentchen, ein kleines ...« Denke an –

Schwer, murmelt Margie, schon immer war Spielen so leicht und so schwer. Darüber kann keine Kulisse täuschen, keine Spielwelt, wie Erwachsene sie oft den Kindern aufzwingen mit ihren häßlichen, lustigen Farben, all dem gewalttätigen Blau und Rot, einem ungebrochen strahlenden Gelb; dem ganzen Überfluß, der eine Heiterkeit erzeugen soll, die Kinder weder kennen noch suchen. Das Schwerste aber, etwas von früher zurückzuzwingen. Im Grunde eine Unmöglichkeit. Wenn schon allein Erinnerung so schnell verfliegt wie der Morgentraum, der nicht sofort und fest mit dem Verstand ergriffen wird. Vergebens sucht Margie das Feuer von damals. Und wie selten jetzt die Augenblicke von Bezauberung; kaum jemals noch das leichte Schwebe- oder Fluggefühl bei Nebel am Ufer der Havelseen, dort, wo es aussieht, als wüchsen die Weiden ins Tiefe, zum Grund; nicht einmal mehr das Glücksempfinden nachts im Taxi, Umwege fahrend, durch die Straßen der leuchtenden, flüsternden, trommelnden Stadt.

Und niemals hält es länger an. Das »Bild der Sprache«, was ist das, was war das, eben noch? Nichts als ein Blitz, der ihr früh durch den Kopf fuhr, ein schönes Wetterleuchten in der Düsternis; nicht einzufangen, nicht festzuhalten; wie dumm sie sich vorkommt, wie lächerlich plötzlich; doch ist es nicht ihr Anblick im Spiegel mit dem noch immer ungekämmten Haar, dem Glas, schon früh, zu früh in der Hand, unter dem halbtoten Auge die Müdigkeitsblässe; es ist das Getriebe der Worte im Kopf, es sind die wildwütig sich wiederholenden Sätze, die mit jeder Umdrehung an Sinn verlieren, die nirgendwohin führen, die sie bewegungslos machen.

Nicht ihr Unglück ist es, das die Erstarrung bewirkt, sondern allein die Flucht davor, das Zergrübeln des Unglücks, der vergebliche Versuch, es auf irgendeine Art zu überspielen.

Margie – den Kopf an der Spiegelscheibe – erblickt sich jetzt mit den Augen der anderen; aufmarschiert sind sie im Kreis um sie her; sie fühlt sich umstellt; sie sieht die Spießer mit den unbewegten Mienen auf sie zeigen, schamlos; hört die Dummköpfe geifernd Sätze ausstoßen, dem Meister gestohlen und gierig verschlungen die einst großen Sätze nie richtig verdaut; hört Worte wie »Sublimation«, wie »Verdrängung« in ihren Mündern zu Brei verkaut, und – so beschimpft – wird sie erst *jetzt* zu dem, was sie wünschen und wollen, was sie stellvertretend für sie alle sein soll: die ewig schwankende und klammernde Person, die »unerfüllte Frau«, die niemand stützt und niemand hält, die, die sich selbst nicht halten kann, geschweige denn lieben, die böse Fee, die die Liebenden haßt, die Spottfigur, die endlich in die Knie gehn soll.

Und du mit mir! Geht es dir schlecht? Es soll dir noch schlechter gehn! Warum sollst du davonkommen? Hat es nicht unsere Mutter kürzlich in der Klinik prophezeit: die eine Hälfte der Menschheit wird am Hunger sterben, die andere an Seuchen. Oder den Heuschrecken. Die Alten werden kindisch werden und die Kinder, kaum geboren, vergreisen. Mit aller Liebe wird es vorbei sein, mit allem Spiel. Mit deinen Eskapaden, Bruder! Und mir soll es recht sein. Ah, angenehm, sich vorzustellen: niemand beißt allein und einsam mehr ins Gras! Du weißt, wohin du dich flüchten kannst. Wer dir Trost zusprechen, dich Mut lehren wird. Ich werde es sein und niemand sonst –

Margie, am Mittag, scheint allein im Haus zu sein. Kein Schritt mehr über ihr, unter ihr. Nichts bewegt sich. Margie, in Unruhe erstarrt, hält sich die Ohren zu. Es ist totenstill. Nur der kleine Wecker ist deutlich zu hören, das Ticken schnell wie in Atemnot.

Scharayn, der Freund

> Hoch ragt über allen den Namen
> empor der Name des *Maßes*;
> am glücklichsten ist,
> wer bescheiden genießt;
> was darüber hinaus ins Maßlose geht,
> dient keinem zum Heil.

Scharayn, im Schnittraum, besieht seine Hände. Sie liegen – fremde Gegenstände – vor ihm auf dem Tisch. Unbeweglich, er denkt: Handwerkzeuge. Kein Zittern, wie man annehmen könnte, nach den langen Stunden bei Kälte durch Straßen, mit der Kamera durch die Stadt; immer wieder das schwere Ding auf der Schulter, anstatt auf dem Stativ – seine Hände sind ruhig wie die eines Chirurgen nach der gelungenen Operation.

Oder, denkt Scharayn, *noch* ruhiger. Immer nach so einem langen Drehtag herrscht diese Empfindung vor, eine Art von Fühllosigkeit, als wären seine Glieder nur die Verlängerung des Instruments, er selbst – sein Kopf, der ganze Körper – ein unabtrennbarer Teil von ihm. Es ist ein Gefühl wie von leichter Betäubung, ein angenehmes Sich-Entfernen von sich selbst.

Scharayn hat die Gewohnheit, alles am Tage Gedrehte am gleichen Abend anzusehn, das Material sofort zu prüfen. Er hortet es – zerstückelt, ungeordnet wie es ist – in seinem Kopf; so hofft er, daß es, wie bei einem Schulkind, das sich das Buch unters Kopfkissen legt, im Traum an seinen rechten Platz geraten möchte. Daß es von selbst zu einer Ordnung gelangt. Er liebt diese Stunden der Sichtung, des Prüfens; er hat die Stadt eingesammelt, wo sie sich hergab; er hat Menschen gesammelt, zu Hunderten, er ist verrückt nach Menschen, ein Menschenjäger. An jeder Ecke hat er stehenbleiben müssen, weil da schon wieder so ein Wunder aufkreuzt; ein Mädchen, das quer zur Sonne springt und eigentlich eine Ballerina ist; ein junger Mann mit einem Kind auf dem Rücken, das muß er heil durch den Dschungel bringen; ein minderjähriger Akrobat auf einem Rennrad. Scharayn hat sie haben wollen, alle, hat sie halten wollen, behalten; so, denkt er, muß sich am Abend die Alte fühlen, die er heute gefilmt hat, die Stadtstreicherin, wenn sie ihre Plastiksäcke versammelt und ihre Schätze zählt. Denn er hat diesmal alles in der Hand behalten wollen. Hat – gegen Einwände höheren Orts – selbst auf den Assistenten verzichtet, die Aufnahmeleiterin nach Hause geschickt. Es hat dieser, sein sechster Film, in nichts vorhergeplant, vorausbedacht sein sollen.

So hat Scharayn sich treiben lassen, unvoreingenommen, wie er meint, und leer, wie das Magnetband in der Kamera; hat sich dem Unvorhersehbaren gestellt, jeder zufälligen Begegnung, den verborgensten Bewegungen der Stadt. Der heiteren Unordnung im Westen, die sich so gerne selbst zelebriert, doch ebenso der übertünchten und verkleideten im Osten. Nicht auf die sattsam bekannten Denkwürdigkeiten war er aus, nicht einmal auf diejenigen, die er liebt: das Fraunhoferinstitut oder die Alte Wache Unter den Linden, nicht auf die sanft verwitternden Botschaftsgebäude, aus deren geborstenen Dächern Birken wachsen, oder die Höfe ehemaliger Fabriken mit ihren verzierten, schön gekachelten Fassaden.

Geheimeren Geschichten war er auf der Spur. Wie spiegeln sich die Wüste, das Bombastische, das Klassische und das Gemeine in Gesichtern? Wie antwortet der Fixer dem großen Kurfürsten zu Pferde? Wie der Grenzpolizist dem Diplomaten? Vielleicht wird er erst viele Jahre, viele Filme später, denkt Scharayn, die Schrift entziffern können, die diese Stadt für sich entwickelt hat. Die sich unterscheidet von denen der anderen Städte. Von denen westlich der Elbe. Von denen im Osten des Landes sowieso.

Noch ist der zweite Schnittraum gegenüber – sein angemeldeter Raum nicht frei; er hört Gelächter, Freund Wanja reißt Witze. Es ist ihm nicht unlieb. Sich stillhalten jetzt. Nur das Leichteste, das Belangloseste denken. Leer werden, ein riesiges Magazin werden; Platz schaffen, Staufläche; das Wählen, Sortieren und Ordnen kommt später.

Scharayn kann seinen Kopf nicht entrümpeln. Etwas geistert darin herum, das er nicht zu fassen kriegt. Wie der letzte Traum am Morgen, in dem man kreiselnd gefangen ist und niemals an ein Ziel gelangt.

All die Stunden während der Dreharbeiten war er wach, sein Geist in den Tag, nach vorwärts gerichtet, jede Zelle seines Gehirns allein mit Wahrnehmung beschäftigt, Neuronen, Synapsen ununterbrochen in Aktion, die Millionen von Erscheinungen ringsum zu fassen.

Jetzt in der Ruhe, im Augenblick, da die Erregung abfließt, ergreift ihn Müdigkeit, muß er anhalten plötzlich, tritt er auf der Stelle; ein Bild vom gestrigen Tag taucht auf und läßt sich nicht abweisen. Ein unerwartetes und, wie er bemerkt, ziemlich albernes Bild, das andere Bilder hinter sich herschleppt, eine Geschichte nun doch, die ihm reichlich lächerlich erscheint, fast wie ein Hintertreppenroman.

Bist du es, Gori? Bleib draußen, Freund! Du störst meine Arbeit. Diesen ersten Blick auf das Material, der so nie mehr zu wiederholen ist. Du machst Unruhe, Mann –

Es hilft nichts. Der Eindringling bleibt, er drängt sich rücksichtslos ins Feld und nimmt die Sicht. Wie soll Scharayn sich den Kopf freihalten, wie dem mühsam Eingebrachten Platz verschaffen mit diesem Brocken jetzt im Weg?

Unsäglich, knurrt Scharayn, sich an den Gregor von gestern erinnernd, an diese einwärts gekehrten Augen, die abgehängte Unterlippe – gelangweilt oder schon unverschämt? –, den Zombieausdruck tödlicher Verdrossenheit! Wie überhaupt etwas wahrnehmen können, wenn ihm nichts anderes in den Ohren klingt als diese Stimme, pharisäerhaft plötzlich, Satzfetzen ihres unerquicklichen Gesprächs, des ersten übrigens seit vielen Wochen.

> Hast du etwas gesagt? Oder träumte ich? Wars mir doch fast, als hörte ich ... was? Parolen eines Sektenführers, der seine Schafe davonlaufen sieht? Die Platitüden eines Seelenberaters? Eines Sonntagspredigers? Oder las ich solche Bodenlosigkeit in einem Groschenblatt? Es muß – gottlob – wohl nur geträumt gewesen sein. Verzeih, wenn ich es schleunigst vergesse –

Doch Scharayn kann nun nichts mehr vergessen, nichts, was mit dem Jungen zusammenhängt. Oder besser: mit dem kleinen Bruder, denn er hielt ihn dafür, seit man sie als Kinder zusammensperrte. Seit Gregors Mutter – die »Irre«, wie sie bei den Kindern hieß – eines schönen Tages in der Anstalt verschwand und er mit Margie, der großen Schwester, plötzlich im Garten hinter dem Apfelbaum auftauchte. Seit Scharayn das Bürschchen zum ersten Mal von diesem Baum herunterholen mußte. Immer von da an hat dieser Kleine nach ihm, dem Älteren, geschaut, auf seine Worte gehorcht. Nicht auf

Ada, die Mutter, nicht auf Nurmi, die Ziehmutter, oder auf Margie, nur auf ihn, Scharayn, hat er gehört. Ihm ist er auf den Fersen geblieben, wie das neugeborene Fohlen der Stute.

Und so scheint es dem erwachsenen Scharayn noch immer, als sei *er* es gewesen, der ihn aufgezogen und durchgebracht hätte. Oder: als hätte er ihn überhaupt erst gefunden, irgendwo auf einer Kirchentreppe ausgesetzt, in einem Weizenfeld.

Ein Weilchen noch hält sich Scharayn an die Vorstellung. An Bilder, die längst nicht mehr stimmen und doch geeignet sind, das unerwünschte Andere auszublenden. Bilder aus einer sagenhaften Zeit, als Scharayn noch »Roland der Redner« hieß und auf allen Fotos immer in der Mitte stand. Scharayn sieht sich nicht ungern: auf dem Schulhof, lachend im Pulk der Mitschüler; in der Gondel, ganz oben, im Riesenrad; im Tor inmitten der Handballmannschaft, einer den Arm auf den Schultern des anderen; und doch sieht es aus, als wollten sie weiter, alle Arme ein Stück noch zu ihm hin, zu Roland Scharayn.

Annehmbar, denkt er, sich so aus der Ferne und, wie er meint, objektiv betrachtend: das braune, leicht gewellte Haar in schönem Kontrast zum Blau der Augen; der Körper nicht zu dünn, nicht zu dick; und die kleine Verstärkung um die Hüften schon damals, diese winzige Abweichung, sie fällt nur bei genauerem Hinsehn auf.

Scharayn lächelt. Er ist nicht beschränkt genug, dem Anflug von Eitelkeit nachzugeben, nicht selbstgerecht genug, sich ein Verdienst anzurechnen. Im Gegensatz zu Gregor und Margie hat er eine freundliche Kindheit gehabt. Natürlich hat man hoch hinaus gewollt mit ihm, doch haben sie es ihn nicht merken lassen. Und so wie viele Söhne, die, unbezweifelt, die Zuversicht ihrer Eltern sind, war er von Anfang an bemüht, ihren geschickt verhohlenen Wünschen zu entsprechen. Früh spitzte der kleine Scharayn die Ohren. Wenn der Vater – ein Möbelfabrikant – am Abendtisch die Härte des Lebens beklagte, erklärte die Mutter – Physiklehrerin –, was wohl daraus zu lernen wäre.

Bald war der fixe Scharayn allen anderen voraus und wurde als Führer anerkannt. Oft überkommt ihn noch heute etwas wie Rührung, wenn er an seine frühen Jahre denkt. An die Behutsamkeit, mit der das Schicksal damals mit ihm umging, seine Freigiebigkeit. Denn, als hätte es noch nicht genug für Scharayn getan, bescherte es ihm, dem Einzelkind, in Gori, was er wünschte und brauchte: den eifrigen Zuhörer, stummen Bewunderer; den Schüler, den Bruder, den kleinen Gefolgsmann.

Scharayn treibt, noch immer über sich selber lächelnd, mit dieser Spur von Selbstironie, die er an sich schätzt, weiter und weiter in die Erinnerung ab. Hört das Gelächter aus dem Nebenzimmer jetzt wie aus einem anderen Land.

Tatsächlich stellten die Geschwister, denkt er, in diesen Jahren ideale Erziehungsobjekte dar. Wie junge Wilde blieben sie tagelang unbeaufsichtigt und trieben sich in den Straßen herum. Nicht selten auch in den Familien der Mitschüler. Dann wieder, strengstens an der Kandare, wurden sie von Nurmi als Dienstboten ausgenutzt, von der leiblichen Mutter als Abladeplatz für Seelenschutt, während die alte Manja es liebte, sie mit ihren selbstgesponnenen Philosophien zu traktieren, mit skurrilen, ziemlich abwegigen Geschichten.

So blieb es schließlich Scharayn vorbehalten, den beiden das Leben zu erklären, besser: ihnen seine Regeln beizubringen. Nicht nur die alten bewährten, sondern ebenso die neuen, die Mitte der siebziger Jahre, als er die Schule abschloß, in Mode waren. Außerdem natürlich seine, Scharayns, eigenen Maßstäbe. Denn war nicht er es, er ganz allein, der sie zum Denken gebracht hat, zum Unterscheiden, der den verwilderten Geist des Freunds erst organisierte, ja, der ihn eigentlich aufgeweckt hat? Und nicht zu vergessen, sagt Scharayn, jetzt gestikulierend und mit sich selber sprechend, der ihn den Unterschied von Kunst und Leben gelehrt und ihn am Ende zum Schreiben gebracht hat?

Er sieht Gregor und Margie, als wäre es gestern, im Flur der Wohnung stehn, die er in seinem letzten Schuljahr mit drei Freunden teilte. Sieht sie staunend vor den Matratzen am Boden, in dem sonst vollkommen leeren Zimmer. Sieht Gori, damals fast noch ein Kind, buchstäblich mit offenem Mund, wie er bewundernd zu ihm aufsieht. Scharayn sieht sich selber in jenen Jahren, das Haar zurückgekämmt, zum Zopf geflochten. Er trug es so, nicht etwa, weil es die Mode befahl, sondern weil es – Erkennungszeichen, Kampfansage gleichzeitig – geeignet war, die Spießer allenthalben aufzustören oder doch wenigstens, sagte der überlegte, der allwissende Scharayn, ein paar Gedanken in Gang zu setzen, das zum mindesten. Es muß um die Zeit gewesen sein, daß er sich, redend und dozierend, zu ungeahnten Höhen aufschwang. Und doch behielt er, er konstatiert es nun doch nicht ganz ohne Stolz, eine angenehme Gelassenheit bei; die schnellen Seitenblicke, mit denen er zu Anfang noch die Wirkung seiner Worte prüfte, hat er sich rasch und gründlich abgewöhnt.

Ein untrügliches Gefühl gab noch dem Studenten Scharayn stets die rechten Gedanken zur rechten Zeit ein. Dabei war er kein Mitläufer. Ein Beispiel, das er noch heute gern anführt: Wenn allewelt damals dem Glauben anhing, daß die Basis den Überbau bestimme, so wagte er als einziger, den jungen Mao zu zitieren, der die Behauptung aufgestellt hatte, daß es auch umgekehrt sein könne. Roland Scharayn fand, das bestritt selbst die kluge Margie nicht, für alle Dinge sein eigenes, besonderes Maß. Und so sieht er sich, möchte er sich noch immer sehn: da sind sie, da stehn sie –

nein, hocken wir nebeneinander auf meiner ersten Honda, der zwohundertfünfziger – erinnerst du dich? –, ich hatte den Kupplungszug ersetzt, wir hatten die Kette nachgespannt, das muß kurz nach Ostern gewesen sein, ich trete den Motor an –

Scharayn sieht, wie sie die Helme aufsetzen, die Gurte festzurren. Schon sind sie im Begriff davonzubrausen, doch was geschieht? Gori, der immer »der Kleine« war, der sich in Scharayns Erinnerung noch affenähnlich an ihn festklammert, beginnt zu wachsen, nicht langsam, stetig, wie es sich gehört, sondern sprunghaft, in Schüben, von Bild zu Bild, wächst, wächst wie rasend über ihn weg, ist nicht zu halten und nicht zu bremsen, als wollte er fliegen, denkt Scharayn, so daß er sich plötzlich klein vorkommt, zusammengeschrumpft; daß nun er es ist, der zu dem anderen hinaufsehen muß.

Wie schnell hatte Gori sich dann an den Zustand gewöhnt! Und das, scheint es, nicht nur körperlich. Scharayn erinnert sich, daß er von da an immer öfter mit geschlossenem Mund zu sehen war, immer häufiger erlaubte er sich, den Reden des Freundes nicht zuzuhören, sich anderweitig zu beschäftigen oder dümmlich grinsend in die leere Luft zu schaun. Und immer weiter entfernte er sich.

Neuerdings horcht dieser Zögling auf niemanden mehr. Schaut sich nach keinem mehr um. Hat das vertraute Gelände verlassen, vergessen die Abenteuer und Spiele, in der Dämmerung auf verlassenen Grundstükken, auf Autofriedhöfen oder Müllhalden; die grundlosen Raufereien zu bestimmten Stunden, wenn es war, als ob alles, gefüllt bis zum Rand – Straßen, Häuser, Zimmer –, überschwappen wollte, wenn die sich steigernden Erregungen des Tags in einem Gebrüll, in einem Ringkampf sich lösten, und wenn schließlich wieder Ruhe eingekehrt war in den Bewegungen der Leute, der Fahrzeuge, der Natur, in den aufgewühlten Seelen der Kinder. So sehr er es wünscht, nie kann Scharayn den Blick des Jungen vergessen, am Abend, wenn Erschöpfung endlich die Kräfte dämpfte, diesen Tierblick, wie aus einer Höhle heraus, scheinbar befriedet, doch auch schon wieder wach, schon die Abenteuer des neuen Tages ausdenkend.

Und wohin blickt Gregor, der fast Erwachsene, jetzt? Dieser Verwahrloste, Scharayn denkt es nicht ohne Schadenfreude, der nun eher wie ein struppiger Vogel aussieht, mit seinem viel zu kleinen Kopf, der seltsam unbeteiligt auf den langen Körper niederschaut. Ein immer noch nicht ausgewachsener Vogel, der allerdings – wenn er nur wieder Vernunft annehmen, nur auf den Freund würde hören wollen – sich zu etwas Großem, Glattgefiedertem, einem schönen Raubvogel entwickeln könnte.

Welche Wüste hat er nun vor Augen, die weder Spiel noch Kampf, geschweige denn Entwurf mehr zuläßt? Was muß ihm zugestoßen sein, wenn er eines schönen Morgens die Bücher in die Ecke wirft, die mühsam erjagten aus zweiter Hand, die Lehrbücher der Chemie, der Physik, und noch alle Ausarbeitungen dazu? Die dicken Hefte voller Formeln und die anderen, mit Goris großer Schrift beschriebenen: die Geschichten, Anfänge von Geschichten; die ersten Kunstversuche, die er, Scharayn, befördert hat; Entwürfe, die keiner außer ihm gelesen, die nur er kritisiert und beurteilt hat und die so etwas wie ein Freundschaftspfand waren?

Was hatte er gestern abend im Sinn, als Scharayn ihn bei der Arbeit stellte, in dieser Kaschemme, wo er den Hilfskellner spielte? Als er, Haken schlagend, versuchte, ihm auszuweichen und tat, als habe er ihn nicht gesehn.

Wenn man hier überhaupt von Arbeit sprechen kann! Er räumte die Plastikteller zusammen, die leeren Becher, die Abfallberge. Ließ alles in einem Behälter verschwinden, das rote, das gelbe, das fette Geschmier, den nicht gegessenen künstlichen Salat, das Verschmähte, das Wiederausgespuckte. Er war übernächtigt und bleich, wie Scharayn ihn nie gesehen hatte. Dabei lief er in der Art von Rikschah-Kulis um die Tische, mit immer der gleichen Geschwindigkeit, fast wie in Trance. Scharayn hat ihn lange beobachtet. Stand stumm im Eingang und sah ihm zu.

> Merkte aber, daß du mich bemerktest. Du spieltest deine Rolle gut! Gabst überzeugend den Abwesenden, den in die Arbeit Vertieften. Ich habe verstanden. Deine Gleichgültigkeit sollte ich spüren, deine Überlegenheit, dummstolz!
>
> So hat man dich im Leben nicht gekannt. Nur kleinliche Geister werden zynisch.
>
> Gratuliere zur Metamorphose: vom Künstler zum Gelegenheitsarbeiter! Und wohin weiter?

Scharayns Erfahrung, oder die seiner aufmerksamen Eltern, ihm eingeimpft: wer einmal kapituliert, kapituliert ein zweites Mal und immer wieder. Und: wer aufgegeben hat, wünscht nicht mehr den Kontakt mit solchen, die noch immer – Kopf über Wasser – weitermachen.

Wut überkommt Scharayn. Als hätte er nicht selber längst herausgefunden, wie schwer es ist und immer schwerer wird, die vielzitierte Wirklichkeit mit Wissenschaft, mit Kunst zu fassen; als dächte nicht auch er täglich, stündlich daran herum; als sei er nicht einer, der Bescheid weiß!

Trotz allem: wer sein selbstgewähltes Ziel verrät, verrät sich selbst. Wer das Ziel ... unser Ziel ... verraten ... Soll er zum Teufel gehn! Scharayn, nun schon im richtigen, in »seinem« Schnittraum, gibt der Cutterin das Zeichen anzuhalten. Er greift nach der Flasche, der kleinen flachen, die er immer bei sich hat. Nicht, daß er sie lebensnotwendig brauchte, o nein, noch nicht, noch ist er kein Alkoholiker wie sonst fast alle in der Abteilung, die die Stunden anders nicht durchstehen können. Scharayn ist maßvoll in allem; jetzt braucht er die paar Schlucke lediglich, um herunterzuschalten von seinem »Jagdleben«, wie er es nennt, zurück ins normale. Von der Zerstreuung in die Versammlung.

Und was war es denn überhaupt, denkt Scharayn, nun schon gefaßter, schon langsam besänftigt, was ist es jetzt im Moment, das ihm Unruhe macht? Ein Stück ist aus; Gott seis gedankt, ein Stückchen Freundschaft, ein Stückchen Leben, wies eben so geht. Er muß nicht mehr mitspielen. Muß auch das Gerede nicht mehr hören, das ein Verwirrter gestern von sich gab; Banalitäten, Theorien über den Zustand der Welt und anderen überspannten Unsinn, der möglichst schnell zu vergessen ist –

Hätte ich ... was? Dich packen und dich rütteln sollen? Dich aus der Spelunke zerren und dich zwingen zu widerrufen? Abzuschwören dem idiotischen Geschwätz, an das ich mich nicht erinnern möchte, das mir seit Stunden nicht aus dem Kopf will, diesem Satz, diesem Satz –

Scharayn erwägt allen Ernstes Zwangsmaßnahmen. »Laß mich in Frieden, du Pestalozzi!« hat Gori geschrien und ihn im Lokal beiseitegestoßen. Und leiser, doch höhnisch grinsend hinzugefügt: »Nichts geht mehr. Häng dich auf oder geh in die Zelle!« Dann war er mit dem Stapel Plastikzeugs davon.

In die Zelle! Scharayn will sich totlachen! Mancherlei hat er für möglich gehalten, das Absonderlichste diesem Wirrkopf zugetraut, doch nie je die Verweigerung, den Rückzug – nein, er wird ihm dahin nicht folgen. Wird auch die Höhle nicht wieder betreten, Gregors Zimmer nach Norden im zweiten Hof, Parterre noch dazu, das er seit einigen Wochen bewohnt und in dessen kreisförmiger Düsternis alles wie eingefangen erscheint. Ein Spinnenwinkel, in den niemals ein Sonnenstrahl fällt. Er, Scharayn, bleibt, wo er ist, in seiner Stadtlandschaft, die belebt ist wie keine sonst. Er liebt sein Leben im Überfluß; er ist seit Jahren und immer neu von der Fülle, vom Reichtum fasziniert.

Das Übermaß des Angebots fordert die Anstrengung der Wahl. Der Wille zur Wahl stimuliert die Kraft. An keinem Tag seines früheren Lebens hat er sich so stark gefühlt wie jetzt am Abend vor den Monitoren, mit diesem Arsenal von Bildern, die er erzeugt hat, die er nach Belieben abrufen kann, ein »Sesam öffne dich«, das ihm gehört. Nie je, in keinem Jahrhundert vorher, denkt Scharayn, sind Menschen so mächtig gewesen, haben Erde, Mond und Sterne, selbst den Weltraum an sich reißen und sich aneignen können in Bildern. Nie haben sie doppelt, dreifach, vielfach leben können.

Doppelt? Scharayn trinkt und schweift schon wieder in Gedanken ab. Ist es die Stadt, die jedermann zur Doppelsichtigkeit erzieht? Die gedoppelte Stadt, deren jede Hälfte in sich allein schon wieder doppelt, dreifach, vielfach ist? Diese Versammlung unzähliger Dörfer, die, später zu Kleinstädten angewachsen, noch später zu Stadtteilen, dennoch hier wie dort, geschwisterlich zusammenleben? Diese Stadt, mit ihren Schätzen, reich wie Alibabas Höhle ...

Nein, niemals wird Scharayn dem Schwächling folgen. Ihm nicht mehr nachforschen in seiner Ödnis und ihn anrufen und bereitstehn, um ihn aufzufangen. Er wird ihm nicht nachlaufen –

Auf dein Wohl, mein Kleiner! Selbstverständlich werde ich kommen, schon heute nacht! Verlaß dich drauf! Das letzte Bier, das du bringst, wird das meine sein. Wie ein Schießhund werde ich die Ausgänge im Auge behalten. Ich werde –

Was wird er? Nichts wird er ausrichten; soviel Scharayn sich zugute hält auf die fünf Jahre, die er dem anderen voraushat – auf seine Weltgewandtheit, seinen Wissensvorsprung –, er ahnt: niemals wird er von nun an etwas ändern können, keine Idee weder verhindern noch befördern, nichts, was der Freund sich in den Kopf gesetzt hat, beeinflussen oder umleiten können. Denn Goris Geistessprünge sind nicht mehr im voraus zu berechnen. Gori gehört zur Kaste der Erfinder.

So hat es Scharayn selbst vor Jahren, in seiner Glanzzeit, verkündet: die Menschheit ist zweigeteilt. Es gibt Jäger und es gibt Ackerbauern. Es gibt Forscher und Buchhalter. Es gibt die kleine Schar der Erfinder, dazu die Masse der Nachmacher. Allenthalben, behauptete der welterfahrene Scharayn, ist diese Zweiteilung zu beobachten: bei den Arbeitern ebenso wie bei den Geistesmenschen, bei den Handwerkern wie bei den Ingenieuren, bei den Lehrern, den Ärzten, ja selbst bei den Künstlern – auf hundert mittelmäßige kommt ein inspirierter, auf hundert Mit-Denker einer, der quer denkt. Natürlich hat Scharayn sich zu den Letzteren gezählt, zu denen, die sich die Welt erst erfinden. Beginnt er plötzlich an sich selbst zu zweifeln?

In stillen Stunden, und wenn Scharayn ehrlich ist, sieht er klar, daß sich das Verhältnis umgekehrt hat. Schon längst ist es nicht mehr Gori gewesen, der ihm nachlief; er selbst, Scharayn, war der, der seine Richtung änderte, wenn Gori irgendwo stehenblieb, er derjenige, der ihm nachging, wenn der Freund unvermittelt einen Seitenweg einschlug. Wenn Gregor, über Scharayns Kopf hinweg – der Raubvogel über den Kopf des Erpels –, etwas zu sehen schien, etwas Unerhörtes, dem er nachjagen mußte.

Sollte nun er selbst es sein, der unbemerkt im Lauf der Jahre vom Erfinder zum Buchhalter geworden ist? Zum Hinterher-Läufer? Nach-Denker? Den man allerdings, sagt Scharayn und hat schon mit dem nächsten Schluck wieder das Ausgleichs-, das Trostwort parat, den man ebenso oder mit größerem Recht zur Klasse der Ordner zählen könnte.

Es wären dies die Beständigen, die sich der Dinge ernsthaft annehmen, die mit Geduld die Tage, Stunden und Minuten planen, die die Arbeit und das Geld verteilen, die die Pläne der anderen zuende zeichnen, und die schließlich weiterschleppen, was die Erfinder nach der Schaffensphase achtlos aus den Händen fallen lassen.

Scharayn ahnt seit langem, wohin er gehört. Er hat die altbewährte Reihenfolge eingehalten, hat gelebt, wie schon sein Vater, sein Großvater und vermutlich die meisten vor ihnen lebten: er ist zur Schule gegangen, er hat eine Neigung gehabt, er hat die Neigung zum Beruf gemacht. Er hat sich gesteigert, er hat Erfolge vorzuweisen. Er wird den Beruf gewissenhaft ausbauen. Nie allerdings über ein gewisses vernünftiges Maß hinaus; immer wird er rechtzeitig umkehren, zurück zur vorgezeichneten Straße.

Aber ist es nicht das, *gerade* das, fragt sich, beruhigt sich Scharayn, was nottut heutzutage? Was einer diesem wildgewordenen Jahrhundert noch entgegensetzen kann? Was dringend gebraucht wird? Was macht – sagt Scharayn, der Mann der Mitte –, daß die Welt noch immer weiter trottet. Daß nichts aus dem Ruder laufen kann.

O ja, immer wird Scharayn Filme machen, die notwendig sind und die dringend gebraucht werden!

Ach, immer wird er Filme machen, die sich verkaufen! Immer wird er nach dem dritten Glas am Abend aufhören zu trinken ...

Natürlich gibt es bei allen Ordnern Augenblicke, in denen sie die Erfinder beneiden. Bei Scharayn begann es früher, als er wahrhaben wollte; schnell ist es vernarbt; ein leises Ziehen, kaum schmerzhaft, ist zurückgeblieben. Scharayn, mit blinden Augen vor den Monitoren, sieht wieder, schon wieder, Gregor als Kind, sich selbst dazu, wie er mürrisch am Abend nach Hause schleicht; die Geschwister aber, unter der Laterne Blicke kreuzend, sieht er aufbrechen, laufend, springend, endlich ins Dunkle und ins echte Abenteuer; sieht sie, neidisch, in der Nacht verschwinden. Keine Erziehungsperson, nicht einmal Nurmi, die strenge Ziehmutter, wäre fähig gewesen, in den Tagesablauf der beiden einzugreifen, ihre

Spiele zu reglementieren. So wie keine Autorität der Welt und kein Scharayn – er ist ehrlich genug es zuzugeben – dem Physikstudenten Gregor die Schreiberei hätte ein- oder ausreden können.

Ist es nur folgerichtig, daß so einer stürzen muß? Jetzt liegt das Genie, das eben noch mit seinen Kräften protzte, das sich anheischig machte, nach zwei Richtungen gleichzeitig schaffen zu können, mit der Nase am Boden.

»Nimm eins für das andere«, hatte Gori noch vor kurzem großspurig verkündet, »die Formel, die du suchst, die Geschichte – du mußt sie beide in der Phantasie vorauserfinden. Erst dann kannst du ans Ausarbeiten, ans Berechnen gehn. Die Prozedur ist dieselbe. Frag Einstein, frag Joyce. Frag Jewtuschenko, frag Hawking. Wenn du Glück hast, geht es zusammen, decken sich Eingebung und Ergebnis. Das ist selten genug. Das ist das Wunder – schlechthin.«

Nun ist es mit dem Wunder wie mit dem Glück vorbei! Nun ist der große Aufschwung gestoppt! Scharayn bedeckt die Augen mit der Hand.

Aber ist es nicht allenthalben dasselbe, wohin er auch schaut: in Funkhäusern, Rathäusern, in Konzertsälen, auf Podien, Kanzeln und Tribünen?

Das Genie, das jahrhundertelang auf steinigen Wegen vorwärtsstürmte, findet sich unversehens vor einem Absturz. Der Abgrund zu seinen Füßen ist von so unerhörtem Ausmaß, daß es zu Tode erschrickt. Eine Brücke ist weit und breit nicht in Sicht. Das Genie weiß nicht weiter. Es sieht, daß es nicht mehr vorwärts kann, will jedoch, eitel wie es ist, nicht zurück. Es tritt auf der Stelle: »En avant! En avant!« Das Genie heutzutage hütet Schafe oder schafft sich eine Werkbank an oder zieht einen Weinhandel auf. Nur das empfindlichste seiner

Gattung, sagt Scharayn, das noch nicht recht erwachsene schlägt sich den Kopf am letzten Chausseebaum blutig und verfällt in Melancholie.

Kann Phantasie ins Negative laufen? Hat Gori das »Nichts geht mehr« in einer schlechten Nacht vorausgeträumt und ist nun dabei, in seiner Zelle den Beweis zu erbringen? Den genialischen Entwurf des Untergangs? Woher die unvorhersehbare Wendung? Was macht, daß sich die Lemminge ins Wasser stürzen? Was treibt die Wale an Land statt ins rettende Meer? Einen denkenden Menschen in eine Bier-Kaschemme?

Scharayn trinkt, was er sich sonst verbietet, die Flasche auf einen Zug aus. Er spürt den Alkohol scharf auf der Zunge, die Kehle hinab; der Strick um seine Brust gibt nach, seine Lungen scheinen sich zu weiten; das Trinken um diese Tageszeit beruhigt und erheitert ihn, es prophezeit Scharayn einen fröhlichen Tod.

Es kann ein Ordner ohne die Erfinder leben. Auf jeden Fall eine gute Weile. Doch was sind die Erfinder ohne Ordner?

> Könntest du, Freundchen, ohne Scharayn auskommen? Käme ein Erdbeben, eine Hungersnot, ach, lediglich eine Epidemie, wer in aller Welt hätte ein Auge auf dich? Wer fürchtete weder Tod noch Teufel und schleppte dich im letzten Augenblick ins Hospital?

Scharayn stellt sich den Freund in einer wilden, unwegsamen Landschaft vor, in einem Kriegsgebiet vielleicht; sie beide sind allein ins Niemandsland verschlagen, nicht weit entfernt die Mündungsfeuer feindlicher Geschütze; er sieht den jüngeren Gregor jetzt – wie immer unbedacht – heimlich auf verbotenes Terrain hinüberwechseln, ungedeckt die Frontlinie überqueren, und er, Scharayn, natürlich wieder der, der weiterdenkt, der hinter ihm herhetzt, derjenige, der ihn wie ein zu wildes Kind zurückreißt; Roland Scharayn, der mittlerweile so erwachsen ist, daß niemand ihn mehr beim Vornamen nennt.

Erwachsen – kommt ihm schon wieder das Wort in den Sinn? Nicht aus dem Verstand, dem vernünftigen Schließen, wie aus tiefem Schlummer taucht ihm unerwartet die Vermutung auf. Ein Verdacht, der an Wahrscheinlichkeit grenzt: ist es möglich, daß hier einer nicht erwachsen werden *will*? Daß der Freund beschlossen hat, das Kind im Apfelbaum zu bleiben? Das arme Waisenkind, das tatenlos, verantwortungslos nur darauf wartet, von seinen Freunden gerettet zu werden?

Und soll es denn schon wieder *er* sein, der ihm zu Hilfe eilt? Wieder, wieder packt Scharayn der Zweifel; wieder zaubert Minou, die Cutterin, eine neue Flasche hervor. Ist nicht die Theorie der Zweiteilung absurd? Muß denn nicht *jeder* irgendwann aus dem genialischen Zustand der Kindheit hinaus, aus dem Erfinderleben ins geordnete, ordnende Leben hinüber? Ist es nicht *jedes* Menschen Pflicht, zu irgendeiner Zeit das wild Gejagte, die Beute seiner frühen Jahre zu sortieren? Will sich hier einer vor der Mühsal drücken, um faul auf Kosten anderer im alten Zustand sich zu suhlen? Spekuliert hier eventuell jemand darauf, daß einer kommen wird, ihn zu holen – der Vater den ungeratenen Sohn –, schielt er vielleicht schon aus dem Augenwinkel nach dem Retter?

Soll er warten, bis er schwarz wird! Mag er den trotzigen Nachkommen spielen, sich zu Boden werfen und mit den Füßen trampeln, Scharayn legt die Beschützerrolle ab. Die Lehrerrolle und die Freundesrolle! Eher, denkt Scharayn, wird er ihn Freundin Agnes überlassen, dieser Ringelnatter, die zwar nicht imstande ist, einen hübschen Jungen aufzuheitern, doch immerhin zur Gouvernante taugen könnte. Scharayns Erfahrung: bevor einer gänzlich zugrunde geht, fällt er den Frauen in die Hände. Die nämlich warten nur darauf. Die rennen durch Kneipen, durch Discos, durch Kinos und schauen nach Versinkenden aus. Die sind auf Rettung spezialisiert. Sie retten, auf daß sie gerettet werden.

Die Frauen werden ihn erwachsen machen. Und er wird es aushalten. Unter ihren wachsamen Augen wird er aufrecht durch die Straßen gehn, wird ohne Wimperzucken ansehen müssen, was Scharayn ihm noch mit Scham verschwieg. Kein Winkel wird ihm verborgen bleiben. Keine Abseite dieser Stadt, dieser Frauen. Alle Auswüchse, Schuttplätze, Absteigen sollen ihm unverhüllt erscheinen. Alle Narben, Geschwüre, Obszönitäten. Unter den Augen der Frauen wird er sich zusammenreißen.

Du meinst, das sei mehr, als einer ertragen kann? Keine Sorge, etwas in dir wird klüger sein als du. Wird schon im Sehen das Brauchbare wählen, das dir Gemäße –

So wie Kinder, denkt Scharayn, und zwingt die wiederaufkeimende Furcht mit einem Schluck, einem neuen Gedanken nieder, wie unaufgeklärte Völkerschaften die Farben zu ihren Wandbildern wählen, fast wie im Spiel, fast ohne Gedanken, mit sicherem Blick.

In welchem Übermaß es sich auch zeigen wird, wie überstürzt es vor deinen Augen abläuft, vor deinem Geist wird es wie auf dem Schneidetisch liegen – einem der guten alten mit Bildfensterchen –, wird schon im Sehen dem Schnitt, der Wumme unterworfen sein, dem kritischen Blick, der kürzt und rafft und aussortiert. Der schon Umriß und Farbe des Ganzen mitdenkt. Der aus den vielen Bildern den *einen* Film macht.

Wer zählt die Sommerabende, die Krankheiten, die Frauen seines Lebens, werden sie nicht selbst schon im Erinnern zu *einem* Abend, zu *einer* einzigen –

Scharayn stutzt – schon wieder – und hält im Denkgalopp an. Auch das ein Überfluß, aus dem es auszuwählen gilt?

»Die Frauen seines Lebens«, so viele es gewesen sein mögen, erscheinen sie nicht allesamt nach Jahren noch immer klar konturiert, jede einzelne von eigener Art und unverwechselbar? Selbst sogar die aus den schnellen Siebzigern, als Liebe, oder was man dafür nahm, fast dem Rhythmus der Jahreszeiten folgte; als es aufschoß über Nacht und sich entfaltete und wuchs – eine Vegetationsperiode lang? Sieht er sie nicht im Zurückschauen wie in Fächern nebeneinander, Ula, Margie, Minou und Bip, nie je sich vermischend, eine sich gegen die andere behauptend? Und jede einzelne beeindruckend; undenkbar – sähe er jetzt sein Leben als Film –, auch nur eine von ihnen wegzuschneiden.

Scharayn ist verwirrt; verwickelt sich in Widersprüche. Übertragen sich schwarze Gedanken wie Läuse? Gerät er schon in den Sog des Freundes? Will Gori ihn mit sich ziehen, in seine kränkliche Mutlosigkeit hinein? Ist auch er, Scharayn, schon auf dem Weg, der ins Verderben führt, so wie es oft von Hinterbliebenen heißt, daß sie nach einem Todesfall der Macht des jüngst Verstorbenen erliegen?

Scharayn spürt seine Schwäche nun beinahe körperlich: Ist dieser hinterwäldlerische Don Quichotte in seiner Blödigkeit etwa stärker als er? Sieht er klarer? Hat er schon erbarmungsloser gedacht? Ahnt er, daß nur allein noch im Rückzug, im Verschließen des Schatzes im heiligen Schrein das Bild, das »Kopfbild«, denkt Scharayn, zu retten sei? Lacht dieser Spinner etwa über ihre Knabenträume, ihre Künstlerträume, ihre natürlich noch immer gehegte Illusion, daß die Walze aufzuhalten wäre, daß es noch etwas zu fassen, zu finden, zu formen gäbe? Ein Unsterbliches, haha, das Jahrhunderte überdauern würde!

Die Walze, was ist das? Besteht sie aus Eisen, Glas, Blei und Beton? Oder aus Augen, aus Gliedern und Körpern? Aus Mund und Kralle und Geschlecht? Aus Müll, Schlacke, Staub? Ist, was unausweichlich auf uns zurollt, unsichtbar, eine Flut aus unbekannten Viren, freigesetzten tödlichen Erregern? Ist es der geballte Wille einer rücksichtslosen Masse Mensch? Sind es die Bilder, die Bilder, die Worte –

Scharayn, vor drei verschiedenen Monitoren, sitzt bewegungslos, nur die Augen irren von Bildschirm zu Bildschirm. Die Cutterin ist dick, lässig, kann scharfe Getränke und auch sonst viel vertragen. Sie kennt ihn lange. Zu taktvoll, ihn – wie alle die anderen vor Scharayn – jemals an frühere Gemeinsamkeiten zu erinnern, ist sie bei jedermann wohlgelitten, in jeder Gesellschaft sogleich zuhaus – eine Großstadtfrau.

Auch heute schweigt sie, obgleich sie sich wundert. Kein einziges Anhalten diesmal. Keine Bitte um Wiederholung. Keine Verlangsamung. Scharayn ist unfähig zur Entscheidung heute. Und schon wieder ist *jedes* Bild gut, *jedes* von Wert, ein Jammer, auch nur eine Bagatelle, eine Nebensache (die sich doch manchmal zur Hauptsache auswächst) zu eliminieren.

Scharayn sieht alles auf einmal oder nichts. Es vermischt sich im Augenblick: die heute gedrehten Bilder der Stadt mit Bildern früherer Filme, anderer Städte; Bilder von Kanälen, Hinterhöfen, Fabriken mit den Bildern seiner Frauen, Ula, Margie, Minou und Bip; die Bilder der Städte, der Frauen mit Bildern von Gori; Gori als Kind, als Student; Gregor in seiner Höhle, immer wieder. Scharayn kann nichts festhalten heute, geschweige denn in seinem Gedächtnis verankern. Es rast durch sein Gehirn, besetzt es, rapide, es dehnt sich aus, er hat das Gefühl, als würde es bersten.

Ist jetzt, denkt Scharayn, was er fürchtet, eingetreten? Ist die Vision, der Schreckenstraum, der ihn bisher nur selten und nur im Schlaf heimgesucht hat, in einer Phase des Eben-noch-Schlafens, zur Unzeit Wirklichkeit geworden? Der Traum von der Wand, die sich drohend nähert, der endgültigen Überwältigung?

Noch einmal, für kurze Minuten, gelingt es Scharayn, das Hochgefühl des Tages in sich zu erzeugen, sich gewaltsam seiner selbst und seiner Möglichkeiten zu versichern.

Wir, hier jetzt, murmelt Scharayn, im Jahr fünfundachtzig, wir auf der Höhe – wovon? Unserer Gesundheit? Unseres Lebens? Ich, du, wir beide –

> Jawohl, du nicht minder, mein Lieber, auf dem Gipfel aller Freiheit, Sicherheit, Perestroika, mit all dem Reichtum an Spiegeln und Bildern, an Nahrung und Rausch, wie nie ein Jahrhundert vor dir reich war, wie keins es nach dir mehr sein wird, was entblödest du dich zu lamentieren?

Und was schert ihn, Scharayn, ein verrückter Apostel, der ihm seinen Brunnen vergiften will? Der den Zeigefinger gen Himmel hebt und wütend die Apokalypse beschwört!

Hör mir gut zu, Freund, die Moral, die erste Verpflichtung ist zuzugreifen, zu ernten und nichts verkommen zu lassen! Selbstverständlich in der stillen Übereinkunft, mit unserer Arbeit, unserer Kraft dafür zu zahlen. Und vergiß nicht, mit unserer Ehrlichkeit!

Denn waren sie sich nicht einig darüber, die Dinge von *beiden* Seiten zu sehn? Neben dem Reichtum den Mangel nicht zu vergessen, noch weniger neben dem Mangel den Reichtum? Hat er Gori nicht noch kürzlich in seiner Wut erlebt, wie er ein Buch in die Ecke schleudert, wie er sich buchstäblich die Haare rauft über einen dieser Modekünstler, die in einem umgekehrten Courths-Mahler-Effekt nurmehr noch die eine Seite zulassen wollen, die müde, schwarze, räudige Seite, aus dem einzigen Grund, weil es leichter ist, schwarze Bilder zu finden als vielfarbige; eindeutige Worte eher als mehrdeutige; weil es besser von der Hand geht, halbe Menschen zu beschreiben, halbe Gefühle, eine halbe Welt.

Und jetzt? Willst auch du am Ende mit der Herde rennen? Dich halbieren? Dich bei lebendigem Leibe verstümmeln wie jeder Schwachkopf, wie allewelt?

Es wird Zeit, sagt Scharayn. Zeit, ihn zu packen und ihn zu schütteln wie einen Schlafwandler. Zurück, murmelt er, und trinkt den Rest der zweiten Flasche aus und lacht und macht die nächste Flasche auf, und trinkt und lacht und hält eine Predigt, worauf?

Auf nichts Geringeres als die Welt, auf ihre Berge und Gewässer, und Höhlen und Wüsten, auf Pflanzen und Bäume, Tiere und Menschen, auf Adler und Ratten, auf die Gehäuse der Tiere, die Gehäuse der Menschen –

Hemmungslos trinkt Scharayn jetzt und lacht und ist sinnlos betrunken und bringt unter Tränen einen Toast aus:

Auf unsere Stadt! Die wir, noch nicht lange her, besetzten Stück für Stück, die wir einnahmen, Freundchen, erinnere dich, wie frühere Kinder frühere Wälder, erinnere dich – Auf die Stadt, die wir kannten von den Wurzeln aufwärts bis zu den Wipfeln, ihre Verstecke, Abstürze, morschen Stellen, alle Geländer, Masten, sich darauf zu schaukeln, ihre weitesten Ausblicke. Hast du nicht in der Schule gelernt, welches die größte Sünde ist? War es die Selbstgerechtigkeit? Ich sage: es ist die Einäugigkeit. Das beides liegt nahe beieinander –

Zurück! Zurück! Könnt er ihm die Lider auseinanderreißen! Ihn noch einmal zurückzwingen! Vor ein paar Jahren, noch nicht lange her, Gori war noch ein Schüler, sahen sie ihn doch – ein lebendes Geschoß auf das Zentrum der Stadt zielen, in ihre innerste Mitte hinein!

Du fuhrst nicht *in* der S-Bahn wie alle, sondern – an zwei Türgriffe geklammert – *außen*. Du warst der erste, der es erfand. Margie fürchtete, es würde dir den Kopf abreißen. Du brülltest vor Begeisterung –

Cheerio! Von ferne sieht Scharayn den Freund auf Türmen, Hochhäusern, Dächern, wieder schlafwandlerisch, ohne jemals zu straucheln; wo sie sich herumtrieben, hoch in der Luft oder tief unten: in Kellern, Tunneln, Unterführungen; er kannte alle Untergründe, alle Eingeweide, die Bahnhöfe über und unter der Erde mit ihrem rauchigen Licht, mit allen ihren geheimen Nischen, den Verstecken für Ermüdete, Verzweifelte, Flüchtige, Spieler; die Umschlagplätze des verbotenen Handels.

Erinnere dich! Kam es uns damals nicht manchmal vor, als verschöben sich die Dimensionen; als flögen wir unter der Erde in riesigen Jumbos, in der Menge der Passagiere, Ankommenden, Abreisenden, Gestrandeten … aufgehend, verschwindend – hier, sagtest du einmal, ich weiß es genau, hier in einem Winkel müßte man sterben.

Die Zeit der Türme, des Rasens, des Rauschs – immer trieb es ins Besinnungslose, immer wollten sie die Dinge pur, »von Besinnung los«; und auch später noch, als sie andere Städte, andere Länder sahen, haben sie sich nicht hineingestürzt? Sich förmlich ausgeliefert den Worten, den Gerüchen, Bildern, dem ganzen Überfluß,

jawohl, selbst unter der Drohung, der nicht einmal unangenehmen Vorstellung, daß eines schönen Tages alle lebenden Geschöpfe in eben diesem Überfluß ersaufen könnten, so daß der Mensch –

Der Mensch, denkt Scharayn oder es denkt in ihm oder er wird gedacht, der Mensch entweder – von der Katastrophe fasziniert – tanzend und singend kopfunter in den Abgrund stürzt oder, in lächerlicher Überhebung, beginnt, sich dagegen aufzulehnen und die Arme auszubreiten und – hingeht und ein Pferd umarmt. Nein, nein, nicht, das nicht, sagt Scharayn zu sich selbst und bewegt schon die Lippen und will es in den Griff kriegen wieder;

das kann der Sinn nicht sein; der Sinn, natürlich, der letzte muß sein, daß wir und unseresgleichen es steuern, das Chaos zurückzwingen in eine Form, von der Unordnung in eine Ordnung wieder (ob auch die Wissenschaft die Prozedur bezweifelt); daß wir es *noch einmal besser* ordnen, daß wir die aus der Form geratene Welt – hör zu, Deserteur, der du dich heimlich davonmachen willst, hör mir zu, denn du bist gemeint, wir, die es durchschauen, sind gemeint, wir haben die Pflicht –

murmelt Scharayn und wagt doch nicht, es auszusprechen, nicht einmal vor der Frau, die ihn kennt, die ihn genauer als er sich selber kennt; er sitzt mit leeren Augen, mit diesem Geprassel im Kopf, sitzt gekrümmt wie unterm Hagelschlag –

die verdammte Pflicht, es noch einmal zu komprimieren, mit äußerster Kraft, wir, die es ja sehen – ob wir Häuser, Filme, Bücher oder Erfindungen machen –, daß wir es doch wieder zwingen in eine, die deutlichste Form, wie die Steine von Stonehenge, ob die Nachwelt es versteht oder nicht, ob es eine Nachwelt gibt oder nicht, denn die letzte Form wird die einfachste sein, die gewaltigste Botschaft, schwer wie ein zusammengestürzter Stern. Das, das –

möchte Scharayn zu Gregor, dem Feigling, sagen, während die Bilder, die alten, die neuen, die starken, die stillen, die wirklichen und die unwirklichen in rasendem Tempo an ihm vorbeiziehn.

Ada, die Mutter

Einen Menschen *lieben* heißt
sagen: du wirst nicht sterben.

Was ist da draußen? Sturm? Sonne? Schnee? Die Mutter wacht auf. Es ist noch nicht Morgen. Sie will nach dem Wetter sehn.

Es ist gut. Nein. Es ist schlimm. Ich habe den Feuer-Traum geträumt. Ein Pferd sprang aus dem brennenden Haus. Etwas nähert sich. Etwas bahnt sich an. Jetzt ist es still. Eine Windstille zwischen den Fürchterlichkeiten. Kind! Kind!

Sie ist aufgewacht nachts in ihrem »gemütlichen« Anstaltszimmer, das sie seit siebzehn Jahren bewohnt, in Abständen zwar, doch immer wieder. Sie hat ihre Glieder zusammengesammelt, die Gegenstände im Raum, die Worte; hat sich wie bei jedem Erwachen einen Pfad gebahnt, mühsam zwischen den Namen, den Dingen hindurch: dem dreibeinigen Tisch, dem Sessel, dem Spiegel, den Postkartengrüßen aus aller Welt – da plötzlich: dieser Klotz im Weg! Nurmis Anruf! War es um Mitternacht oder später? Ein Berg ist ihr vor die Füße gefallen. Ein Brocken, von einem Felsen gerissen. Von einem Bergstück, denkt Ada, das lange schon überhing.

Sohn, verfluchter, du bist es! Du hast dich quergelegt! Hast mir schon letzte Woche diesen lächerlichen Brief geschrieben, ohne Absender vorsichtshalber, damit keiner die neue Adresse weiß. Verbittest dir »weitere Einflußnahme«, »unnütze Fürsorge«, wie du schreibst, »Gängelei«. Was alles fatal an Aufgabe erinnert, an »die Flinte ins Korn werfen«; eine »Cochonnerie«, würde Manja sagen. Stemmen willst du dich also, nicht allein gegen mich, sondern gegen uns alle, deine Freunde, deine Familie, diese letzte Bastion, die die Menschheit noch zusammenhalten kann und über Wasser, in der du einigermaßen sicher bist. Du meldest dich krank. Du meldest dich von der Gesellschaft ab. Und wer weiß wovon noch! Niemals jedoch, solange wir uns erinnern, wissen, aus Briefen, Nachrichten, Tagebüchern, wie immer es lief in dieser Familie, von den Ur-Ur-Eltern bis zu euch Kindern, auf, ab und auf, Krieg oder Frieden, hat sich doch keiner jemals eine solche Lebens-Wut erlaubt! Hat niemand je riskiert, dem Schicksal derart ins Gesicht zu speien! Haben alle sich doch noch immer gewehrt, in Kellern, Schützengräben, Lagern, auf der Flucht! In Kindbetten, in Sterbebetten! Dein Vater hat gekämpft und durchgehalten bis zuletzt, deine halbblinde Schwester wird durchhalten, die Manja, ich, hier in der Anstalt –

Ada weiß nicht mehr weiter, verliert den Satz, die Zeit, das Wetter, den Zusammenhang. Was sie dunkel ahnt, was sie befürchtet, ist, daß man am Ende sie beschuldigen wird. Daß man alles, was dieser Sohn sich herausnimmt, ihr in die Schuhe schieben wird, ihr, der Verrückten in der Anstalt, die Kinder ohne Väter in die Welt setzt und »dem Leben nicht mehr gewachsen ist«.

Die Mutter wirft die Decke zurück, sie läuft im Nachthemd auf den Flur, sie ist, wie doch lange nicht mehr in den letzten Jahren, schon früh in Aufruhr, ist nicht zu halten, nicht zu beruhigen, murmelt unverständliches Zeug vor sich hin.

Blut, nur ein wenig, hat Nurmi am Telefon gesagt, die es wiederum von Margie weiß, dein Sohn hat Blut gespuckt. Sie meinen, es könnte die Lunge sein, sagt

Nurmi, wobei sie ins Telefon zischt, denn wer spuckt schon noch Blut heutzutage! Allenfalls der, der sich nicht in Acht nimmt! Längst gibt es Tabletten, die Krankheit zu stoppen. Man kann es heilen.

Allerdings, manch einer, scheint es, *will* nicht geheilt werden. Lebt einer so lange im Dreck wie er, in diesem finsteren Winkel im Hinterhof, den nie ein Sonnenstrahl erreicht, vielleicht, daß er Blut spucken *will*, sagt Nurmi. Es ist eine Brutstätte für Bakterien, man hat nur kranke, bleiche Menschen dort gesehn. Die weder auf sich noch auf andere achten, die, was sie retten könnte, müde lächelnd zurückweisen; es scheint wie eine Sucht bei den Jungen, als ob der Dreck, die Krankheit sie anzöge, als ob der Dreck eine Droge wäre – man hört, dein Gori weigert sich sogar, zum Arzt zu gehn. Man hört, er verläßt sein Zimmer nicht mehr. Das neue, das noch verkommener sein soll als das alte. Alle Zimmer in den alten Hinterhäusern stinken. Nach Kohl, nach Gas und nach Schlimmerem. In den sauren Dünsten von Jahrzehnten nisten Milliarden von Keimen. Ich habe gewarnt, sagt Adas Schwester. Nurmi, denkt Ada, mein Sargnagel.

Sie wird gegriffen jetzt und in ihr Zimmer zurückgebracht. Es ist noch nicht die Zeit zum Aufstehn. Sie spürt ein Glas an den Lippen, hart an den zusammengebissenen Zähnen. Dann ist etwas Bitteres auf der Zunge oder eher Bittersüßes, etwas sich gegeneinander Verwahrendes, das ihr widerlich ist. Sie wird nicht mehr schlafen, was immer sie ihr auch einflößen mögen.

Reg dich nicht auf, hat Nurmi gesagt, du kennst deinen Sohn. Dickköpfig, wie stets. Es wird vorbeigehn. Wie überhaupt dies eine Familie von Dickköpfen ist. Als hätten sich im Laufe der Jahrhunderte immer härtere

Schädel ausgebildet, nur Dickköpfe sich zusammengefunden. Von Manja angefangen bis hinunter zu deiner Nachkommenschaft. Selbst Barnabas hat keine Ausnahme gemacht. Allenfalls Spenz, doch das ist ein anderes Kapitel. Außerdem ist das Früchtchen zähe; eine Eigenschaft von Unkräutern. Also die ideale Ausstattung für schlimme Zeiten. Noch sind sie nicht schlimm. Noch sind sie erträglich. Er wird zur Räson kommen. Reg dich nicht auf.

Von Kind auf hat Nurmi den Trick beherrscht, die Schwester aus dem Gleichgewicht zu bringen. Ada regt sich auf. Sie geht nicht zurück in ihr Bett, bleibt trotzig auf dem Fensterbrett sitzen. Liefert sich aus ihrer Grübelei, ihrem blöden Kopf, den sie, wie sie meint, von Manja geerbt hat, weil er durchlässig ist für fremde Gedanken; doch, im Gegensatz zu dem der Alten (mit der sie verwandt ist, sie weiß nicht mehr, wie), durchlässig allein für die schlimmen, diejenigen, die peinigen.

Sie ahnt, daß das, nur das, ihr Leiden ist. Daß man sie deshalb hier in diesem Haus versteckt.

Aber ist es ein Leiden? Oder strömt es mir nur alles schneller durchs Gehirn, der Fluß der Gedanken so rasend vorwärts? Sind unsere Köpfe anders gebaut, meiner oder Manjas oder Margies, daß wir gleich immer am Ende anlangen, am möglichen, am schlimmstmöglichen Schluß? Wo bist du angelangt, Sohn? Hast auch du an dem Gebrechen zu schleppen?

Oder sind eventuell *wir*, die Anfälligen, die Gesunden? Die Tüchtigen dagegen die Verholzten? Die Sklerotisierten im Geist, wie Barnabas zu sagen pflegte?

Was Ada angeht, so jedenfalls traut sie keiner guten Nachricht mehr, keiner Beschönigung. Denn lange bevor Nurmis Anruf kam, befürchtete sie ihn schon.

Jahre, bevor man sie in dieses Haus einwies, überkam sie ein Grausen, wenn sie an dem Zaun mit den eisernen Speeren vorbeigehen mußte; an den huschenden, weißen Gestalten im Park.

Monate bevor der letzte Krieg ausbrach, spielte Ada, das Kind, im Zimmer der Manja, und mußte anhalten plötzlich und stillestehn. Hat diesen Krieg in einem Augenblick in seiner vollen Wucht vorausgespürt.

Wird ihn im Lauf des Lebens immer wieder fühlen, fühlt ihn jetzt hier auf dem Fensterbrett, nicht etwa abgeschwächt in der Erinnerung, sondern – trotz der Länge des Abstands, also mit seiner Verundeutlichung – sogar stärker in seiner geballten Kraft, wie ein noch immer drohendes Unheil.

> Obgleich doch das Zimmer so schön geschmückt ist mit Kerzen auf Tischen und Konsolen und Chrysanthemen ohne Stengel in den Schalen und gelben Rosen in den hohen Vasen. Und ich habe das neue Samtkleid an und die Haare zum erstenmal nicht geflochten; meine Haare wie ein Hochzeitsschleier auf den Schultern. Wo bin ich hingeraten, Sohn?

Es ist Manjas Geburtstag. Und Ada sitzt im Samtkleid vor den Kerzen, doch gleichzeitig im Nachthemd auf dem Klinikfensterbrett, so wie sie stets an zwei, drei, hundert Orten gleichzeitig sich aufhält; wie alle je erfahrenen Orte sie zu sich zurückholen wollen oder sie in sich hineinsaugen, so daß sie ständig wie im Strudel ist und nie die Kraft aufbringen kann, sich an dem Platz, an dem sie ist, zu halten. Wie alle Orte, die sie einmal kannte, sich einmischen wollen und Einfluß nehmen auf ihre Entscheidungen, ihre Pläne, sie gängeln wollen wie ein widerspenstiges Kalb am Strick.

Es ist Manjas Geburtstag, und es ist das alte hohe

Zimmer, das sie noch heute bewohnt. Die Kinder, Nurmi und Ada aus der Provinz, halten, wie sie es betreten, einen Augenblick den Atem an. Es erscheint heller heute als sonst –

> Und doch so doppelfarbig, doppeldeutig, Gregor, Kind, als wären Geister hinter der Tapete eingemauert, als flüsterte etwas, wollte heraus –

Es ist ein Frühsommertag im Jahr Neununddreißig. Da sitzt sie, die jüngere Manja, am Tisch, der fast wie ein Blumenbeet aussieht, heiter, sehr aufrecht, Anekdoten aus ihrem Leben erzählend. Manja, diese sagenhafte Urverwandte, die die Kinder lieben.

Um sie herum, nicht ganz so aufrecht, doch um ein Quentchen ebensolcher Haltung, solcher Heiterkeit bemüht, die Familie: Großmutter Charlotte, staubtrocken, uralt; Elisabeth, umhüllt von Chiffonwolken, Adas und Nurmis Mutter; Maxim, der Vater, den Manja den »Mini-Moltke« getauft hat; auch der Onkel – »der kleine Hermann« – mit Ria ist da und schließlich Nurmi, noch nicht ganz erwachsen, mit ihrem Verehrer Barnabas.

Barnabas, der Geliebte, denkt Ada, und sieht wahrhaftig jetzt auf ihrem Fensterbrett die schwarzen Augen des künftigen Schwagers sich von Nurmi fort zu den Kindern bewegen, zu dem rasenden Kreis rund um den Tisch, zu dem sie noch gehört. Sie kann die einzelnen Figuren nicht mehr erkennen. Es scheinen Manjas Söhne zu sein, außerdem Rias und Hermanns Kinder und auch ein paar fremde, die wie Planeten den Familientisch umkreisen. Nachbarskinder, die immer dabei sind. Sie selber, Ada, mit einer Spange im Haar, im blauen Samt.

Nie kann sie den Geruch des neuen Kleiderstoffs vergessen, nie die ihr folgenden Augen des Schwagers. Sie sieht sie zum tausendsten Mal: stillestehn, wenn sie stillesteht, sieht sie lachen, wenn Ada, das Kind, lacht. Die Augen des Schwagers, als wären sie immer dagewesen, und würden bis ans Lebensende dasein. Die Augen des Mannes, der der Vater ihrer Kinder werden wird. Und, als wäre es gestern gewesen, fühlt Ada auch die Geschwindigkeit wieder, die zwecklose, ziellose Bewegung, in die zu Zeiten alle Lebewesen zu verfallen scheinen, alle jüngeren jedenfalls, die Tiere auf Koppeln, Insekten und Vögel in der Luft.

Es müßte im Juni gewesen sein. Doch ist es ein richtiger Sommertag? Sooft sie ihn sucht, sooft er sie heimsucht, nie weiß sie das Wetter draußen vorm Fenster, nie werden ihre Sinne weiterreichen als bis zu den Blumen, den Kerzen auf den blankgeputzten Leuchtern, bis zur Tapete mit den kleinen buntgefleckten Blättern, den Schatten in den Ecken des Raums. Es ist die Ahnung, die weitergreift, die vagabundiert und abirrt ... zurück, voraus? Sie findet das Zimmer von damals, die Farben, das Licht, sie möchte tauchen in die schöne Wärme, in die Quelle und – gerät ins Eis.

> Halte mich, Sohn! Wo bist du? Beschütz mich! Das steigt aus den Ecken, das legt sich vors Fenster, die Luft wird kalt. Die Luft ist wie ein klammes Kleid, das Zimmer plötzlich eisig, eine Gruft. Ich sehe: die Alten, die Jungen, Verwandte, Freunde, die Kinder selbst aus aller Zeit gefallen. Sie bewegen sich nicht mehr. Ich seh den Rauch aus Manjas Zigarette stillstehn, die Mutter, Ria, jetzt im Lachen eingefroren; nur die Blumen an ihren Brüsten zittern, die Kleider changieren hinterhältig.

In Ada, dem tobenden, plötzlich stillestehenden Kind, wächst etwas an, für das es kein Wort gibt; es kann den Bissen im Mund nicht hinunterschlucken. Das Licht im

Zimmer wird milchig wie eine Substanz, es rauscht in den Ohren; die chinesischen Lackbilder an den Wänden mit den elfenbeinernen Fledermäusen werden zu Zeichen. Sind es Sekunden? Minuten? Nie hat Ada später zu fragen gewagt, ob einer von ihnen es auch bemerkte, dieses Anhalten, wie ein Herz, das aussetzt, das Erstarren der Zeit.

> Sahn wir nicht einmal, Gori, du warst noch klein, Schafe auf einer Koppel den Schlachter erwarten? Er war noch unterwegs; sie aber standen im Kreis, die Köpfe eng aneinander, reglos. Ahnten sie etwas? War es das gleiche weiße, kalte Grauen, das ich kannte? Ich riß euch weg –

Ada will heraus aus Manjas Zimmer; will in ihr sicheres Anstaltsbett zurück. Sie kann sich nicht rühren. Etwas liegt dort hinten, weit entfernt in diesem unumgrenzten Raum, der ihre Kindheit ist; ein loses Ende, das sie festbinden muß, mit einem anderen zusammenbinden, das, anscheinend ebenfalls unbefestigt, ihr jetzt, hier, heute zu entgleiten droht.

Es ist Manjas Geburtstag im Jahr Neununddreißig; ein schöner Junitag, der plötzlich angehalten ist. Nur das Kind Ada bemerkt es.

Sechs Jahre später wird Charlotte gelähmt liegen, mit Wasser in den Beinen schon bis zu den Knien, Hermann, »der Kleine«, tot und versunken am Grunde der Ostsee, wird Barnabas in selbstgenähten Schuhen durch einen Steinbruch bei Swerdlowsk laufen, die Mutter mit Ria Hand in Hand in einen pommerschen Dorfteich. Es werden Nurmi und Ada Schüsse hören, sehr nah, in der Holzkammer, in der Scheune, nicht zwei, sondern drei Schüsse, nicht zwei, sondern ...

Es ist nur ein Moment. Es ist die erste Vorahnung des

Kindes Ada und so nachhaltig und eingewachsen wie das kleine Muttermal an ihrem Schlüsselbein. Und ist so flüchtig und so schnell davon wie der Rauch von Manjas langer schwarzer Zigarette.

Ada lacht laut auf, und das erste Schulkind draußen auf der Straße sieht zum Klinikfenster herauf, lacht ebenfalls und macht mit zwei Fingern ein Victory-Zeichen. Ada hat es geschafft. Das Zimmer der Manja erhellt sich wieder, die Menschen bewegen sich; und wie im Film, in einem der alten Liebesfilme, erscheint ihr alles lebendig und heiter, alles schön konturiert und eindeutig.

Viel Gelächter im Raum, denkt Ada auf ihrem Fensterbrett, viel Gläserklingen. Denn jeder wußte es doch ganz genau: es wird keinen Krieg geben. Herr Chamberlain mit seinem schwarzen Regenschirm wird kommen, wie er schon einmal, vor einem Jahr, gekommen ist; er wird es ins Lot bringen. Sie werden sich die Hände schütteln allesamt, der mit der Tolle und der Dicke mit den vielen Orden und der Hinkefuß, und Deutschland wird gedeihn und blühn und ewig seinen Frieden haben.

»Auf ein zweites München!« sagen die Großen und stoßen an. »Doch selbst *wenn*«, hört Ada sagen, hört Ada ihres Vaters Stimme, die leise, scharfe Mini-Moltke-Stimme, »selbst wenn der Krieg unvermeidlich wäre – er würde kurz sein, ein harter Einschlag, schnell wie ein Blitz!«

Krieg, Krieg! schreien die Kinder aus allen Ecken. Da ist es ein Wort, da ist es ein Bild. Ein buntes Bild aus einem Lesebuch, aus einem Zigarettenalbum, mit einem feuerroten Horizont, mit lustigem schwarzem Pulverdampf; da kommt Bewegung in den Tag!

Natürlich ist er schlimm, der Krieg, er erinnert an Langemarck, an Verdun, an junge stürzende Soldaten, an Felder mit Toten übersät; schon mischt sich Blut in die Ranken des Teppichs; ein Unheil, ein Schrecken ist der Krieg, aber – er bewegt die Gesellschaft. Über Krieg kann man sprechen, Krieg gibt zu denken. Das ist nicht unangenehm am Ende, macht stolze Gedanken: Die Frauen denken sich auf Bahnhöfen, im guten Mantel mit kleinen Hüten, tapferen Blicks Blumen in fahrende Züge werfend. Die Männer denken ihn als eine Kette notwendiger und lebensrettender Aktionen, von der Brotbeschaffung bis hin zum Feindesmord.

Und wie erfanden sie, die Kinder, sich den Krieg? Etwas Phantastisches wird der Krieg sein, ein Gewitter, laut grollend, ein faustgroßer Hagel, knapp an den Köpfen der Leute vorbei. Ein Platzregen wie beim Baden im Kiesteich. Sie stellen sich ein Wander- oder Höhlenleben vor; und natürlich denkt sich nicht eines als Opfer; natürlich wird ihm jeder entwischen.

Entwischen! Es ist eine Kunst, und man kann es lernen; Ada ist guter Dinge jetzt. Sie hat es gelernt, sie beherrscht es perfekt, und jetzt muß sie es ihren Kindern weitergeben. Muß aus dem Haus, noch heute, und es ihnen sagen –

> Bloß weg hier! Hinaus! Sich heimlich verkleiden und leise fort! In die Stadt! Durch die Straßen! Die Häuser, jedes einzeln, durchkämmen, die Wohnungen der Freunde durchsuchen, die Wohnungen der Freundinnen, es wäre doch gelacht, mein Junge –

Sie muß Gregor finden; muß ihn lehren, ihm einbläuen, was er nicht weiß. Was die, die ihn aufzogen, Nurmi und Manja, ihm versäumten beizubringen. Was sie selber versäumt hat.

Was wollte ich, was wollte ich? –

Sie hat vergessen, was sie sagen wollte; sie weiß das Rezept nicht mehr. Das einzige, was sie weiß, ist, daß niemand auf Dauer entwischen kann. Auch sie und Nurmi sind ja nur für einen winzigen Moment entwischt. In der Sekunde, als das Auge, dieses Kapoauge der Geschichte einmal wegsah. Als es anderweitig beschäftigt war.

Selbst wenn es euch, meinen Kindern, beschieden sein sollte, eine Lebenszeit ohne Krieg zu verbringen, es kriegt euch doch! Die Menschheit wird Variationen erfinden. Ob du dich einschließt, Gregor, oder dich krank stellst oder tot wie ein Tier, früher oder später erwischt es dich. Du wirst zu Boden gehn, kopfüber so wie dein Vater zu Boden ging, dein Großvater und dein Urgroßvater. Wie unsere Mutter und Ria und ihre Kinder, wie schließlich ich; nur schneller, viel schneller wird alles gehn; und was ist dabei, frage ich? Nichts ist dabei!

Ada, die einst vom Krieg Erwischte und mit knapper Not Entkommene, weiß aus Erfahrung: man spürt ja nichts. Keiner, den es so um und um reißt, verspürt etwas. Nicht im Augenblick des Geschehens; kaum danach. Was ernstlich verletzt, was Narben hinterlassen kann, ist die Angst *vorher.*

Was sage ich? Was wollte ich? Warnen, ich warne euch, Kinder, wovor? Ah, nur vor dem einen: der Vorstellung von dem, was sich ereignen *könnte.* Jedermann heutzutage simuliert, ihr Friedenskinder alle, die ihr nun schon jahrzehntelang sorglos, verhätschelt, im Überfluß lebt, simuliert, simuliert: den Treibhauseffekt oder das Ozonloch, das bittere Wasser, die verseuchte Erde – das ist es, das macht es! Unruhe! Unruhe! Ich verbiete dir das Simulieren, Junge! Du fragst warum? Weil die Wirklichkeit dagegen ein Kinderspiel ist! Siehst du, wie kalt ich die Dinge betrachte, mein Leben und Nurmis, die »furchtbaren Ereignisse« des Kriegs? Nicht anders als die grausig schönen Bilder unserer Märchenbücher; der Wolf hinterm Busch, das Gespenst auf dem Friedhof. Seh es heut wie damals mit der gleichen Mischung aus Erregung und Behagen –

Eine Gestalt bewegt sich seit geraumer Zeit im Zimmer. Es ist die Polt, die »Freiwillige«, die die Waschbecken putzt. Auch das Frühstück steht schon auf dem Tisch, es müssen also andere vor ihr dagewesen sein. Obgleich die Frau jeden Morgen kommt, muß Ada sich auch sie für diesen Tag, für diesen Raum zusammensetzen: die buschigen Brauen, die Krötenaugen, der viereckige Leib im zu kurzen Rock. Ada sieht schnell in die andere Richtung. Sie braucht niemanden. Sie will sie nicht. Will ihren Gedanken zuende führen, die Geschichte zuende, das Gespräch – Aber welche Geschichte? Welches Gespräch?

Die Polt hat viel Zeit. Da sie nicht, wie die anderen auf der Station, für Geld arbeitet, sondern »für ein Gottvergelts«, wie sie sagt, kann sie sich lange Aufenthalte in den Krankenzimmern leisten. Sie kann fragen, antworten, aushorchen, trösten. Sie kann Witze erzählen. Mit ihrer stämmigen Seele kann sie – allerdings nur für Momente – stützen. Und das ist ihr Lohn, das kann sie am Abend nach Hause tragen: einen Fetzen Schicksal, eine Handvoll Resignation, eine ganze Schürze voll Verzweiflung und, wenn sie tief genug gegraben hat, sogar ein paar Krümel Auflehnung, Trotz. Davon kann sie sich lange ernähren, das macht sie, die Anspruchslose, satt. Das hilft ihr durch öde, einsame Nächte.

Die Polt kennt jeden einzelnen Lebenslauf, jede Krankengeschichte. Sie weiß über alle Leiden Bescheid; weiß besser als Therapeuten und Ärzte, welches Mittel wann, in welchem Falle zu verordnen ist. In Hunderten von Krankenzimmern hat sie sich sachkundig gemacht. Sie hat alles in ihrem Kopf gespeichert, die ganze unermeßliche Rezeptur. Da, wo die Medizin mit ihrer Kunst am Ende ist, setzt sie mit ihrer Behandlung an.

Die Polt bringt Ada den Bademantel und hilft ihr hinein. Sie zurrt den Gürtel eine Spur zu fest. Sie bewundert die Verrückte für ihr Schicksal und haßt sie noch für die vergangene Schönheit. Sie sieht die Blässe unter Adas Augen, den verschleierten Blick und weiß, es wird heute ein fruchtbarer Tag. In den nächsten zehn Minuten wird sie diese Frau zum Reden bringen, zum Lachen, zum Leuchten und zum Verzweifeln. Sie wird die fremde Geschichte anfeuern, sie schüren, bis sie Flammen schlägt. Gemeinsam werden sie zur Peripetie gelangen, zur Katastrophe, zum gräßlichen Schluß. Denn hier in diesem Haus sind alle Schlüsse gräßlich. Sie wird die andere auf den Knien sehn. Und sie, die Freiwillige, wird ihren Putzlappen ausschlagen und sie ohne Trost am Boden zurücklassen.

Um den Grund des Leidens zu entdecken, weiß die Polt, muß man weit in die Lebensgewölbe zurückkriechen. Aber das, sagt sie, weiß mittlerweile jedes Kind. Was nicht jeder weiß, ist, daß so ein Grund nicht allemal nur im Vergangenen zu suchen ist; daß es nicht, wie die Studierten denken, ein vergessener, weggeschobener Grund sein muß. Ganz ebenso kann es ein just geborener sein, einer, der wie ein Flugzeug plötzlich aufkreuzt, aus einem Wolkennebel herausschießt, vielleicht gleich neben der Flugbahn des Menschen oder ihm voraus – ein herrlicher Crash kann die Folge sein.

Dennoch muß man, der Ordnung halber, anfangen, wo Geschichten immer anzufangen pflegen. Und so hat die Polt es auch heute geschafft. Schritt für Schritt hat sie Ada auf den Weg gebracht. Sie hat sie an den ersten Kreuzweg ihrer Kinderzeit geführt und hält sich nunmehr emsig, unauffällig in der Waschtischecke.

Sie hat Ada, die frühere Ada, das Kind, wieder ins »rote Haus« gebracht. Das weit weg von der Stadt auf dem platten Land liegt und Rias Eltern gehört. In das sie geflüchtet sind vor dem »Blitzkrieg«, die Frauen und die Kinder der Familie, und selbst Charlotte, die Uralte, die alles überleben und später Wasser in den Beinen haben wird!

Es ist das Haus, in dem es auch im Krieg noch leise ist; kein Sirenengeheul, kein Bombenkrachen; in dem sogar das Gekräh der Hähne am Morgen wie von weither zu kommen scheint. Wie durch Wände aus Stoff, muß Ada denken. Sie sieht die Reihe der noch unbelaubten Lindenbäume, die Holpersteine im Hof, silbergrau, noch nicht wie im Sommer überwuchert, das Mäuerchen aus kleinen Findlingen, mit Haselgesträuch und Ginster dazwischen, das malerisch die Einfahrt abtrennt. Sie sieht Maria mit der neuen Dauerwelle bei den Hühnern, sie sieht den Onkel, Rias Bruder, mit der grünen Joppe. Und alle streunenden Kinder: die von Ria, die vom Onkel; sie sieht Nurmi dort laufen und, ganz klein, sich selbst.

Ach, Maria, die Russin? Eine tatsächlich echte?

Ja, Maria vom Wolchow. Die konnte aus Weißkohl und Rüben »Kapusta« machen.

Und der Onkel – der Bruder der Schwägerin?

Der Bruder, jawohl. Der leibliche Onkel ihrer Kinder.

Das letzte Foto, da, auf dem sie alle noch lachen – wie schade, daß es verwackelt ist!

Schnell will Ada das Bild verschwinden lassen, doch die Froschäugige hat sie am Ärmel erwischt. Sie weiß, wie man Patienten bei der Stange hält. Wie man sie in den Schraubstock von Frage und Antwort spannt. Wie sie Ada zurück ins Bild zwingen kann.

Und wieder sieht Ada, muß Ada den Onkel sehn. Kann nicht weg, *muß* den Mann in der grünen Joppe sehn: Wie er mit Rias Kindern über den Hof geht. Mit Lili, mit Karlernst. Wie er die großen Schiebetore öffnet. Das Tor zur Scheune. Das Tor zur Holzkammer. Wie er ein zweites Mal mit der Pistole kommt. Die Polt und Ada hören die Schüsse – auch sie von weither –, einmal in der Scheune, einmal in der Holzkammer. Sie hören den kurzen, seltsamen Schrei, fast wie der des Pfauen vom Nachbarhof. Das war Karlernst, der älteste Vetter. Oder soll es gewesen sein.

Das Kind, der Junge, hat er gerufen?

»Nicht sauber. Das war noch nicht sauber, Onkel«, hat er gesagt. Oder soll er gesagt haben, wie es erzählt wurde, Jahre später.

Hört man den dritten, den sauberen Schuß?

Ada hört ihn, sie *muß* ihn hören – und hört ihn doch nicht.

Sieht sie den Onkel jetzt die Treppe heraufkommen, vernimmt sie das Knarren der alten Stufen?

O ja, sie sieht ihn, sie hört ihn, doch was sie bemerkt, ist nur das Keuchen des Mannes, sein Atem, der riecht wie nach Wein, wie nach Schnaps; ist plötzlich da der Griff der Gärtnersfrau an ihrem Handgelenk; ist wieder der Schmerz vom Sturz auf der Treppe –

Und das … soll alles gewesen sein? Was spürt einer denn, so nahe am Tod?

Ada lacht laut auf. Kann man den Tod im Leben spüren? Er hat keine Adern, wie selbst die Blätter sie besitzen, keinen Puls, in dem es aufsteigt und strömt; er hat kein Gehirn. Soll sie erzählen, was sie gespürt hat?

> Hunger, nur Hunger, nur Durst, nichts als Durst, und das Warme, das Kalte, die Kolik im Bauch. Nur: Einschlafen, Aufwachen, Gehen, Gehen. Ein Glasscherben im Fuß. Eine halbverschimmelte Zuckerrübe. Schwarze Tierkadaver am Straßenrand. Einmal ein Kind ohne Kopf mit einem riesigen Bauch. Ach, keine Angst, Leute! Nur ein Ding! Kleiner Müllhaufen, stinkend, ohne Puls.

Ist es jetzt Eli, Adas längst gestorbene Mutter, die im Flur des roten Hauses schreit? Ein wilder, oh, ein herrlicher Schrei, der lange, wie im Kino, nachklingt. Ada hört ihn, die Polt. Und beide sehn, als wäre es ein alter Film, schon wieder ein Film, die Gärtnersfrau, wie sie zwei Mädchen die Treppe hinunterreißt. Sehen drei Figuren, die gehen im Wald. Das ist Ada selbst, das ist Nurmi. Voran die dicke Gärtnerin mit einer Decke unterm Arm. Nurmi hat ihren roten Bademantel an.

Da ist der Wald bei Dunkelheit mit einem halben Mond. Da ist er bei Tag. Da ist der Lkw mit den Soldaten auf der Straße. Es fährt so schnell, das schwere Ding, als würde es über die Schlaglöcher *springen*. Nurmi, an einem Morgen bei Sonne, rollt wie verrückt einen Abhang hinunter. Sie, Ada, jetzt am Bahnwärterhäuschen mit einem Kochgeschirr voll lauwarmer Milch. Sie kann sie nicht in einem Zug herunterbringen. Sie muß würgen und spuckt die Milch wieder aus.

Sie liegt zusammen mit Nurmi in einem fremden

Bett. Das steht in einem fremden Haus bei einer fremden Frau, die die Flüchtlinge von der Straße auflas. Ein diesmal runder Mond treibt spiegelnd weiß durchs Fenster, verlockend wie der zugefrorene See im Winter.

> So pflegen selbst die Katastrophen zu versteinern. Ammoniten, mein Junge, schön anzusehn. Nichts zuckt mehr. Nichts schreit. Man kann sie ohne Furcht betrachten.

Woher dann aber dieses Zittern jetzt? Die Polt horcht auf. Ihr wird heiß. Sie gerät ins Schwitzen. Mit wem redet die Irre dort in der Ecke, wild, wie im Fieber, die Haare zerzaust? Mit wem flüstert sie, zetert sie? Im Horchen und Beobachten beginnt es der Polt allmählich zu dämmern, daß es kein anderer als der Sohn sein kann, dieses bleiche Subjekt, das vor Monaten einmal hier aufgetaucht ist. Das sie ein paar Minuten lang hier sah und dann nie mehr. Sie ahnt nun endlich, wo der Hund begraben liegt. Es scheint, die Mühe hat sich gelohnt.

Die Polt sieht ihre eigene Theorie, die der der Wissenschaft entgegensteht, bestätigt. Gibt es doch Bilder, die, niemals mit eigenen Augen gesehn, nur durch ein Wort, durch einen Satz entzündet, ganz unverhofft ins Leben springen! Die sich selbständig machen und weiterwuchern. Die, wie in Parthenogenesis, Hunderte von Nachkommen zeugen.

Was muß ein Sohn, zumal ein minderjähriger, von einem Satz wie diesem halten: »Nachdem er die Kinder erschossen hatte, sind die Erwachsenen in den Dorfteich gegangen?« Was richtet er in einer Sohnesseele an? Was beschwört er herauf? Ein Abendbild? Ein Morgenbild? Wie haben sie es denn gemacht? Gingen Ria und Eli, die Mutter der Mutter, zusammen? Haben sie sich bei den Händen gehalten? Marschierte der Onkel, der Mörder

der Kinder, voraus? War nicht Elisabeth einmal die beste Schwimmerin? Trugen sie also Steine in der Tasche?

Die »Freiwillige« reibt sich die Hände. Ada liegt in der Ecke zwischen Schrank und Fenster. Sie redet flüsternd nach zwei Seiten, gestikuliert. Die Polt hat es geschafft, hat den Stromkreis geschlossen und Mutter und Sohn aufeinandergehetzt. Sie ist zufrieden. Sie kann nun gehn.

Es könnte ihm passen, murmelt Ada.

All euch neunmalklugen Jungen paßt es, uns Alten Schuld auf den Buckel zu laden! Uns verantwortlich zu machen für alles und jedes, für Faulheit, Feigheit und Versagen; für eure jämmerliche, mutlose Verzweiflung!

Ihr Nachkriegshätschelkinder – in euren teuren, nie geflickten Kleidern, euren immer bezogenen Betten – schaut so auf eure Erzeuger herab, ihr alle ausnahmslos, mit diesem halb mitleidsvollen, halb geringschätzigen Blick.

Ada richtet sich auf und schlägt gegen das Fenster, daß es klirrt. Eine Amsel stürzt wie ein abgeschossenes Flugzeug von der Platane abwärts zum Eisenzaun.

Beschuldige gefälligst nicht mich, liebes Kind, untersteh dich, auf mich einzuknüppeln! Wer wars denn, der ewig und immer gefragt hat, kaum, daß er die Klippschule hinter sich hatte? Wer wollte es wieder und wieder hören? Bin ich es, wie immer, die alles verpfuscht hat? Sind solche längst erkalteten Geschichten, zu früh erzählt, so einem Vielfrager wie dir nicht zuträglich? Soll ich jetzt schuld an deinem Zustand sein?

Ada hätte es ihm nicht erzählen sollen. Oder auf eine andere Art? Sie muß es noch einmal von vorn erzählen.

Wie eine von den alten Sagen muß sie es erzählen. Wozu denn werden Sagen überhaupt erzählt?

Nicht wie eine Todessage, als eine Lebensgeschichte müßte Ada es dem Sohn erzählen. Denn war es nicht Leben, was sie nach alledem nur immer wieder spüren wollte? Was sie an sich riß wie einmal das Kochgeschirr mit der Milch? In das sie sich stürzte wie in den mitteldeutschen Fluß am ersten heißen Tag in Frieden?

Der Fluß ist am besten da, wo man das Wasser fließen fühlt, in der Mitte. Wo man bis zur Erschöpfung gegen die Strömung ankämpft oder geschlossenen Auges sich treiben läßt. Auch das Leben ist am besten mittendrin; wie Liebe auch. Die vor allem, denkt Ada; wie freundlich das Wasser heut elbeabwärts, sanft und gleichzeitig stark es trägt – es trägt –

> Was läßt du auch, Gori, dein Mädchen entwischen und läufst ihm nicht nach und holst es zurück! Was läßt du alle die Mädchen, die Frauen an dir vorbei und vorüber fließen!

Sie sind so leicht heutzutage, sagt Ada, viel leichter als zu meiner Zeit. Wenn sie sie aus ihrem Fenster sieht, am Abend, wie sie aus den Fabriken strömen, aus den Bürotürmen, vergißt sie für Momente ihre schweren Glieder, ist sie selber wieder jung und leicht, fühlt sie sich sekundenlang, minutenlang noch einmal wie früher getragen, und das –

> Das muß es sein, die Schnur, dich daran festzubinden! Der Strick, mein Sohn, dich dran zurückzuziehen! Ins Leben zurück! Das Rezept! Das Rezept! –

Ada weiß jedenfalls, wovon sie spricht. Denn sie hat sich immer wieder so ins Leben gestürzt, mit geschlossenen Augen gleich ins Grundlose, dorthin, wo man getragen wird. Und: wo es gefährlich wird.

Es waren die jungen Soldaten zuerst. Verwundete, die staunend wieder durch die alten Straßen hinkten. Durch das Städtchen, das sie nicht wiedererkannten. Verschüchterte und ungehobelte Umarmungen. Später dann waren auch Sieger dabei, zwei oder drei, die wußten mehr. Einmal ein Schwarzer oder doch zumindest Kaffeebrauner, über den wurde viel getuschelt im Städtchen. Ada hat rasch dazugelernt, hat – wie Nurmi argwöhnte – bald *alles* gewußt. Von verschiedener Art sind die Reaktionen, die eine frühe Katastrophe in den Seelen von Kindern auslösen kann. Nurmi sparte sich auf. Ada aber, die kleine Schwester, gab sich mit vollen Händen aus. Nurmi sprach hinter der Hand von »verschleudern«. Kein Wunder, daß mit jedem Abenteuer auch ein Stück Kraft verlorenging. Lebenskraft, die man notwendig brauchte nach dem Krieg. Kein Wunder, daß es zu jener Zeit war, daß Ada – fast wieder so dünn und mager wie als Kind – zum ersten Mal zusammenbrach.

Doch dann eines Tages, als der Krieg schon beinah vergessen war, kam Nurmis Mann aus der Gefangenschaft nach Haus. Wenn einer Barnabas heißt! Er stand, ausgezehrt von Hunger und Arbeit, von einem eben überstandenen Gelbfieber in seinen selbstgenähten Schuhen in Nurmis Erkerzimmer und lächelte.

Barnabas beherrschte die Kunst, allein mit den Augen zu lachen, wie sonst nur Manja es verstand. Ohne doch im geringsten mit ihr verwandt zu sein, denkt Ada auf ihrem Fensterbrett, so wäre es womöglich Wahlverwandtschaft? Warum hatte Nurmi *ihn* ausgerechnet gewollt? Warum wollten sie ihn beide? Er sah aus wie ein Geist in den aus Autoreifen gebastelten Schuhen, dazu ohne Strümpfe in einer Zeit, als jeder schon längst wieder Strümpfe hatte, auch richtige Schuhe und richtige

Kleider, längere, schönere als je zuvor. Ein ausgefranster Mensch, der lacht.

Ihr war, als kennte sie ihn, seit sie denken konnte – oder noch länger. Und sie dachte, daß sie ihn haben wollte, jetzt und für alle Zeit – oder noch länger. Sie wollte ihn wie das Brot, wie die Milch auf der Flucht …

O nein, so wollte sie ihn nicht! Man war ja lange schon über den Krieg hinaus und konnte schon wieder unterscheiden: das gute Kleid, das schlechte Kleid; das frische Brot, das alte Brot –

> Glaube doch aber ja nicht, Gori, mein Kind, was die Leute sagen, die Ingenieure und die Kybernetiker der Liebe: die behaupten, die Sache geklärt zu haben, daß sie letztendlich berechenbar sei. Das ist sie nie! Was für ein Treppenwitz: daß sie wie eine Wissenschaft erlernbar sei! Das hieße, alle Unterschiede leugnen.

Er hielt Nurmi, seine ihm von ferne angetraute Frau, im Arm und sah Ada an. Die Nacht darauf lag sie wach. Wußte seit dieser Nacht, daß da nichts zu lernen ist. Daß man begreift oder nicht begreift. Und daß die Unterschiede maßlos sind. Schon die Verschiedenheit von Blicken ist gewaltig. Wie eben die Wege verschieden lang sind, die beispielsweise ein Lächeln braucht, um von innen nach außen zu gelangen; der Weg zur Oberfläche – unauslotbar!

> Es bleibt ein Geheimnis, immer noch. Und das war der Grund, warum ich nie mit euch darüber gesprochen habe. Nicht mit Margie und nicht mit dir. Mir schien, als gäbe es die Worte nicht dafür. Oder als seien sie zu kompliziert; ich dagegen zu dumm, sie zu finden. Oder als wären sie ausgestorben. Und was ich nicht benennen kann, dachte ich, davon kann ich nicht reden. Doch heut ist der Tag –

Ada haucht an die Scheibe des Fensters und putzt sie blank. In der Straße draußen, wo man das Aufkommen der Sonne wegen der Häuser nicht sehen kann, scheint es, als ob sich Licht und Dunkelheit vermischten zu einem Morgengrau, das nichts Gutes verheißt. Sie muß mit Gregor sprechen, und bald, denn es lauert Gefahr. Sie muß auf irgendeine Art versuchen, das, was sie so lange nicht in Worte fassen konnte (was ihr doch aber durchs Leben half), ihm mitzuteilen.

Dem Jungen etwas »fürs Leben mitgeben«, wie die Leute sagen, etwas, was ihn halten, was stützen kann. Aber noch immer hat sie Mühe, es zu bezeichnen, den Ausdruck zu finden für das, was einmal die Leute beim Namen nannten. Was sie sich lange ausdachten, ehe sie es aussprachen. Und doch muß sie es – noch heute, denkt Ada – auf den Begriff bringen –

> Wir fuhren in diesem geliehenen Wagen, das war im Urlaub im zweiten Jahr nach seiner Rückkehr aus Gefangenschaft, und ich wollte, daß es schneller ginge und rief: »Schneller, schneller«, und Barnabas lachte und brachte das scheppernde Ding an die Grenze seiner Möglichkeiten, und als ich die Brücke sah, schrie ich und schrie noch einmal: »Schneller«, und er verstand und lachte wieder und trat das Pedal bis zum Anschlag durch. Es war ein Bergbach, über den wir fuhren, und die Brücke hatte kein Geländer, und ich wünschte in dem Augenblick nichts mehr als da hinunterzustürzen, kopfüber hinein; so dachte ich, Kind, daß ich es festhalten könnte, daß es nie zuende gehen würde, daß ich auf diese Art sogar dem Tod Paroli bieten könnte, ja, merk dir das Wort –

Ach, aber Ada hat nichts angehalten, und sie wird dem Sohn nichts raten können. Und das Wort – noch immer wird sie es nicht sagen können. Denn sie kamen ohne Schaden über die Brücke, sie stürzten nicht ab, und die Augenblicke liefen weiter, folgten sich einer dem anderen, die schnellen, die Ada noch immer antrieb, und die anderen, endlos sich dehnenden, in denen Barnabas bei Nurmi lebte, in Nurmis Garten, bei ihren Bäumen, in Nurmis Küche, in Nurmis Bett.

Ada hatte Barnabas des Unterschieds wegen gewollt. Nurmi, weil sie ein *Recht* auf ihn hatte, weil er ihr zustand. So lange hatte Nurmi eingezahlt, tage-, monate-, jahrelang, den ganzen Krieg und die Zeit danach, all die Jahre seiner Gefangenschaft; sie hatte Tausende von Blicken eingezahlt, die sie anderen hätte zuwerfen können, und ebenso viele Umarmungen, die sie – wie sie dachte – von anderen hätte empfangen können, und soviel Leben und Vergnügen, Lust, wie hätte sie darauf verzichten sollen?

Wie also dürfte sie, Ada, deren Gedanken sich in hundert Richtungen versprühten, deren Leben ein einziges Stolpern war, ihren Kindern von Verschiedenheiten reden? Von der Notwendigkeit der »Wahl«? Von »Einzigartigkeit« womöglich? Welches Recht hätte sie, ihnen die Richtung, die Schritte vorzuschreiben? Sie ausgerechnet, auf ihrem Zickzackweg, der verlief vom Fieber zur tiefsten Müdigkeit, von der Konzentration zur Ausschweifung, von der Hochgestimmtheit zum Zusammenbruch. Wie sollte sie, die immer wieder von der Arbeit in ihrem Prüffeld davonlief, dem Burschen Herzensbindungen empfehlen, wenn ihre eigenen stets nur die allerlockersten waren?

Zwar hatte sie, während Nurmis Ehe kinderlos blieb, im Abstand von zehn Jahren Margie und Gregor zur Welt gebracht, doch wer wußte genau, ob Barnabas wirklich der Vater war? Zumal die Fahrten über Brükken immer seltener geworden waren und Ada bald wieder begann, auf die Jagd zu gehn und zu vergleichen und zu versuchen, den einen oder anderen Augenblick bis ins Unendliche zu verlängern. Sie, Ada, hat nicht das geringste Recht. Und wozu überhaupt einem Flügellahmen vom Fliegen reden, wenn es ohnehin – Adas eigener Erfahrung nach – nur immer wieder zur Bruchlandung führt?

Darum glaube mir nichts! Ich habe kein Wort gesagt! Bist du gestürzt, so laß dir Prothesen verordnen, ein Stützkorsett. Warum auch so hoch hinaus, Sohn? Was begnügst du dich nicht mit Bescheidenerem? Mit einer der Allerweltstugenden? O, eine Menge gibt es davon: die Hilfsbereitschaft zum Beispiel, die Treue zum Beispiel, den Anstand zum Beispiel.

Doch warum eigentlich bescheiden sein? Anständig? Wollte ich euch so? Mehr als die anderen, die gesicherten Frauen, habe ich mir euch ausgedacht, lange *bevor* ihr auf der Welt wart. Wie schön ihr wart! Großherzig! Mutig! Und hochfliegend, ja! Nie wollte ich Kinder, die geizig sind, die sich begnügen, das glaube mir, Sohn –

Haben sich Ada und Nurmi schließlich begnügt? Was Außenstehenden wie Scharayn oder Agnes immer unverständlich blieb, was sie regelrecht irritierte, war das Verhältnis der Schwestern untereinander. Trafen sie irgendwo zusammen, bewahrten sie Abstand voneinander, den Sicherheitsabstand der wilden Tiere; doch glaubte mancher manchmal ein Geknurr zu hören, so leise und unterdrückt allerdings, daß er anfing, sich das Ohr zu reiben, und es für eine Sinnestäuschung hielt.

Gab es dagegen Schwierigkeiten, brauchte eine von

beiden Hilfe, war die andere zur Stelle. Machte einer von Adas Männern Ärger, die – außer Barnabas – im Familienclan doch immer eine Art von Asylanten blieben, bekamen sie es mit Nurmi zu tun. Und eine Nachbarin wollte mit eigenen Augen gesehen haben, wie Nurmi einmal der Schwester half, den Fehltritt ihres eignen Mannes im Wagen den Berg hinaufzuschieben.

Übrigens wuchs, wenn schon nicht Zuneigung, so doch die gegenseitige Schätzung der Schwestern mit dem Quadrat der Entfernung. Nie je hörte ein Dritter ein abfälliges Wort. So kam es in früheren Jahren häufig vor, daß Adas Freunde nicht auf den Nebenbuhler eifersüchtig waren, sondern auf Nurmi. Auf diese eigenartige Person in ihren Charlie-Chaplin-Schuhen und ihrer Kittelschürze und mit Erde unter den Fingernägeln.

»Was für seltsame Sitten«, sagten die Nachbarn, wenn sie die Angelegenheit beredeten, »als kämen sie aus einem anderen Land.« Ada reißt plötzlich das Fenster auf.

Ah, Pech und Pulver über euch alle, die ganze Mischpoke, über dich, Barnabas, der du dich klammheimlich davonmachtest und mich und Nurmi verlassen hast! Über dich, Gregor, mein Sohn, der du dich ebenso heimlich verabschieden möchtest! Hörst du, hast du mir aufmerksam zugehört? Dann weißt du, daß ich dir nicht helfen werde. Daß ich nicht die sein kann, die dich retten wird. Auch wenn du *mich* gerettet, mir mehr als einmal geholfen hast –

Ja, er hat *ihr* geholfen und hat sie gerettet, wenn er zu ihr in die Klinik kam, ein kleiner Knirps, zu dünn für sein Alter, mit todernsten Augen und mächtig wichtigtuerisch. Sie gingen im Garten zusammen; er hielt ihre Hand und stützte sie. Sie sagte: »Halt mich, mein Kleiner, daß ich nicht in den Teich laufe.« Und er hat sie gehalten.

Ich fühle deine kleine Pranke, eine winzige Tierpfote in der meinen, warm und ein bißchen rauh vor Dreck; auf einmal aber ... jetzt ... im Schrecken, wassernaß!

Ach, er hat Dinge sehen müssen, für die er zu jung war. Wenn Ada zu Hause – das heißt: in Freiheit – war, verbarg sie nichts vor ihm. Auch wenn sie es nicht mit Worten sagte, sie dachte, daß er alles wissen sollte. Sie waren Verschworene. Oft, wenn Margie in der Schule war, spielten die Männer mit ihm, brachten kleine ferngesteuerte Motorräder, später Flugzeuge, zusammensetzbare Schiffsmodelle. Sie liebten ihn alle. Der strengen Margie trauten sie nicht.

Er hat mit ansehn müssen, wie sie älter, schwerer wurde und ... verlassener. Wie sie trotzdem hinausging, wieder hinaus mußte auf die Jagd. Und immer, wenn sie krank und wund nach Hause kam, hat er wortlos das Essen warmgemacht, hat – oft am hellichten Tag – die Jalousien heruntergezogen und die kleine Lampe am Bett angezündet, die mit dem dunkelgrünen Schirm; die hat das Licht ruhig im Zimmer gehalten und die Wände um das Zimmer standfest; er hat sie wieder zu sich gebracht.

Als ob schon damals alles Wissen, meins und das aller weiblichen Vorfahren, in deinem kleinen Kopf sich speicherte. Als ob du, Kind, klüger gewesen wärst als ich.

Erwachsener, denkt Ada, das zumindest. Und sie, die sich gebrüstet hat, ihn aufzurichten, ist dumm geblieben, die Dümmste von allen. Was nützte es ihm wohl, wenn sie ihm jetzt, viel zu spät, zum Besten gäbe, was sie weiß? Wovon sie glaubt, etwas zu verstehn, ihre sogenannten Erfahrungen? Längst ist er über solche Art Erfahrungen hinaus, über alle ihre kindische Hoffnung. Längst zeigt das Kaleidoskop der Welt ein anderes Bild, in dem die lächerlichste aller Tugenden nicht mehr zu finden ist ...

Es gehn die Bilder von der Katastrophe in Kolumbien um die Welt, wir sahn es gestern im Gemeinschaftsraum. Ein Kind, ein Mädchen, alt genug zum Denken, steckt bis zum Hals im Schlamm; es ist eingeklemmt da und kann nicht heraus. Es wird vielleicht noch heute sterben müssen. In der Nacht sah ich einmal: du bist das Kind! Das Bild geht um – dreht euch nicht um –, geht eine Weile noch in unsren Köpfen um ... dann werden andere kommen von ähnlicher Art. Es ist, als verschlimmerten sie sich mit den Jahren. Wir sahn die Bilder aus Sudan, Zaïre. Ich seh die Kinder mit den Fliegen auf den kranken, ungeschlossenen Augen. Du siehst im Libanon, in Kapstadt auf dem Straßenpflaster Blut. Ich, du, wir alle sehn das rote Fernsehblut sich mit den schönen Farben mischen, den Meeresfarben, den Palmenfarben ... Das ganze Spektrum wabert ringsherum ... Am Ende kommt die Todesfarbe Weiß heraus ... Was sag ich denn? Was sag ich denn? Ich sah dich, Söhnchen, kürzlich auf der Straße. Zufällig, aus einem Taxi heraus. Du gingst durch die Unterführung. Gekrümmt, als dächtest du, die Steine könnten auf dich fallen. Und mir fiel ein, was du mich einmal, als du klein warst, fragtest: »Wo bleibt das Wasser ... der Regen, wenn alles versteint ist?« Ich sah dein Gesicht und wußte Bescheid. Als ob er ein Gepäck schleppen müßte, als ob er nicht mehr atmen könnte, dachte ich ...

Ach ja, und ich dachte: wie uninteressant! Wie gewöhnlich dieses Leiden, das nun mal jeden denkenden Menschen ergreift. Das ihm zu irgendeiner Zeit zu schaffen macht. Dieser Angstkeim, der ihn wie die Masern, wie der Scharlach oft schon im Kindesalter erwischt. Der – wie normal! – irgendwann virulent wird. Ein Gegenmittel, Söhnchen, gibt es nicht.

»Dem Tod Paroli bieten«, habe ich das tatsächlich gesagt? Und riet ich dir, es mit ihm aufzunehmen? Ihn mit der sogenannten »Liebe« mattzusetzen? Da ist es mir doch einmal über die Lippen gekommen! Zu spät! Zu spät! Wie albern, mein Sohn, zum Totlachen! »Dem Tod Paroli bieten« – bedenke den Gegner: wer wäre es, der ihm das Wasser reichen könnte, was Phantasie, Erfindungsgeist betrifft? Nur wessen Phantasie sich mit der seinen messen könnte, würde ihm ebenbürtig sein. Nur wenn dein Begehren, Gori, die gleiche Besessenheit aufwiese wie das seine (fast hätte ich gesagt, die gleiche Unverfrorenheit), würde er dich nicht beleidigen können. Wäre er nicht imstande, dich zu ducken, nicht einmal im letzten Augenblick. Und noch eins: nur wenn du bereit wärst, in Kauf zu nehmen, daß deine Lebenszeit sich verkürzt, daß sich dein Körper rasend verzehrt, dürftest du gegen ihn antreten.

Aber wozu eigentlich, frage ich, willst du alt werden? Häßlich? Verblödet? Wozu leben, frage ich, mit einem unversehrten Herzen in einer kleinmütigen Welt?

Ich höre, du nimmst deine Tabletten nicht mehr. Also auch darin folgst du mir nach. Wie gut! Die meinen pflege ich in Wasser aufzulösen und sie im Abfluß verschwinden zu lassen. Was sag ich denn? Mein Gott, was, was ...? Ich sage: du sollst mir nicht folgen! In nichts! Ich weise alle Folgsamkeit zurück! Ich weise *dich* zurück!

Mit einem Ruck schließt Ada das Fenster. Sie verhängt die Öffnung des Luftschachts über dem Waschbecken. Sie packt ihr Deckbett und stopft es vor die verschlossene Zimmertür. Damit nichts hinausdringt. Damit er nichts hört.

Barnabas, der Vater

Mensch, was du tust, bedenk das End.
Das wird die höchst *Weisheit* genennt.

In dieser Familie sprechen auch die Toten. Ihr Wortschatz ist beschränkt, sie wiederholen sich ständig, machen sich ungefragt bemerkbar, häufig vernehmlicher als die Lebenden.

Es spricht Wölfchen, der jüngere Bruder der Manja, aus seinem Wiesengrab bei Verdun (war es nicht der mit dem Fußpuder im letzten Brief?); der »kleine Hermann« redet vom Grunde der Ostsee, Maxim, der »Mini-Moltke«, aus seinem schön bepflanzten Großstadtgrab, Eli und Ria aus ihrem pommerschen Dorfteich. Sogar Coelestina, eine jung verstorbene Ur-Ur-Ur-Verwandte, spricht in ihrem myrtengeschmückten Sterbezimmer, das Charlotte jahrelang verschlossen hielt. Nur ein einziges Mal ließ sie die Kinder hinein; sie behaupteten später unbeirrbar, ein leises Seufzen gehört zu haben.

Doch auch dort, wo die Erinnerung an eine Stimme schon erloschen oder noch nicht aufgebrochen ist, gibt es noch Bilder, die reden, oder Geschichten. Lediglich die ganz Alten, von denen nichts mehr aufzufinden ist, keine Rötelzeichnung, kein Scherenschnitt, auch keine Skandalgeschichte, kein Liebesgerücht, die also nur noch Namen sind, sie bleiben stumm. Wobei es – sehr selten – manchmal passiert, daß selbst auch ein Name zu sprechen beginnt, aus einem alten Stammbaum, einem Monogramm heraus, daß er Geschichten in Gang setzen kann. Diese sozusagen aus dem Nichts geborenen Lebensläufe sind von empfindlichster Art, je nach Wetter veränderlich und nie zu beweisen.

Auch Barnabas, Margies und Gregors Vater, spricht. Dabei hält er sich hier auf und da: mal auf dem runden, abgestoßenen Ledersofa, das Nurmi kürzlich zum Sperrmüll gab, mal auf dem Schaukelstuhl in der Veranda, in dem er die letzten Tage verbrachte; so wie es fast immer die letzten Sätze sind, die sich einem ins Gehirn gravieren, als ob sie über die momentane Bedeutung hinaus noch etwas hüten würden, ein geheimes Wissen, eine Erkenntnis, die nur den Todgeweihten zuteil wird.

Mehr als mit Worten allerdings spricht Barnabas, der Fotograf, durch Bilder. Es gibt ganze Koffer voll davon: Fotos von ihm selbst entwickelt, außerdem die Schnappschüsse der anderen. Ein Spätheimkehrer, der so lange, so weit entfernt von allen uns bekannten Räumen vegetierte, jenseits der wandernden Grenzen des Landes und – mit seinem Splitter in der Lunge, dem schwelenden Gelbfieber – fast jenseits des Lebens, wird dann zu Hause allenthalben festgehalten. Man will es schnell noch dokumentieren: anfangs die schwindende Existenz, später den Fortschritt, die Gesundung. Stellt sich letztere nicht ein, ist sie nicht registrierbar von Bild zu Bild, macht man doch Fotos, »damit etwas bleibt«.

Der jahrelang von Land und Leben Ausgegrenzte hat seinerseits versucht, auch das, was ihm kaum noch Leben schien, zu bezeugen. Es gibt einen Film, der, im Saum des Mantels eingenäht, Vormarsch und Rückzug und Gefangenschaft in Rußland unbeschadet überstand; und es gibt Dutzende von kleinen Zeichnungen: Barnabas hier auf dem Traktor, da auf der Rückeraupe, im Wäldchen bei Perm mit der Zündschnur, beim Pikettieren neben der Trasse – das muß im Ural bei Swerdlowsk gewesen sein.

Da ist er zu erkennen in der Reihe der Gefangenen, im

Winter vierundvierzig, liegend, auf der bloßen Erde. Einer am anderen, dicht bei dicht. Und das sind sie am nächsten Morgen, seht ihr, die Nasen alle – auf Kommando – nach der anderen Seite, und noch enger aneinandergedrängt; am Ende, schon beiseitegerückt und kaum zu erkennen, die, die dann trotzdem nicht mehr aufgestanden sind: Jensen, Bindseil und Riemert, die Gesichter verdeckt.

Das sind die Meter Holz, die sie an einem Arbeitstag machten. Da das Langholz, das sie gepoltert haben. Dort geben sie Berthold die letzte Ehre. Barnabas, in Bertholds Filzstiefeln, zimmert aus Zweigen ein Kreuz. Hier Barnabas auf dem Dach der Baracke: »Wanderer, kommst du nach Perm, am Balkenverbund wirst du sehen, wer hier baute.«

Ja, das wird weiterleben von ihnen. Das wird noch leben, pflegte Barnabas zu sagen, wenn die Jungs mit unseren Knochen Äpfel von den Bäumen schmeißen. Auf jeden Fall wird es so lange leben, wie diese Fotos und das eselsohrige Heft existieren.

Ja, das ist Pjotr mit seinem Hund, der die Kuhherde über die Wiesen treibt.

So ist der tote Barnabas mit vielen im Gespräch, noch immer. Mit seinen beiden Frauen sowieso. Auch Spenz, der sein Nachfolger wurde, der später seinen Platz bei Nurmi eingenommen hat, stellt hier und da noch eine Frage. Manchmal sieht er den Vorgänger im blankgeputzten Silberrahmen lange an, doch nur, wenn Nurmi nicht im Zimmer ist.

Manja, obgleich sie Barnabas meist als Schlawiner bezeichnet oder – in bezug auf Ada – als die sechste Kugel, unterhält sich oft ganze Nächte mit ihm, nicht nur in Gedanken, sondern laut vor sich hinmurmelnd oder schimpfend, daß es wie Frage und Antwort herauskommt; sie hat ihn gern gehabt.

Margie, seine Erstgeborene, die ihn lediglich zehn Jahre lang kannte, nein, wenn mans genau nimmt, allenfalls acht, versucht, die Gespräche von damals weiterzuführen. Ergänzt sie wieder und wieder in Kindersprache; zermartert sich das Hirn, um eventuell Vergessenes noch herauszuwringen. Viel ist nicht geblieben; sie wüßte nicht einmal zu sagen, ob das, was sie zu erinnern glaubt, tatsächlich stattgefunden hat oder ob es sich später zusammenreimte, sich aus Erzählungen und Bildern wie von selbst zusammenballte. »Er war sehr groß.« »Er hat immer gelacht.« »Seine langen Hände.« »Und natürlich: auf Festen immer neben der jüngsten Frau.«

Am häufigsten jedoch scheint Barnabas mit seinem Sohn zu sprechen. Obgleich er ihn ja kaum gekannt hat, denn Gregor ist ein halbes Jahr vor seines Vaters Tod geboren worden. Nein, umgekehrt schien es von Anfang an Gori, der Kleine, zu sein, der Barnabas am strengsten befragte.

Man wundert sich in der Familie, wie er zu all den Bildern kam, den Kriegszeichnungen, den Fotografien, den Kopien von Kopien, was alles er im Lauf der Jahre an sich bringen konnte. Selbst einige derjenigen, die Unikate sind, die Ada stets in ihrem Klinikkoffer mitzuschleppen pflegte, sind eines Tages unauffindbar.

Merkwürdig ist, daß beinahe jeder, der die Bilder betrachtet, der den gewissen Blick des Barnabas studiert, annimmt, er wäre auf ihn gemünzt. Gleich, ob er auf Fotos oder als Selbstporträt in einer Zeichnung erscheint, jeder fühlt sich gemeint. So zum Beispiel begann eine Krankenschwester in Adas Anstalt sich etwas auszudenken, einen langen Roman in Fortsetzungen. Sie kam jeden Morgen und sah das Bild an. Dann kam sie ein zweites Mal am Abend, schaute herein und stellte Fragen. Aus den Fragen wurden Vermutungen, aus den Vermutungen eine Geschichte. Aus der Geschichte eine Leidenschaft. Die hatte mit ihr, der Krankenschwester zu tun. Als Ada dahinterkam eines Tages, als sie die Augen der Frau beim Betrachten des Bildes sah, riß sie es vom Tisch und versteckte es. Er muß nicht jeden ansehn, dachte sie, nicht mit jedem Dahergelaufenen reden.

Und doch soll Barnabas sprechen! Die Krankenschwester ist nicht mehr im Zimmer, Ada holt das Bild aus der Nachttischschublade.

Nurmi, beim Staubwischen zu Haus, haucht an das Glas, reibt es mit aller Kraft, daß es blank wird. Putzt den silbernen Rahmen mit Sidol. Spenz, gequält und gottergeben, nickt seinem Vorgänger zu; mit Nurmi ist an diesem Morgen nicht gut Kirschen essen.

Sag was, murmelt Margie, und streicht mit den Fingern über das Foto, rede du mit ihm! Wir sind mit unsrem Latein am Ende.

Sie sind ratlos, alle, wissen nicht weiter. Gregor soll im Krankenhaus gewesen und gleich schon wieder entflohen sein. Genau wie seinerzeit Barnabas – das ist nun mehr als zwanzig Jahre her – muß er in aller Frühe ausgebrochen sein; er ist der Behandlung, der Rettung entkommen. Sie sind wütend. Fassungslos. Düpiert. Nun hat er alle miteinander vor den Kopf gestoßen.

Sag etwas, Vater, mutmaßlicher! Du bist an der Reihe. Er will nicht mehr hören, auf keinen von uns. Vielleicht, daß *du* noch eine Chance hast. Sprich mit ihm! Hilf ihm auf, mach ihm Beine! Erinnere ihn. An sein Versprechen. Die alte Freundschaft. Die schöne Zeit. Die Tage in Guéthary. Unsere Spiele. Das Kinderzimmer. Pack ihn bei seiner Ehre! Frag ihn, wann er wiederkommt. Ob er denn alles vergessen hat. Und mit wem ich jetzt reden soll. Erinnere ihn! An sein Mikroskop. Das Schlagzeug. Die Bücher: Budjonny; Bartleby. An seine Arbeit. Die Manuskripte. Alle die Hunderte von Präparaten. Sag ihm, daß wir jetzt jede Nacht das Licht anlassen. Sag ihm –

Wenn er nur spräche! Nur ein Signal aussendete! Es ist höchste Zeit! Allerdings weiß nun niemand mehr zu sagen, ob Gregor überhaupt noch Bilder dieses angeblichen Vaters hat. Ob sie ihm jetzt noch etwas bedeuten oder nicht längst im Papierkorb verschwunden sind.

Es ist der allerletzte Moment. Nicht genug damit, daß der Entlaufene Arznei und Nahrung verweigert; er soll dabei sein, mit Alkohol und Schlimmerem – mit allen Mitteln, wie es heißt – absichtlich seinen Untergang herbeizuführen.

Scharayn kennt einen, der ihn gesehn hat: schon am Vormittag sitzt er in Kneipen herum, vertrinkt sein mühsam erkämpftes Stipendium; über das frühere Studium spottet er; das Buch, das er zu liefern versprach, hat er in den Schornstein geschrieben; Vorhaltungen schlägt er lachend in den Wind. Zudem soll er sich mit Subjekten abgeben, Aussteigern, Aufgebern aller Art; Existenzen, die Scharayn in der Seele haßt. Vor denen er ihn hat bewahren wollen.

Zuerst sind es diese Goldjungs gewesen, die jeder festen Arbeit aus dem Wege gehn. Die ihre Tage verschlafen und in den Nächten bis zum Erbrechen Ligeti hören. Die in südamerikanischen Pueblos, in indischen Ashrams die Ersparnisse ihrer Eltern durchbringen.

Danach soll Gori, den Berichten nach, jedoch auch diese gemieden haben, wie alles, was ihm von früher bekannt war. Was ihn nur entfernt erinnern oder ermahnen könnte. Stattdessen hält er sich – was Scharayn nun wirklich über die Maßen erbost – in den übelsten Destillen auf. In dunklen, rauchgeschwängerten Löchern, wo Marschmusik aus den Boxen dröhnt, wo Burschen in Trainingsanzügen die Nächte vor dem Fernseher verdämmern; hier – wie man hört – steht selbst das Pool-Billard seit Jahren schon verwaist, und nicht einmal die Politik wird noch besprochen. Kein wichtiges Ereignis, sagt Scharayn, ist von Interesse, keine der so erstaunlichen Entwicklungen der jüngsten Zeit, die weltweite Abrüstung beispielsweise; dafür lauern Hunde mit Maulkörben unter den Tischen –

Sag ihm, die Tauben vor dem Fenster sind schon vor Sonnenaufgang wach und gurren üble Prophezeiungen, ich kann die Tauben nicht mehr hören, sag ihm das!

Doch Barnabas, der ferne Vater, stellt sich taub. Macht keine Anstalten zu antworten. Jetzt, wo es mehr als jemals nötig wäre. Auf allen Bildern ist er elegant und heiter. Der, dort am Ende des Tisches, der lacht, ist er.

Das muß kurz vor dem Krieg am Geburtstag der Manja gewesen sein, in dem Zimmer mit der gefleckten Tapete. Die ganze Verwandtschaft noch vollzählig. Barnabas neben Nurmi; doch im Hintergrund geistert schon Ada herum. In Manjas Lehnstuhl, wild wie immer. Schon wirft sie dem Freund der Schwester Blicke zu. Er lachte, wie er sie in ihren weißen Strümpfchen sah. Er konnte nicht anders. Er hat immer gelacht. Schon gleich, als er in die Familie kam. Als er Nurmi beim Baden ins Wasser stieß. Als sie ihn einkleideten in der Kaserne. Als er zum ersten Mal in diesen Knobelbechern gehen mußte. Daß er allerdings bei seiner Ferntrauung in einem Klassenzimmer in Smolensk gelacht haben soll, ist ein von Nurmi frei erfundenes Gerücht. Auch wenn ihm im Krieg das Lachen verging, so war er wenigstens imstande, es sozusagen zu ersetzen durch eine Art von Yogi- oder Pokermiene, ihr seht es auf dem Foto aus dem Ural hier.

Tatsächlich hieß er in Gefangenschaft: das Pokerface. Soviel sie auch suchen, keine Gefühlsregung – weder Trauer noch Furcht – zeichnet in diesen Jahren sein Gesicht. Und so hat es – später – ein Freund bestätigt: Wenn er im Morgengrauen die nachts Gestorbenen aus dem Sektionskeller holen und sie im Karren hinausbringen mußte, sie auf dem Sandplatz am Steinbruch zu begraben, blieb er ungerührt. Manchmal, wenn es einer war, den er kannte, entschloß er sich, den stillen Mann ein letztes Mal zu zeichnen. Nie scheint ihm die Hand gezittert zu haben. Das Heft liegt immer noch in Nurmis Bodenkammer.

Nun gut, vielleicht ist so ein Pokerface das schlechteste nicht. Es ist niemals eindeutig. Es läßt alles vermuten. Es erschöpft sich nicht. Eventuell, so meinen sie, ist es für ihre Zwecke sogar das beste überhaupt, denn alles Menschliche scheint ihm fremd. Nie mehr ist dieser Vater, wie beispielsweise ein lebender, in einer heiklen Situation zu ertappen. Kein Rest von Frühstücksei auf der Weste, kein verfänglicher Gegenstand in Schubladen, Nachtschränkchen irgendwo, nichts Anstößiges zwischen den Taschentüchern verborgen. Weder versteckt er ein peinliches Leiden, noch frönt er verbotenen Leidenschaften. So nimmt ein derart entwirklichter Vater mit der Zeit beinah überirdische Züge an. Er wird den jung Verwaisten zum Vorbild, vereinsamten Frauen zum Ideal. Kein Lebender kann mit ihm konkurrieren. Sollte so einer nicht imstande sein, sich einzukerben dort, wo noch nichts verhärtet ist, in die noch junge Herzsubstanz der Nachkommen? Zynischen Seelen, wie Margie zum Beispiel, drängt sich sogar manchmal die Frage auf, ob nicht jeder einen solchen Vater brauchte, einen dem Zugriff des gemeinen Lebens entrückten Erzeuger.

Also rede, Gottvater! Aus deinem Gewölk heraus offenbare dich! Dich wird er anhören. Dir wird er glauben. Wirf deine Gesetzestafeln herab! Gib ihm Ratschläge, gib ihm Anweisungen! Befehle, die keiner sonst zu geben wagt. Die auszusprechen wir uns nicht getrauen. Die uns, müßten wir sie unmaskiert, von Angesicht zu Angesicht gebrauchen, die Schamröte ins Gesicht treiben würden. Such sie zusammen, all die verlachten, verschüchterten Worte, sprich ihm unserethalben von der alten Ehre, der Treue, der Pflicht; von Tapferkeit, Gerechtigkeit, vom Maß; was der Mensch braucht, was er wieder und mehr denn je brauchen wird, um auf dem schon entzündeten Planeten noch überleben zu können! Sag ihm: die empfindsamen Jahre sind vorbei. Zu spät für jede Art von Blumenkindern! Exaltationen verschlagen nichts mehr. Verordne ihm, was hilft, was heilt: das kleine tagtägliche Eins-nach-dem-anderen: eine Monatskarte kaufen, die Batterie des Reiseweckers auswechseln, ein Diskussionspapier entwerfen, einen Laborbericht schreiben, die Winterstiefel wasserdicht machen.

Sprich, großer Manitu, sprich –

Wieder sind sie – nun schon seit mehr als einem Jahr – dabei, sich in langen simulierten Dialogen zu ergehen. Und alle kreisen um den verlorenen Sohn, der – wer weiß wo? – in seinem Versteck hockt. Der womöglich, sich ins Fäustchen lachend, dort zugrunde geht.

Was sollte selbst ein Pokerface da noch bewirken können?

Einmal, heißt es, hätte es Macht gehabt. Im Kriege sei es von Nutzen gewesen, wenn auch nur für Barnabas selbst. Es hat sich als lebensrettend erwiesen, als der geborene Balte sich für die Verhöre im Lager einen Lebenslauf erfinden mußte, eine vollkommen neue Existenz, die er gewissenhaft memorierte und am Ende sogar zu lieben begann. Wie er überhaupt alles geliebt haben soll, was nach Erfindung oder Spiel aussah, sagen die einen. Was Trick, Manöver, Taschenspielerei erlaubte, behaupten die anderen.

Unmerklich, im Lauf der Gespräche kommt Argwohn auf. Je länger sie andauern, desto verdächtiger wird der Mann. Desto unsicherer die Betrachter der Bilder. Kommt der perfekte Betrüger heraus? Die junge Nurmi hat durch Krieg und Nachkrieg siebzehn Jahre lang auf Barnabas gewartet, er geht mit der jüngeren Schwester davon. Aber ging er wirklich auf und davon? Sollte man nicht eher nur von einem Umweg sprechen? Da er ja Nurmis Haus und Nurmis Garten niemals auf Dauer verlassen hat. Welches Kind ist nun eigentlich wirklich seins? Ist es Margie, ist es Gregor – sind es alle beide? Und was ist mit dem Foto, diesem sehr verräterischen Jugendbild, auf dem man ihn beim Hissen der Fahne sieht, mit vor Begeisterung leuchtenden Augen, und irgend jemand schrieb »Sprung auf, marsch, marsch!« darunter, mit weißer Tinte, dick unterstrichen?

Nie weiß man, woran man mit den Bildern ist. Die unterschiedlichsten Gefühle kommen im Betrachter auf. Einmal schaut er sie verächtlich lächelnd an, so etwa wie die nachgefärbten Fotos eines Stummfilmstars. Oh, dieser Augenaufschlag, diese Pose vorgeblichen Glücks!

Die Attitüde falscher Leidenschaft! Peinlich herausgekehrter Todesmut! Man sollte das Zeug nun endlich zum Müll tun. Ein andermal, vornehmlich in empfindsamen Stunden, glaubt man, in eine schöne, längst entschwundene Landschaft zu schaun, mit ungebrochenen, freundlichen Bewohnern, mit Panjepferdchen und Birkenwäldchen; eine Sehnsucht nach langsamem Leben kommt auf, nach weiten Wegen zu Fuß, nach verbotenen heimlichen Rendezvous, ja selbst der Wunsch nach Mühsal, schwerer Arbeit bricht sich Bahn.

Manch einer fragt, wie Barnabas sich heute präsentieren würde. Auf der Gangway eines Ozeanriesen? Am Steuer eines nagelneuen Kabrios, das er zu Lebzeiten nicht besaß? Verzweifelt auf einem Fahrdamm, inmitten einer Verkehrslawine? Vor den Wandmalereien der Mauer, UNSERER MAUER, die unsere Stadt so bunt, so gnadenlos zerteilt? Unter einem der maroden Straßenbäume, die schütterer werden von Jahr zu Jahr und vielleicht noch diesen Winter eingehn werden? Müßige Erörterungen.

Was allerdings jeder wissen will, was sie alle selbst im nachhinein immer begieriger zu ergründen suchen, ist die Kurve, die dieses Leben nahm. Ist eine Logik darin zu erkennen? Hat dieser Mensch, der so unangefochten, scheinbar gewissenlos durchs Leben schlenderte, durch Krieg, Gefangenschaft, durch die Frauen, hat er einen Vorsatz, ein Ziel gehabt? Ist er diesem, seinem Entwurf gefolgt? Was war sein Einsatz, hat er sich gelohnt? Hat er etwas vollbracht, was weiterwirkt? Auf uns, auf die Nachkommen? Was einem Schwächling wie Gori Kraft geben könnte? Man möchte noch die toten Abbilder sezieren, wie die Chirurgen noch näher heran; man möchte ihm die Frucht, den Kern entreißen, um endlich das Muster zu entdecken, die klare und erkennbare Struktur. Doch so einem Spieler, Roßtäuscher, Manipulierer ist so leicht nicht beizukommen, der schöne Barnabas verweigert sich.

Aber sind wir denn blind? Daß wir das Wichtigste übersehen, den neuesten Entwicklungen nicht Rechnung tragen! Wir, Hinterwäldler, die wir noch immer unerschütterlich glauben, daß, hätten wir nur genug an Vernunft, die Krankheit des Planeten heilbar sei! Und: daß Götter von großer Art und gerecht sein müßten!

Längst wächst doch hier auf diesem Stern nicht nur ein einziges Geschwür heran, nicht zehn Geschwüre oder hundert, sondern Abertausende.

Was bedeutet es schon, daß vor ein paar Wochen, an einem Ort mit Namen »Schwarzes Gras«, ein Reaktor hochging? Nicht das Geringste bedeutet es! Der Reaktor ist nichts, der Name ist alles. Das schwarze Gras wird weiterwuchern und weiterschwelen; wahrscheinlich wird es den Jüngsten von uns – denen, die uns noch gekannt haben – über kurz oder lang die Füße verbrennen.

Also, fragen wir, ist nicht, wenn es ums Überleben geht, der Rücksichtsloseste und der Gerissenste der beste? Und ist nicht Barnabas – den Gerüchten nach – der Überlebenskünstler schlechthin gewesen? Soll er auf seine Art den Burschen lehren!

Präpariere ihn also! Verrate ihm, Vater, wie einer sich durchbringen kann! Wie er das Ohr der Mächtigen gewinnt! Womit er, schon in den Klauen des Feindes, sich freikaufen kann. Welches Geheimnis er wissen müßte und wie er damit zu wuchern hat. Denn ein Geheimnis sollte jeder wissen, sollte es bei sich tragen wie Geld. Doch vergiß nicht, ihm ebenfalls beizubringen, wie man die Namen von Freunden preisgibt, ohne die Lippen zu bewegen. Lehre ihn, Barnabas, überleben! Denn immer sahn wir dich auf allen Bildern so: Du bist der mit der warmen Decke, der mit dem Stück Brot, derjenige, der die anderen begräbt, Du, Barnabas, immer der Nebenmann!

Hört auf! Gebt Ruh!

Plötzlich, im Eifer des Disputs, erschrecken sie. Sie reiben sich die Augen allesamt. Sind sie nicht dabei, sich zu versteigen? Was haben sie aus ihm, dem Wehrlosen, gemacht? Zu welcher Höhe ihn in ihrer Furcht erhoben – den kleinen Marschierer zum Götzenbild!

Man sollte längst Dahingeschiedene doch nur bei Tageslicht ansehn. Nur in ihrem eigenen beschränkten Raum. Und nie, unter keinen Umständen ihnen erlauben, sich in unsere Räume hinüberzustehlen.

Wie könnte jemals so ein Leben als Exempel dienen? Noch dazu einem, der nichts von ihm weiß. Denn was war dieser Vater für seinen Sohn? Ein Schatten über dem Gitterbett? Ein Flüstern, vom schweren Schlag der Standuhr überrollt? Hat nicht ein Mensch, der so gelassen, heiter selbst aus dem Krieg herüberwinkt, als Vater verspielt? Was hätte er, der da stolz sein EK I präsentiert, uns mitzuteilen? Was hat er noch mit uns gemein, mit unseren Hoffnungen, unseren Verzweiflungen? Was weiß er überhaupt von uns?

Hast du dir, Vorfahre, ausdenken können, daß unsere Erde vor der Zeit vergreisen würde? Daß ein Meer sein Leben verlieren könnte? Daß die Maikäfer aussterben? Daß Minute für Minute, Sekunde für Sekunde, eine Tierart zugrunde geht? Eine Pflanzenart? Eine Wortart? Daß unsere Sprache mutiert? Daß sich die Worte vermummen, die falschen sich für echte ausgeben? Daß wilde Stämme sich ausbilden, die uns hinterrücks anfallen und gegen die wir wehrlos sind? Ahnst du, wie verloren wir in unserer Krankheit sind? Wie ungetröstet wir davongehen werden? Ah, groß war deine Zeit, blutrot und leuchtend! Wie strahlend der Schnee auf den Bergen des Ural! Das Licht in der Steppe! Sogar der Hohlweg voller Leichname im Donez-Becken noch schön überglänzt!

Alle Bilder verschwinden im Schuhkarton. Und Silberrahmen sind nicht mehr modern. Man ist jetzt auf die alten Rahmen aus, die um die Jahrhundertwende entstanden sind, und auf die dazugehörigen Bilder. Charlottes Vater mit Spitzbart und Kneifer. Die kleine Manja im Spitzenkleid. Ach nein, auch die sind ja längst schon aus der Mode! Man sucht nach anderen Vorbildern heute, nach anderen Ansichten. Solchen, die klar und eindeutig sind. Oder irren wir uns schon wieder? Sind wir am Ende aller Antwort angelangt?

Ab mit dem Trödel in die Bodenkammer! Soll es schwarz werden da, sollen Mäuse es fressen! Wir bedanken uns höflich. Wir fragen nicht mehr. Um Antwort wird nicht mehr gebeten. Wir haben zu tun. Wir brechen die Unterhaltung ab –

Wer spricht?

Wer spricht? Bin ich es? Ein anderer? Spricht einer durch mich? Wer redet durch wen? Die Schwester durch den Bruder hindurch? Der Freund durch das Kind? Die Lebendigen durch die Toten? Sind die Stimmen der Toten noch in der Luft, daß wir sie hören? Haben wir sie »im Ohr«? Treffen sie uns erst heute mit voller Wucht?

Horch! Alle sprechen. Du hörst uns! Solange du lebst, sind wir in deinem Kopf. Energie fließt unaufhörlich. Kreuzt sich, bündelt sich, verstärkt sich. Bildet Netze, umkreist dich, fängt dich ein. Auch wenn es scheint, daß einer von uns zuzeiten verstummt, in einem Wellental zu verschwinden droht, er taucht wieder auf! Er wird gehalten, getragen, weitergestoßen von jedem von uns. Die Theorie vom Wärmetod erkennen wir nicht an. Unsere Kraft ist so stark wie die des Atomkerns. Wie die Kraft einer Sonne. Sollte einer versuchen, sich zu entfernen, so wird er sie zu spüren bekommen.

Trickreich müßte sein, wer ausscheren will! Lange Rechnungen müßte er aufstellen! Neue Formeln müßte er finden, erfinden. Kräfte mobilisieren, Kräfte neutralisieren. Ja, ein Erfinder müßte er sein.

Dennoch sollte man wissen, wohin, in welche Richtung er denkt. Wie weit er schon gekommen ist. Steht er noch am Anfang? Am Ende? Hat er sich verrannt? Fängt er noch einmal von vorne an? Ist er uns etwa voraus?

Wäre noch einer von uns imstande, ihm seine Gleichungen zu durchkreuzen? Ihm Fehler nachzuweisen? Könnten wir neue Quellen einbringen? Gegenbeweise?

Ist er womöglich schon im Stadium des Experiments? Was, wenn es längst zu spät sein sollte?

Schluß mit den Fragen! Keine nutzlose Grübelei! Noch ist die Schwerkraft hier in diesem Himmelsstrich nicht aufgehoben. Noch hängt er im System. Vereint sind wir stark.

Er entkommt uns nicht!

Elisabeth, die Großmutter

»Unaufhaltsam enteilet die Zeit.«
Sie sucht das Beständ'ge.
Sei *getreu* und du legst ewige
Fesseln ihr an.

Es ist nicht zu bezweifeln, daß sie gelebt hat; doch wirklich lebendig, also sichtbar, wird sie allein durch ihre Geschichten. Während die Bilder, die es von ihr gibt, samt und sonders langweilig sind – sie war die »schöne Frau« der Gesellschaft, unangreifbar in ihrer Vollkommenheit –, widersprachen sich die Geschichten von Anfang an. Und tun es noch heute. Es kommt darauf an, wer sie erzählt. Ob es Ada, die verrückte Tochter ist, oder die andere, Nurmi, mit dem bösen Mund. Oder aber ob sie, Elisabeth, selber zu Wort kommt – mit ihrem Tagebuch zum Beispiel, das sie den Weltereignissen zum Trotz so akkurat und unbeirrt geführt hat; wobei ihre Geschichte es schwer hat, sich durchzusetzen: als würde ein Fluß, der hinunter ins Meer will, dort von der Brandung zurückgedrängt; als ob die Ströme, die Geschichten, miteinander kämpfen müßten, bis es hochauf springt; so kommt es, daß ein selbst im Krieg nicht alltägliches Schicksal auch im Nachhinein noch immer vergrößert und ausgemalt wird.

Dies ist meine Geschichte, und nur allein diese. Die ich behaupte gegen jede Verleumdung, gegen alle Auslegungen und Gerüchte. Es ist die Geschichte, die ich mir ausgedacht habe, und sie wird sich ereignen, wie ich sie will!

Zuerst also war da ein Garten und war da ein Zaun. Und hinter dem Zaun ein anderer Garten. Und hinter den Gärten das Städtchen; die kleine, damals noch heile, mitteldeutsche Stadt, in der sich das Ganze abspielte.

Tag für Tag im dritten Sommer nach dem Weltkrieg, dem ersten, macht sich ein Junge an besagtem Zaun zu schaffen. Er rupft kaum sichtbares Unkraut aus, repariert nicht vorhandene Löcher. Tag für Tag liegt im Nachbargarten ein Mädchen und tut, als ob es nichts bemerkte. Liegt neben dem Erbsenbeet des Hauswirts im Gras und träumt und kritzelt Worte in ein grünes Heft und spielt »beschäftigtes Kind«.

Es ist der 3.6.21 und ich beginne. Ich fange an. Etwas fängt an. Mein Leben ... Ich ahne ... etwas verändert sich, endlich ... Kein Tag von heute an soll vergehen ... Rechenschaft – der Mensch muß sich Rechenschaft ablegen ...

Es heißt, jeder Mensch ... Ich fange an –

Abend für Abend zur Essenszeit, wenn Charlotte aus dem Küchenfenster nach den Kindern ruft, erhebt sich das Mädchen, kaum daß es einmal nach oben schaut, und setzt sich unendlich langsam in Bewegung. Der Garten ist lang und schmal wie ein Kirchenschiff, und das Mädchen, das auf den Namen Eli hört, schreitet so gemessen träumerisch hindurch, als ginge es zu seiner eigenen Hochzeit.

Sein starkes, zu Zeiten apfelsinenfarbenes Haar, notdürftig von einem roten Gummiband gehalten, erscheint merkwürdig zahm und unbewegt, seine grauen Augen wandern keinen Millimeter weit zur Seite. Maxim, der arme Nachbarssohn, durchschaut das Manöver. Er kneift bedeutsam ein Auge zu. Versucht, auffällig vielsagend zu grinsen. Natürlich ist er niemals arm gewesen. Er wird in dem Maß ärmer, in welchem er unbeachtet bleibt. Eli aber will hoch hinaus – und sie ist geschickt.

Es hat sich ereignet. Ich will, daß es bleibt! Daß es wächst! Hilfsmittel, sind sie manchmal doch unumgänglich! Gewisse Hilfskonstruktionen! Der Zweck heiligt die Mittel. Verkleidungen zum Beispiel können hilfreich sein ... Zäune zum Beispiel ... Ein Zaun trennt Tiere von Menschen, Blumen von Rüben, trennt den verwunschenen Prinzen von der Prinzessin. Ein Zaun muß überwunden werden. Durch Mut? Durch Diplomatie? Man wird sehen ... Ich warte –

Früh ist das Mädchen Eli klug und reif genug zu wissen, daß die Faszination, die sie auf den Jungen Maxim ausübt, die Maxim auf sie ausübt, nie zu solcher Stärke angewachsen wäre, hätte es nicht den Zaun gegeben. Doch auch Maxim scheint es zu ahnen. Er springt lange nicht. Hinter dem Zaun beginnt sein Königreich.

Der arme Prinz weiß, was er schuldig ist. Daß er erst viele Tage warten muß – ihm kommt es vor wie sieben Jahre –, bevor er über die Grenze darf. Auch muß er Prüfungen bestehen: den blutrünstigen Hund des Nachbarn verjagen, das Rad von Elis kleinem Bruder, diesem ekelhaften Anhängsel, putzen, im Sommerbad vom Fünfmeterbrett springen.

Sind nicht in jeder besseren Geschichte allemal Proben zu bestehen? Ich sag nichts dagegen. Wie öde, denke ich, wäre das Leben, wenn sie wegfallen würden. Wie langweilig Freundschaften, Lieben – und selbst noch Feindschaften?

Der Prinz, als ihm endlich die Zeit erfüllt scheint, steigt, wie es sich gehört, nicht etwa *über* den Zaun; er tritt ihn ein. Selbstverständlich und siegesgewiß erscheint er eines schönen Nachmittags im Kreis der Kinder. Er fordert den ihm gebührenden Preis. Für das Fahrrad, für den Sprung ins Wasser, für die sieben Jahre.

Maxim hält Elisabeth, die schwer zu fangen ist, in Charlottes Erkerzimmer fest. Sie kratzt sich frei und entwischt. Er fängt sie wieder. Sehr dunkel ist das Zimmer am Abend, das nicht, wie das Zimmer Manjas in der Stadt, bunt und lustig erscheint, sondern, nach der Mode in der Provinz, in einem häßlich gedeckten Grün gehalten ist.

Und hier, in einem romantischen Augenblick muß es gewesen sein, daß die sonst eher praktisch veranlagte Eli plötzlich ein »Gesicht« hat. Daß sie das Piktogramm ihres Lebens sieht:

Was einst zwei Länder waren, wird zu einem Reich. Der eingetretene, eben überwundene Zaun, ist gleich schon – in Gedanken – wieder aufgerichtet. Jetzt stellt er eine Umfriedung dar. Weder Freund noch Feind darf ungefragt eindringen. Kein Unglück kann ihr mehr geschehn auf ihrem eigenen Gebiet. Sie ist geschützt und wird es für ihr Leben bleiben.

Und nun, da sie ihre Grenzen gesichert sieht, kann Eli beginnen, ihr Haus zu bauen. Die Pläne hat sie schon von Kindheit an in ihrem Kopf beisammen.

> Ich glaube, ich wußte schon früh, was ich wollte. Je früher es einer weiß, desto besser. Noch besser: es lange im Dunklen zu halten. Fangs heimlich an! Läßt du deine Pläne zu früh ans Licht, wird man sie dir beschädigen. Wird ändern und stutzen, dir ein- und aus- und dazwischenreden, bis du den Mut verlierst. Braucht nicht jeder große Entwurf seine Zeit? Zeit und Geduld –

Eli will ein Haus und mehr als ein Haus. Ein Schloß vielleicht? Es ist das Gebäude ihres Lebens, und sie denkt es sich in allen Einzelheiten aus; jeden Morgen, wenn sie erwacht, an einer anderen Ecke beginnend.

Und manchmal, an guten Tagen, sieht sie es sogar im ganzen. Schön würde es werden mit Türmen, Umgängen, Wendeltreppen, vielleicht einer Zugbrücke. Vor allem aber würde es solide sein, fester, sicherer als alle anderen Schlösser.

»Was man mit aller Kraft wünscht, das geht in Erfüllung«, pflegte ihr frühverstorbener Vater zu sagen.

»Unsinn«, sagte die Mutter Charlotte, die Verstiegenheiten solcher Art haßte, »viel wünschen hilft wenig. Ersetze Wünschen durch Wollen, vielleicht, daß es nützt!«

Eli glaubt jedem nur halb. Klug ist sie und hartnäckig, denn nie wünscht sie mehr, als sie wollen kann; das ist, alles in allem, kein schlechtes Rezept; wenn schon nicht für Glück, so doch für ein sicher gegründetes Leben.

> Was immer einer zu bauen gedenkt, er muß sorgfältig vorgehn. Bevor er anfängt, den Boden sondieren. Das Material prüfen und die Statik beachten. Die Pläne erweitern und revidieren, die neuesten Entwicklungen mit einbeziehn. Wie werden Kunstwerke gemacht? Ein Künstler, heißt es, müsse rastlos, in jedem Augenblick seines Lebens mit allen Gedanken dabei sein. Denkt er nur einmal beiseite, wird er unaufmerksam, kann die Sache zusammenstürzen. Und so wie er, aus Treue zu seinem Werk, nichts anderes denken oder fühlen darf, wie er womöglich seinem Glück entsagen muß, so werde auch ich ... muß auch ich alles Unwichtige ... alle Nebensachen vernachlässigen –

Eli, in ihren jungen Jahren, denkt und fühlt nichts anderes. Sie ist ihrem Werk treu, oder sozusagen doppelt treu, denn ihr Kunstwerk heißt »Treue«. Mochten sie ruhig darüber lachen: Hermann, der neunmalkluge kleine Bruder, oder die ewig spottende Manja; Eli setzt ruhig Stein auf Stein. Und sie findet sogar Verbündete. Sie liest Genovefas Geschichte, Hirlandas Geschichte und die der Marie von Clausewitz; Exempel, die ihr Luftschloß untermauern und die sie im Gedächtnis behält.

Man muß sich ja nur umsehn in der Welt, das Leben der Großen genau studieren – wieviel kann einer schaffen während einer Lebenszeit? In aller Regel *ein* wichtiges Werk, wenn es hoch kommt: zwei. So laß sie lachen da draußen ... und sich verzetteln –

Gibt der Erfolg Elisabeth Recht? Vorläufig scheint ihr alles zu gelingen. Sie arbeitet zielstrebig an ihrem Kunstwerk und hat schon bald ein Haus aus Stein, zwei gesunde Kinder und eine viertürige Limousine, eine der wenigen im Städtchen. Sie hat einen Mann, der Karriere macht. Schon trägt Maxim geflochtene Schulterstücke. Schon wird ihm ein Stern daraufgeheftet. Das Schloß, das man nicht sieht, wächst weiter.

Doch während Maxims Frau noch immer plant und baut und träumt, wird nicht weit entfernt, in der Hauptstadt drüben, schon längst ein anderer Traum geträumt. Ein wüster, blutrünstiger Traum, der mit gewaltiger Schubkraft quer zu den dummen kleinen Bürgerträumen treibt. Der schon in alle Reiche dringen will, in die riesigsten wie die winzigsten, der sie schon hier und da wie in einem Vorbeben erzittern läßt.

Laß sie unken und prophezeien, wir werden sehen, wessen Bauwerk hält! Sie reden von Grenzgeplänkel, von Krieg. Mag da kommen was will; ich werde geschützt sein: und ihr, meine Kinder ebenfalls –

Doch was nützt selbst dickstes Mauerwerk in unsicherer Zeit? Wozu bauen, beginnen die Leute zu fragen, auf derart unberechenbarem Grund? Im Osten wird von einem Linienschiff auf eine feindliche Befestigung gefeuert. Im Westen gehen Truppen in Gefechtsbereitschaft.

Und viele meinen, daß auch Elisabeth nun ihr Schloß vergäße. Doch sie kennen sie schlecht. Denn was bedroht ist, muß befestigt werden. So hat sie es von Charlotte gelernt, so wird es im Radio und von Tribünen gefordert, und so muß sie es beherzigen. O, sie war immer eine, die pariert hat! Sie hält die Stellung durch die Jahre. Durch alle die Siege, durch Niederlagen. Mit Defaitisten gibt sie sich nicht ab. Von Maxim kommen Hunderte von Briefen, aus Polen, aus Frankreich, von jenseits des Dnjepr. In allen sind verschlüsselte Botschaften, Hinweise auf Orte, die der Schreiber durchfährt. Immer weiß sie, wo er sich befindet; immer ist sie eng mit ihm verbunden. Unverbrüchlich, das ist so ein Wort, eins, das selbst Beschädigtes wieder kittet; eine Menge solcher Wörter sind zu dieser Zeit in Mode; so kann ein Luftschloß zur Festung werden.

Aber gibt es denn keine Anfechtungen? Wenn die Freundinnen kommen, wenn sie hinter verdunkelten Fenstern am Abend flüstern, von ihren Abenteuern in den Fabriken erzählen, von der Arbeit, zu der sie verpflichtet wurden und von der sie nicht erzählen dürfen, sitzt Elisabeth dabei und lächelt. Der Krieg schafft allenthalben Unordnung. Man muß es aufhalten. Sie muß wieder aufräumen.

Alles, was recht ist, das muß man ihr lassen: Eli ist keine, die schnell die Flinte ins Korn wirft. Ihre Träume sind nicht so einfach zu zerschmettern wie die von der Bombe getroffene Fensterscheibe. Sie wechselt die Scheibe aus. Sie räumt den Schutt vom Boden. Ein Freund ihres Mannes hilft ihr dabei. Er hilft allenthalben, springt ein. So hat er es Maxim versprochen, vorher. Er kommt Abend für Abend und tröstet und stützt; gibt es da keine Anfechtungen?

Was heißt hier Anfechtung? Der Freund, der dem Mann so nahe stand, steht selbstverständlich auch der Frau nah. Zumal in Zeiten der Gefahr. Er ist der gute Geist des Hauses, und natürlich ist er, wie jeder Freund eines jeden Mannes, geheimnisumwittert. Ist etwas dabei?

Doch während sich Geheimnisse in normalen Zeiten allmählich zu entschleiern pflegen, werden sie nun in den düsteren, unklaren nur immer undurchschaubarer. Das Geheimnis fängt sozusagen an zu wuchern. Um den Freund rankt sich schließlich die Phantasie, nicht nur der Frau des Mannes, sondern aller allein zurückgebliebenen Frauen in der Stadt. Natürlich schmeichelte es dem Freund, sowie er dahinterkam. So fängt er an, es auszuschmücken. Hält seine Verhältnisse im Dunkeln, hüllt sich in bedeutsames Schweigen.

Schwer ist es und wird immer schwerer werden, eine Zeit zu durchschauen, die mit jeder Zeitung, jeder Nachricht ihr Gesicht verdeckt. Am schwersten, die Gedanken *in* dieser Zeit zu erkennen, wenn mit jeder Sondermeldung, jeder Marschmusik das Denken wie von Riesenbrechern überflutet wird. Doch bald, bald muß es sich wieder wenden. Bald werden all die Worte, die Gedanken klar sein. Dann werde ich es euch Kindern erklären, meiner Nurmi, meiner Ada, später, wenn der Krieg zuende ist

Der Freund des Mannes ist nicht an der Front. Der Hauptmann Levetzow muß, was er tief bedauert, eines Lungenleidens wegen in der Heimat bleiben. Er sitzt auf dem Wehrbezirkskommando. Was ist er so bleich? fragen die Frauen zu Haus, die Tag für Tag den Frontverlauf mit Stecknadeln auf den Landkarten abstecken. Vor und zurück. Vor und noch einmal vor. Zurück, zurück,

zurück. Er ist so bleich, tuscheln sie, weil er soviel weiß. Was weiß er, was wir zu Hause nicht wissen?

Der Hauptmann schweigt. Er hilft Elisabeth bei der schwereren Arbeit. Vernagelt die Kellerfenster. Spaltet das Stukenholz im Hof. Fast jede Nacht gibt es schon Alarm. Die Kinder werden aus der Stadt geschickt. Ada und Nurmi zu Rias Eltern aufs Land.

Der Freund des Mannes geht durch die Stadt wie ein Geist. Durch eine Stadt, die leer von Männern ist. Der Hauptmann repräsentiert sie alle. Elisabeth hat nun von Maxim keine Nachricht mehr. Kein Brief mit der vertrauten Handschrift kommt ins Haus. Doch auch kein schwarzgeränderter. Kein zurückgesandter, auf dem man mit Entsetzen die eigene Handschrift sehen muß; kein gefürchteter Bote steht vor der Tür.

Der Freund des Mannes hilft Elisabeth, die langen Abende herumzubringen. Warum sagt man: »herumbringen«? Es ist der Krieg, der den Frauen die Kreisform der Zeit erklärt. Als ob auch sie im Kreis rennen müßten, immer rundum, selbst wenn sie still im Zimmer sitzen oder auf einer Straßenbank; nichts läßt sie anhalten, nichts öffnet sich zu einem Bild, zu einer Vorstellung, die sie staunen macht; schaun sie zum Himmel, suchen sie ihn nach Flugzeugen ab; sehn sie zur Erde, hoffen sie, eine Kartoffel zu finden; sie nehmen nicht einmal mehr die Jahreszeit wahr. Auch ihre Träume laufen im Kreis; der Hauptmann ist jetzt schweigsamer denn je. Ein hundertjähriger Schlaf hält auch Elisabeth gefangen, ein Schlaf allerdings, der sie jagt und jagt; keine Glocke ertönt; der dreimal aufgekochte Kaffeesatz weckt sie nicht aus dem Alptraum auf.

Doch dann, eines Abends, geschieht etwas. Der Hauptmann macht eine Andeutung. Leichtfertig sagt er ein Wort, das er doch keinesfalls hätte sagen dürfen. Trägt etwas in der Brusttasche bei sich, ein Fetzchen Papier nur, das er um keinen Preis da hätte tragen sollen. Ein Hoffnungsschimmer deutet sich an. Der Hauptmann legt die Hand auf die Brust.

Eli ist es, als hätte sie auf den Tod gelegen und fände plötzlich wieder Kraft, sich aufzurichten; als könnte sie eine Decke abwerfen. Doch so sehr sie auch bittet, der Freund gibt nichts Geschriebenes heraus. Viel zuviel hat er schon preisgegeben. Er fällt in sein früheres Schweigen zurück. Er muß schweigen, weil nicht sein kann, was nicht sein darf. Es kann im Kriegsjahr vierundvierzig keine Front sein, die unaufhaltsam stetig zusammenbricht, eben weil sie nicht zusammenbrechen darf. Und es gibt auch keinen höheren deutschen Offizier in russischer Gefangenschaft, weil keiner dort weder sein kann noch darf. Weil jeder natürlich, getreu dem Befehl, bis zum letzten Blutstropfen zu kämpfen hat. Und selbstverständlich kann es demzufolge auch keinen Feldpostbrief aus Woikowa geben, der auf geheimen Wegen – über den türkischen Halbmond vielleicht – in die träumende, die fast paralysierte Heimat geriet.

Der Hauptmann lächelt, der Hauptmann schweigt. Er ahmt die chinesischen Affen nach: Er hat nichts gesehn, nichts gehört; vor allem hat er kein Wort gesagt.

Das nächste ist eine Filmsequenz. So jedenfalls erscheint die Geschichte den Späteren, so wandert sie durch die Generationen.

Der Geheimnisträger sitzt auf dem runden Ledersofa neben der Zimmerpalme; er raucht, er schaut vieldeutig in die Ferne. Die Frau des Freundes mag bitten, soviel sie will. Der Hauptmann wird bleicher und bleicher vom Schweigen. Elisabeth träumt sich nun durch die

Tage, durchwacht die Nächte. Endlich, nach langen, quälenden Wochen, an einem dieser Abende faßt sie einen Entschluß. Sie holt, zum Äußersten bereit, eine Flasche des ältesten Weins aus dem Keller. Der stammt noch aus dem schönen Frankreich, aus der Zeit, als dort Siege gefeiert wurden, und war schon, als Maxim ihn kaufte, uralt.

Eli, verzweifelt, schenkt dem Freund des Mannes ein. Es ist Stromsperre; die dünne Kerze wirft nur schwaches Licht, auf das Sofa, die Palme, so nimmt der Gast nicht wahr, daß die Frau des Hauses selbst kaum trinkt. Und er zählt nicht die Gläser, die sie ihm nachschenkt. Er hört die Stimme der Frau, die ihm etwas verspricht. Oder er hört durch die Stimme der Frau das Versprechen. Wie überhaupt der Geist des Weins die Dinge zu verdoppeln scheint. Es gibt nun, im Verlauf der Stunden, zweierlei Ehre und zweierlei Treue. Es gibt auch zweierlei Mut. Es gibt den Mut des Soldaten und den des Mannes. Es gibt die Treue zum Vaterland und die Treue zum Freund. Es gibt hinter der Stimme der Frau eine andere Stimme, hinter jedem Wort unzählige andere.

Der Freund des Mannes holt den streng geheimen Brief aus der Tasche. Er erklärt die Umstände seines Erscheinens. Die Schwierigkeiten in der eigenen Behörde. Er beschreibt die Gefahr, in die er geraten könnte; Geheimhaltung ist oberstes Gesetz.

Elisabeth reißt das Schreiben an sich. Sie nimmt nichts anderes wahr, als daß Maxim lebt. Daß er bei guter Gesundheit ist. Sie drückt dem Freund des Mannes die Hand; unvermittelt dreht sie den Lichtschalter an; die Stromsperre scheint vorbei zu sein.

So war die schöne Eli irgendwie davongekommen. Wem? Der Versuchung? Sich selbst? Wer hätte überhaupt von der Verfehlung je erfahren können? Wenn es denn eine gewesen wäre! Wenn es nicht eher eine Pflicht gewesen wäre! Die Abtragung einer Dankesschuld?

Doch Treue geht vor Dank, denkt Eli, und meint ihr Schloß, und ist so glücklich die Tage darauf, daß alle, die sie trifft, es ihr ansehen können und jeder fragt, was ihr denn geschehen sei.

Die Vorsehung hat sie mit Glück belohnt, und da es sozusagen ein verdientes ist, so ist es also doppeltes Glück; alles erscheint ihr von nun an so spielend leicht; sie läuft in ihrem dünnen Mantel durch die Winterkälte und lacht, sie hört die Sirenen heulen und singt, sie geht und kauft sich einen kleinen blauen Hut ...

> Ich revidiere mich: sollte ich je das Wort »Glück« geschrieben haben, so ist es selbstverständlich nicht das, was ich im Überschwang dafür hielt. Nicht das, was einem so leicht in den Schoß fällt. Lange habe ich nichts mehr notiert. Jetzt, mit dem Abstand der Zeit ist es wohl eher ... scheint es mir die Befriedigung zu sein, das Gefühl, das sich einstellt, wenn eine Vorstellung sich realisiert, eine Aufgabe endlich bewältigt ist ... es ist die Kraft der unbeschädigten Idee, wenn einer ihr nur treu ... getreu wie ich, in jeder Lebenssituation –

Spätestens hier jedoch endet das Märchen von Elis Schloß oder aber gerät ins Stocken, und andere Stimmen übernehmen die Berichterstattung. Es ist Nurmis Stimme und die von Ada. Es sind die Stimmen von Manja und ihren Nachkommen, von Rias einzig überlebendem Sohn, und sogar noch die der Allerjüngsten, die von der Zeit keine Ahnung haben, mischen sich dreist in den Chor. Keine einzige mehr, die freundlich klingt. Eine Woche nach dem Ereignis nämlich ist der Freund des

Mannes begraben worden. Man hat ihn erschossen, standrechtlich.

Wie unglücklich die schöne Eli war! Gerade hat sie doch noch ihrem Schloß, dem Treue-Schloß, ein Türmchen angefügt; ein ziemlich hohes sogar mit einem wunderbaren Bogenfenster. So glücklich hat sie noch eben hinausgeschaut, weit übers Land – und was muß sie sehn? Was stellt das unberechenbare Schicksal dort unten in den Niederungen an, daß es selbst sie, die Glückliche, in ihrer Höhe gleich wieder verstört?

Sie soll zusammengebrochen sein. Sie soll sich eingeschlossen haben, wochenlang. Sie soll von Stund an einen dunkelblauen Schleier an ihrem neuen Hut getragen haben, der seiner Farbe wegen von den vielen Witwenschleiern in der Stadt kaum noch zu unterscheiden war. Sie hat sich ja schließlich schützen müssen vor Blicken der Neugier, des Mitgefühls. Obgleich sie natürlich niemals gedacht hat, daß der Tod des Hauptmanns, von dem niemand sprach, mit dem bekanntgewordenen Feldpostbrief zusammenhing! Sie hat nicht denken wollen, daß es womöglich ihre Schuld gewesen war – ach, diese Frauen in den harten Jahren, sie hatten wahrlich weder Zeit noch Lust zum Denken!

Doch für wen sprechen sie denn eigentlich jetzt, die besserwisserischen Nachkommen? Wer soll ihnen zuhören, wenn sie fluchen, wüten, beschwören, verlachen? Wen soll es treffen? Wer soll daraus lernen? Glaube doch niemand, daß sie nichts damit beabsichtigten!

Sie sprechen für Söhne und Töchter, Enkel und Urenkel, für kommende Generationen! Ihr Zorn soll allen Späteren zur Warnung dienen, ihr Gelächter sie schrekken. Keiner soll dieser Dinosaurierin mehr glauben, geschweige denn versuchen, ihr zu gleichen. Am liebsten würden sie das Tagebuch zuende schreiben, das Treue-Wort aus ihrem Sprachschatz löschen.

Es ist Nurmi, die – geht nur vom Krieg die Rede – laut aufheult vor Wut. Die mit den Fäusten an die Wand zu schlagen pflegt und anfängt, die Geschichte ihrer Mutter anders zu erzählen, in einer ziemlich wirren Version allerdings, die den Jüngeren seltsam, fast wie erfunden erscheint:

Ach, ach, ach, wer wollte es auch den Damen verübeln, daß sie die letzten Monate des Kriegs im Rausch zubrachten? In einem Hoffnungsrausch, in einem Untergangsrausch. Rausch, Rausch, schreit Nurmi und hat ihr Stichwort –

> Das müßte ja euch Heutigen bekannt vorkommen, darin kennt ihr euch aus! Da spitzt ihr die Ohren, nicht wahr, und möchtet gleich selber mit hinein! Wobei der Untergangsrausch natürlich der beste ist. Der allerschönste überhaupt, der sogar noch den der Liebe übertrifft. Schließt er doch diesen Hauch von Opferfreude in sich ein, oh, und Todesmut auch! In ihm bist du Bettler und Held, Mörder und Heiliger zugleich! Das Quentchen Fatalismus schließlich gibt ihm Eleganz –

So also hat sich Eli in den letzten Rausch gestürzt, nicht ohne Gedanken, wie Nurmi behauptet, sondern aus einem heldischen Entschluß heraus. Was immer Maxim dort im kalten Rußland auch geschehen mag, sie wird es tragen. Dem Freund des Mannes hat sie widerstanden; Maxim wird sie treu sein bis zuletzt. Sie weiß, die Vorsehung ist auf der Seite des Starken. So oder ähnlich hat es der große Moltke gesagt; so steht es über einer Tür im Rathaus. Sie wird die Krone des Lebens erlangen.

Und die Vorsehung will, daß sich Eli, die schöne Eli,

eines Tages wieder an ihre Kinder erinnert. Die Vorsehung schickt sie zu den Verwandten aufs Land. Das Haus, die Scheunen und Ställe dort sind überfüllt. Von flüchtigen Menschen; Tieren auch. Die Front rückt näher, Gerüchte gehn um. Und unsere ungebrochene Elisabeth lernt melken, kocht schwarzen Rübensaft und tröstet Hinterbliebene. Sie hat den schönen blauen Schleier nun vom Hütchen abgetrennt und um ihr Haar gewunden. Sie arbeitet bis in die Nächte hinein. Der Rausch wird stärker, die Gerüchte schlimmer. Und auch die Lieder sind so berauschend und betäubend neuerdings; Eli hört Zarah Leander im Radio, in den Sendungen, die man noch hören darf; sie weint mit Christina Söderbaum, wenn sie ins Kino der nahen Kreisstadt kommt.

Seltsam unbeteiligt erscheinen den Großen die Kinder. Die schon fast erwachsene Nurmi, die zeitweise im Lazarett aushilft, hat zum Ärger der Verwandten dort das Rauchen angefangen; Rias Kinder, als ob nichts wäre, bauen in Strohdiemen Häuser; Ada näht sich aus einer Gardine ein rotes Kleid. Ein Tanzkleid, sagt sie, für den Frieden, später.

Sie hören nun die feindlichen Geschütze ziemlich nah. Alte Flüchtlinge gehen, und wieder neue, verstört und abgerissen, kommen. Ria läuft eines Nachts hinaus und wird im Nachthemd in der Schonung aufgefunden. Der Rausch ist nur noch mit Tabletten aufrechtzuerhalten, mit selbstdestilliertem Rübenschnaps. Der Hausarzt muß seinen Arzneischrank plündern. Auch Elisabeth nimmt jetzt Medikamente; mischt den Kindern abends eine kleine Dosis in den Kornkaffee.

Ach, ach, die glücklich unglückliche Frau, unsere berauschte Elisabeth, was kann sie groß ausrichten? Jetzt ist der Russe schon über die Oder. Jetzt ist der Nachbarhof abgeschnitten. Ein Mädchen, schwer blutend, das von dort entwischte, hinterläßt eine gräßliche Spur auf dem Teppich. Was, wenn Maxim seinen Kindern so begegnen müßte, eines Tages!

Eli fragt nicht nach dem Grund der Verletzung. Eli hält sich die Ohren zu. Es ist nun nicht mehr sie, die zu entscheiden hat! Es sind die Männer, die handeln müssen, der Schwager zum Beispiel, und Paul, der Verwalter, sie wissen, was gut ist. Ach Leute, was solls, es ist ja doch die Vorsehung letztendlich, die es bestimmt, die alles ordnen und rechtmachen wird.

Und tatsächlich fällt nun die Entscheidung ohne ihr Zutun, ohne viel Worte, wie von selbst. Es fällt der unabänderliche männliche Beschluß: daß den erwachsenen, halberwachsenen und noch nicht erwachsenen Frauen Schande um jeden Preis erspart bleiben muß; daß die Männer über ihre Ehre wachen werden; daß also keiner mehr das Haus verlassen und ins Ungewisse sich entfernen darf.

Doch dann, kurz vor dem Ende plötzlich, wie alles schon auf die Lösung – die Lösung der Männer, der Vorsehung – zutreibt, wie die Schüsse kaum in der Scheune verhallt sind, tritt unerwartet der Drache auf. Der Drache in Gestalt der Gärtnersfrau, die Eli die Kinder entreißen will. Die sie aus schöner Todessicherheit hinaus ins Unbehauste stoßen will. Eli schließt ihre Augen. Sie hält die Augen der Gärtnersfrau nicht aus, so wie sie die der Manja niemals ausgehalten hat. Diese klaren, durchdringenden, fordernden Augen. Alles war doch geregelt, gelöst, alles Kämpfen zuende; keine Furcht mehr, kaum Schmerz. Nun kommt der Drache und will sie ins Leben zurückzwingen, ins grausame, kalte; dem Drachen gelingt es, die Kinder zu packen, die beiden letzten: Nurmi und Ada; da gibt die berauschte Mutter auf.

Eli ergreift die Hand des Schwagers, Rias Hand. Gefaßt geht sie dem Wasser entgegen und wehrt sich nicht; weiß sie sich doch im Einklang mit dem alten Gott da oben, der die Menschen treu und gehorsam will; o ja, getreu bis in den Tod ist sie gewesen; hat noch ihre Kinder treu halten wollen.

Und so ist unsere Eli nicht, wie sie es wünschte, auf ihre Art zu Wort gekommen. Oder hört doch einer ihre Stimme heraus? Andere haben sich eingemischt, haben die Dinge vertuscht und verdreht und insbesondere das Ende entstellt. Haben jedweder Tugend abgeschworen. Oder wollen andere dafür, fordern statt der alten Nibelungentreue eine bessere, eine vollkommen neue Mutation: die Treue zum Augenblick womöglich, zum Fluß, zum Spiel; die Treue zum wandernden, strömenden Leben. Und nicht einer, würde Eli sagen – sagt Eli? –, kein einziger hat sich die Mühe gemacht, den Plan, den Grundriß dieses Lebens zu studieren.

> Schon die Zeitgenossen wollten nichts begreifen. Meine eigenen Kinder *können* es nicht. Die, die danach kommen, diese ewig nur mitleidig Lächelnden, diese plan- und geschichtslose Generation, wird es, wenn überhaupt, vielleicht als Kriminalfall werten. Einen, der spannend ist, doch sie nichts angeht. Nicht einer wird daraus lernen wollen.

Nurmi, die Ziehmutter

Gerechtigkeit ist der Edelen Kleid.

Wieder ist so ein Tag! Nurmi grübelt einem Phänomen nach, das ihr bis heute unerklärlich blieb. Ihr muß nur etwas Ärgerliches widerfahren – wie eben die Begegnung, besser die Nicht-Begegnung mit Gori – gleich fällt ihr Elisabeth ein. Oder umgekehrt: sie muß nur an ihre Mutter denken, nur einen Gegenstand aus Elis Haushalt in die Finger kriegen, schon leben alle anderen Mißgeschicke gleichfalls wieder auf, ergreifen Wut und Kummer ihre Seele, geht auch die Angst um Gregor wieder in ihr um.

Und wie stets an solchen Unglückstagen beginnt etwas in ihrem Kopf zu kreisen, lautlos zunächst, dann hörbar, ein Zischen, dann ist es wie unterdrücktes Husten, krächzend durch die geschlossenen Lippen, durch die zusammengebissenen Zähne, bis es endlich herausspringt, herausplatzt, in Salven aus ihrem geöffneten Mund, ratternd, stoßend, ein Bellen, ein Wutgeheul, von einer Schärfe, daß man Angst kriegen möchte. Ein kleiner Anlaß; doch jeder, den Nurmis Wüten trifft, zieht den Kopf ein und ergreift die Flucht.

Bald kracht und poltert es im ganzen Haus. In der Küche, im Keller, auf der Verandatreppe. Im Garten schlägt sie mit dem Spaten gegen die Brunnenumrandung. Der Stein zerspringt; ein Riß bleibt zurück. Ein blinder Alter auf der Straße fährt zusammen.

Was sie auch tut, womit sie sich beschäftigt heute morgen, sie kriegt das verfluchte Bild nicht los. Wie weit sie sich auch entfernt haben mag von der Zeit, in der es geschah, von dem Ort – sie wohnt längst, wie Ada, wie sie alle, in der Hauptstadt –, noch immer sieht sie ihre Mutter mit dem dunkelblauen Schleier, eine lächerliche, tragische Gestalt, durchs Städtchen wehen.

Sie kriegt es ums Verrecken nicht aus dem Gedächtnis, gerade heute, wo sie anderes zu denken hätte. Wo sie Garten Garten sein lassen sollte, Raupen und Rosenspinner vergessen, Mehltau und Milben, wo sie den Kopf frei haben sollte, einen Plan zu machen, wo sie Gregor, den Bastard, aus dem Schlamassel reißen, ihn endlich zur Räson bringen müßte!

Sie ist bei ihm gewesen heute, schon früh. Was niemandem bisher gelang: Nurmi, der alte Spürhund, hat die Adresse herausgeschnüffelt. Vor seiner Wohnung hat sie gestanden, vor seiner Tür. Sie hat geklopft, gerufen, sie hat Sturm geklingelt. Er hat nicht geöffnet, obgleich er zuhaus war. Sie hat Geräusche gehört, es haben Dielen geknarrt. Nurmi hat sich dann gegen die Türe geworfen mit solcher Wucht, daß die Nachbarin auf der Treppe erschien; doch hat sie sich auf keine Unterhaltung eingelassen; sie ist so rasch und lautlos wieder verschwunden, als müßte sie dem Teufel selbst entkommen.

Und wie zum Hohn ist Gregor drinnen hin und her gegangen. Einmal hat er mit sich selbst gesprochen. Einmal hat er gelacht. Es war ein so kaltes, einsames Lachen, daß Nurmi, die sich mit Lachen auskennt, es schon nicht mehr auf sich selbst bezog. Sie hat so ein Lachen nur einmal gehört, aus einem Zimmer von Adas Anstalt heraus. Hinter einer Türe, die keine Klinke hatte. Ein nicht mehr menschliches Lachen. Da ist sie fortgelaufen, so schnell sie konnte, zu ihrem Garten, zu ihren Bäumen zurück. Jetzt greift sie, als suchte sie Halt, in die Zweige, sie tastet die Rinde der jüngsten ab. Sie hätte sie längst schon behandeln müssen, die Stämmchen mit der Baumkratze abkratzen; sie hätte Manschetten zuschneiden müssen und Leimringe anlegen, sie hätte –

Was habt ihr miteinander zu tun, was, um Gotteswillen, bindet euch zusammen? Was hast du, Neffe, mit der wehenden Elisabeth zu schaffen, daß sie mir nicht aus dem Kopf will heute? Daß ich dich lachen hör und lachen hinter deiner Türe, nur immerfort idiotisches Gelächter –

Nurmi, vor ihrem Birnbäumchen knieend, verschmiert die beschnittene Stelle mit Wachs. Sie richtet sich auf und sieht zum Himmel. Als könnte der den Aufruhr der Gedanken mildern! Sie nimmt nicht wahr, daß er sich bezieht. Die Jahre schnurren ihr zusammen, sie sieht die Mutter wie damals, riesengroß, und daneben Gregor, in seiner Höhle zusammengekauert, so kläglich wie der neugepflanzte Baum, der im schlechten Erdreich nicht wachsen will.

Denn selbstverständlich ist da ein Zusammenhang! Sie haben ja alles erfahren; alles, was damals geschehen ist, in der Stadt, in der Welt, haben Margie und Gori hören müssen. Wenn nicht durch Nurmi selbst, dann auf krummen Wegen durch »gute Bekannte«, Flüchtlinge, die aus der Gegend stammten, oder durch Kinder von Flüchtlingen, die die Schreckensmärchen ihrer Eltern weitertrugen, die sie durch die Jahre mit sich schleppten wie altes Geschirr, wie die Leinenhandtücher der Urgroßmutter. Die Greuelgeschichten, die Betrugsgeschichten. Die alles noch heute hüten und pflegen und den Schnurrmurr wieder aufpolieren.

Und das, sage ich, Gori, mein Junge, ist gerade recht! Nur ja nichts unter den Teppich gekehrt! Nicht in meinem Haus! Weder werde ich, wie unsere Mutter, die Bodenlosigkeiten beschönigen, noch sie – wie Ada – mir von den Männern vernebeln lassen! Meine Devise: heraus mit dem Schwindel!

Das ist das einzige, was kuriert. Was dich abhärten kann –

Lug und Trug, murmelt Nurmi, Betrug, Betrug – und ist schon gleich bei ihrem Thema wieder. Stochert herum, wo es heiß ist, wo noch immer Glut zu finden ist.

Es beginnt zu regnen, doch Nurmi bemerkt nichts. Am Stamm des jüngsten Apfelbaums ist viel zu früh ein Krebsgeschwür gewachsen. Sie muß es herausschneiden. Schon ist ihr Kittelkleid auf den Schultern durchweicht. Sie beachtet es nicht. Sie weiß nicht mehr, was sie mit ihren Händen tut. Ihr Haß wird selbsttätig wie ein Fieber; sie friert nicht mehr.

Und so wie andere Frauen oft die Ereignisse einer Begegnung, einer Liebesnacht, über Jahre hinweg in jeder Einzelheit sich wiederholen, sie wieder und wieder im Kopf durchspielen, so holt sich Nurmi jede Einzelheit aller je erlebten Täuschungen zurück, der vermeintlichen wie der tatsächlichen, und spielt sie in Gedanken durch.

Wer schon als Kind betrogen wurde, bildet oft die feinsten Antennen aus. Nicht die kleinste Unehrlichkeit, kein Verrat, keine einmal erfahrene Ungerechtigkeit bleibt unbedacht. Auch ist sie seit langem schon dabei, sämtliche Zufügungen in ihrem Leben, von der Kindheit bis heute, aufzulisten, sie zu ordnen und zu kategorisieren; die Lügen beispielsweise gegeneinander abzugrenzen, sie in Kinderlügen, Mutterlügen, Männerlügen, in Kriegs- und Friedenslügen aufzuteilen. Wie ein Wissenschaftler hat sie Statistiken aufgestellt, hat es in ihrer spitzen, klaren Handschrift aufgeschrieben, ist alles in kleinen leinengebundenen Büchern zu finden. Sie müßte Kurven zeichnen, denkt Nurmi heute, daß man es bildlich vor sich hat: den Auf- und Abstieg in den Dezennien, die Höhepunkte, die Abfälle; ein Kompendium aller Gemeinheit, des ganzen unglaublichen menschlichen Handels.

Was hätte es wohl genützt, mein Freund, wäre ich, wie eure Mutter, auf Katzenpfoten um euch herumgeschlichen? Hätte ich dir und Margie etwas vorgemacht? Nein, ich habe euch nichts erspart. Und du, der du so etwas wie mein Sohn oder mehr als mein Sohn gewesen bist, wirst, sowie ich dich erwische, alles noch einmal zu hören bekommen! Wie in einer schweren Analyse werden wir es aufbereiten, und nochmals, und wieder zusammen hindurch; chronologisch werden wir die Sache angehn, und du wirst es in Gottes Namen schlucken; du wirst daran zu kauen haben, lange; doch dann, eines Tages wirst du gesund sein. Ja, bald, mein Kleiner, wirst du genesen, bald – werden du und ich –

Betrug, sagt Nurmi noch einmal laut vor sich hin. Lug, Lug und Betrug. Das erste Fünkchen, das Nurmi wahrnahm, sprang auf im letzten Sommer vor dem Krieg; sie ging da noch zur Schule. Vor ihren Augen sieht Nurmi zwei tanzende Punkte, zwei weiße Punkte in schneller Bewegung, das sind die Strümpfe der kleinen Schwester, sind Adas Strümpfchen; und es muß im Zimmer der Manja gewesen sein, in dem mit der gefleckten Tapete, an einem dieser Geburtstage. Die weißen Punkte springen geradewegs in ein paar Augen hinein, ach, in die Augen von Nurmis allererstem Freund, dem Kunststudenten Barnabas. Sie springen hinein und entzünden den Funken. Der springt zurück in Adas Augen, die zu der Zeit noch ein Kind ist.

Es sprang dann zwischen Barnabas und Ada hin und her an allen folgenden Feiertagen; später jedesmal, wenn er auf Urlaub kam, immer offener, immer dreister, bis nicht nur Nurmi, sondern alle Versammelten es bemerkten.

Verrat, Verrat, sogar in einem Kinderblick! Dem Blick folgten Briefe. Was ist dabei? Es waren ja nur Briefe an ein Kind! Und wem schrieb man nicht alles aus dem Feld? Alten Lehrern, die man noch kurz zuvor gehänselt hatte. Weit entfernten, langweiligen Verwandten. Alten Hausangestellten, auf die man plötzlich, und für sie selbst unerwartet, seine Zuneigung warf. Für Tagebücher ist in Schützengräben keine Zeit. Und doch will man noch etwas hinterlassen, will Zeichen geben, so wie John Franklin vielleicht ein letztes Zeichen aus Konservendosen hinterließ für die, die dermaleinst im Eis nach den Verschollenen suchen würden.

Verrat, Verrat! Schon in diesen frühen Jahren, doch – wie sie meint – eben viel zu spät hat Nurmi die Fährte aufgenommen. Nicht nur die der Schwester. Allem Zweideutigen, Lichtscheuen, was sich wohlweislich im Dunkel hält, war sie auf der Spur. Und geschickter als jeder Detektiv machte sie schon damals jedes noch so winzige Schlupfloch aus, brachte das Verborgenste ans Licht.

So kam der Hauptmann Levetzow nicht etwa eines nebulösen Defaitismus wegen um und keinesfalls wegen Wehrkraftzersetzung, wie Eli nicht müde wurde zu verbreiten. Er hat ins Gras beißen müssen, weil diese Frau, die sich den Feldpostbrief des Mini-Moltke unter falschem Schwur erschlichen hatte, die Nachricht nicht für sich behalten konnte. Weil sie ihr Glück an die große Glocke hängte, was wie der Wind in der Stadt herum war; was einen Aufruhr erzeugte und all den anderen einsamen Frauen zu schlaflosen Nächten verhalf. Jeder im Städtchen hat es gewußt und jeder hat geschwiegen wie das Grab.

Die Kinder dieser Frau, die Nurmi nie mehr »Mutter« nennen will, sind um ein Haar dem Tode ausgeliefert worden, nicht, weil da keine andere Möglichkeit mehr war; sie sollten einem Hirngespinst geopfert werden, dem Treueschloß der Elisabeth, das sich als ein einziges Lügengebäude erwies.

Der Vater, Maxim, der Hochdekorierte, ist nicht deshalb dem Kessel bei Millerowo entkommen, weil er todesmutig in tiefdunkler Nacht seinen Leuten einen Fluchtweg hatte suchen wollen; der Mini-Moltke war, auch das hat Nurmi herausgebracht, beim Versuch, sich abzusetzen, in die Hand eines gnädigen Feindes gefallen.

Der Blick des Spätheimkehrers Barnabas hatte – endlich zuhaus – nicht mehr die Augen seiner Frau gesucht, nicht Nurmis Augen, sondern ein anderes Objekt. Er fand Ada, das Kind mit den weißen Strümpfen, erwachsen. Sie trug nun Strümpfe aus reiner Seide, mit zwei so schnurgeraden Nähten, daß er unwillkürlich an Schnitte denken mußte. Der allergrößte Betrug begann, als Nurmi ihn im Friedensglück beendet glaubte.

Und selbst noch Spenz, den Nurmi eines Nachts im Bahnhof aufgelesen und gerettet hat, hat ihr keineswegs Gleiches mit Gleichem vergolten. Nurmi weiß, daß nicht sie es ist, für die er die geblümten Schlipse kauft oder die Hemden mit den geknöpften Kragen; daß es ebenfalls nicht ihre Augen sind, für die er sich heimlich das Schläfenhaar färbt.

Da hat sie sich in den Finger geschnitten. Das frischgeschliffene Messer ist abgerutscht und hat eine Fingerkuppe erwischt. Erde ist in die Wunde gekommen. Sie müßte ins Haus laufen und es abspülen. Sie ist nicht gegen Wundstarrkrampf geimpft. Das könnte böse werden, denkt Nurmi, doch sie bleibt, wo sie ist.

Nichts ist ohne Betrug. Es betrügt das Land, und es lügt das Meer. Die ersten Blätter im Frühling lügen. Bist du, nur einmal, als Kind, getäuscht worden, Neffe, wird dich von da an selbst der Sternenhimmel trügen. Das schöne Sternbild des Orion lügt. Es lügen und betrügen auch die Freunde und Verwandten, das Lächeln des Postbeamten am Schalter, die zuversichtliche Stimme des Arztes; es betrügt dich selbst das schöne Morgenlicht im Garten.

Nurmi saugt die blutende Schnittwunde aus. Sie wickelt ein Taschentuch um den Finger. Sie schneidet weiter. Aus all den gesammelten Betrügereien hat sie sich mit den Jahren eine Philosophie zusammengebastelt. Eine, die aufs exakteste die Lüge, den Betrug beschreibt.

Es beginnt, so glaubt sie, überall dort, wo Menschen allein sind, da wird es gesät, da beginnt es zu keimen. Im Krieg zum Beispiel: in der Einsamkeit der russischen Steppe, an Norwegens Küsten. In Kellern, verdunkelten Zimmern zuhaus. In den Krankenbetten der Lazarette, an den Bändern der Munitionsfabriken. Ja, in allen Kriegen beginnt es so, sät es sich unkontrollierbar aus. Es bildet Rhizome nach allen Seiten, um dann im Frieden auszutreiben. Um wild zu wuchern und Blüten zu bilden. Es sind aber Scheinblüten, falsche Knospen!

Es ist die Wolkenkuckucks-Träumerei, die unterirdisch ganze Erdteile, ja schließlich die Weltgeschichte durchzieht; ein Erbe barbarischer Heldengeschlechter, die, selber unverwundbar, sich um die verführbaren Seelen der Nachwelt nicht scheren.

Friedenszeit ist Lügenzeit, sagt Nurmi manchmal zu sich selbst; um es laut auszusprechen, ist sie zu stolz.

Im Frieden also blüht der wirkliche Betrug. Elf Jahre nach Kriegsende mußte Nurmi zusehen, wie Barnabas und die kleine Schwester sie mit jedem Wimpernschlag betrogen. Als sie unter Adas Augen die Schatten entdeckte, die Schwangerschaftsflecken an der Schläfe, schlug sie ihr ins Gesicht, daß sie tagelang nicht aus dem Haus gehen konnte. Und doch blieben Ada und Nurmi zusammen, blieben in derselben Straße wohnen, nebeneinander, fast Haus an Haus.

Denn schon in dieser, für Nurmi so grausamen Zeit begann sie etwas zu entdecken. Etwas Erstaunliches, das ihr unerwartet die Schmerzen dämpfte und sie schon damals von den Dingen abrücken ließ.

Jeder Mensch, sagt Nurmi, möchte sie allen Goris dieser Erde sagen, jedes vernünftige Wesen nämlich, das zu seinem Unglück mit hochempfindlichen Sinnen begabt ist, also jeder mit Erkenntnis geschlagene Mensch, wird über kurz oder lang imstande sein, etwas zu produzieren, das ihn gegen die Wirkung eben dieser Erkenntnis schützen kann. So wie jeder Baum, will sie sagen, sich gegen den Ansturm des Wetters schützt. Eine Art Schorf oder Borke wird über die zarte Menschenhaut wachsen und sie gegen Widrigkeiten unempfindlich machen.

Das aber, was Borke wachsen läßt, das Hormon sozusagen, das alles anregt, das ist der Haß. Haß stützt, wärmt und wehrt ab. Anders dagegen die Wut. Die Wut ist nur ein flüchtiges Ereignis. Sie kommt und geht, wie Einatmen, Ausatmen. Sie packt einen plötzlich und läßt wieder los. Im Abgehn schafft sie Raum für neuen Atem. Danach verschwindet sie ohne Spur. Der Haß ist es, der Narben hinterläßt, die wuchern. Unendlich langsam, sagt Nurmi,

> ist meine zweite Haut gewachsen, unmerklich im Anfang. Verletzlich und dünn ist sie gewesen, vielleicht hast du noch die Adern gesehn, die feinen Gefäße; hast noch das Pochen des Pulses gespürt; dann erst ist es zäher und härter geworden, dann ist es allmählich starrer geworden, bis es mich schließlich ganz umschlossen hat. Und da es immer wieder neue Wunden waren, die sich schließen mußten, ist es am Ende ganz verhärtet. Nicht die zarte Rinde der Birke ist um mich gewachsen, nicht die des Kirschbaums oder der Platane, sondern der grobe Panzer der Eiche. Er ist fester als Leder. Er ist scharf und kratzend, wer zu nahe herankommt, reißt sich an mir. Jetzt verschließt mich die holzige Schale ganz, ich kann nicht mehr hinaus. Doch macht sie mich unempfindlich. Keine Falschheit der Menschen kann mehr hindurch und keine Gemeinheit. Aber auch keine Schönheit. Nun, man kann ohne sie leben, mein Junge –

Doch hier – und sie ahnt es – irrt Nurmi gewaltig. In all den Jahren ist ein Glanz von Schönheit zu ihr durchgedrungen. Denn da waren die Kinder. Sie hat ja Adas Kinder sehen können. Sie hat die Schönheit der Kinder wachsen gesehen, bis sie davon wie geblendet war. Und da Nurmi ohne Nachkommen war und Ada »dem Leben nicht mehr gewachsen«, hat sie sich, sooft sie konnte, die Schönheit ins Haus geholt. Hat sie gehegt und gepflegt, hat mit strengen Augen darüber gewacht, daß niemand sie beim Wachsen stört.

Vor allem Gori, das Söhnchen, hat sie im Auge behalten. Er ist dem Schlawiner Barnabas ähnlich und der betrügerischen Ada. Oh, wie Nurmi ihn dafür haßt! Und wie sie ihn liebt! Irgendwo hat Nurmi einmal gelesen, daß nur derjenige wirklich zu lieben versteht, der wirklich hassen kann. Oder umgekehrt.

Sie weiß, es ist wahr. Sie hat den Jungen geliebt und gehaßt, und er hat es aushalten müssen. Immer hat sie ihn noch härter angepackt als alle anderen, und das will bei Nurmi etwas heißen! Es war, als hätte sie auch ihn das Hassen lehren wollen, dabei sich selber als Objekt anbietend.

Jedes Unrecht, das Nurmi erfuhr, wirkliches oder vermeintliches, hat sie ihm brühwarm serviert. Was ihr von Freunden, von Feinden, von Nachbarn oder Verwandten geschah, hat sie auf den Jungen abgeladen. Wenn Spenz, der Zugeflogene, spät am Abend parfümgeschwängert nach Hause kam, wurde nicht Margie, die große Schwester, sondern Gori im Haus herumgejagt. An den Gläsern im Schrank tauchten kaum sichtbare Kalkspuren auf. Sie mußten wie der eben ausgespülte Mülleimer zum zweiten Mal gewaschen werden. Auf dem Kiesweg im Garten zeigte sich Unkraut, das war zu beseitigen, auf der Stelle! Wie einem mißgelaunten Spieß entging Nurmi an solchen Tagen nicht das kleinste Staubkorn, und Gori hatte es auszubaden. Unter dem Vorwand, ihn für das Leben abzuhärten, ließ sie jede ihrer üblen Launen an ihm aus. Etwas war in ihr – sie hat es dunkel gespürt – ein Trieb, der ist stärker gewesen als sie. Und doch hat sie ihm nichts anhaben können.

Was sie sich damals auch geleistet hat, der Junge hat sie angesehn wie niemand sonst. Nicht mit dem Blick verächtlicher Unterwerfung wie Spenz, auch nicht mit Adas furchtsamem Trotz, sondern mit nie erlahmender Aufmerksamkeit. Mit einer Art von Anteilnahme, wie Nurmi sie nie zuvor, von keinem Menschen erfahren hatte. Als wollte er ihr Gesicht entschlüsseln, hinter jede ihrer Regungen kommen. Jedes einzelne ihrer Motive ergründen. Nichts nahm dieses Kind als gegeben an. Von ihm als einzigem hat sie Schätzung erfahren; manchmal, in guten Augenblicken, glaubt sie sogar an Zuneigung.

Und immer wenn sie, was mit der Zeit dann doch öfters geschah, einmal ihre schmerzenden Narben vergaß, hat Nurmi Pläne gemacht. Die sind um sie und Gori gekreist. Nicht in der Gegenwart, in einer märchenhaften Zukunft hat sie mit ihm gelebt. Er würde selbstverständlich bis ans Lebensende bei ihr bleiben. Nicht Ada, *sie* würde er als seine echte Mutter ansehn. Mit ihr eines Tages auf Reisen gehn. Und die Leute würden hinter ihnen herschaun und sich den Kopf zerbrechen, wie sie zueinander stünden. Würden an ihrem Verhältnis herumrätseln, ihrem Verwandtschaftsverhältnis, ihrem Liebesverhältnis: Was ist es, das Menschen so ungleicher Art derartig aneinander fesseln kann? Einmal im Leben würde sie Bewunderung und Neid erregen.

Doch allzu bald, wenn Angst und Zweifel Nurmi wieder überkamen, ist sie in die alte Rolle zurückgefallen! Dann sind die Befehle schärfer, die Prüfungen wieder härter geworden. Dann hat sie sich aufs Neue seiner Aufmerksamkeit, seines Gefühls für sie versichern müssen. Was alles ist ihm zuzumuten? Was hält er ihretwegen aus?

Weder den kleinen noch den erwachsenen Gregor hat Nurmi aber jemals provozieren können. Als wüßte er, daß jeder ihrer Angriffe in Notwehr geschah, hat er sie nur mit seinen großen schwarzen Augen angesehn – mit Barnabas' Augen – und ist zu seinen chemischen Versuchen, seinen Gläsern und Tiegeln zurückgekehrt.

Ein einziges Mal hat er zurückgeschlagen, doch da so rigoros, daß sie noch beinah täglich daran denken muß.

Es ist kurz nach Weihnachten gewesen, am dritten Tag nach Heiligabend; Nurmi weiß es genau. Sie hatten ihr wieder nur praktische Sachen geschenkt, so wie ihnen nie etwas anderes für sie einfiel: ein Passiersieb, ein Messerset, eine Kamelhaardecke; so hatte Nurmi in der Nacht beschlossen, sich selber ein Geschenk zu kaufen. Längst hatte sie etwas Bestimmtes im Auge. Tagelang war sie dann um das Schaufenster mit dem teuren Stück herumgeschlichen. Nurmi ist keine, die für Kinkerlitzchen Geld rauswirft. Doch diese Lampe, um die Jahrhundertwende in Frankreich entstanden, machte ein so märchenhaftes Licht, daß Nurmi nicht widerstehen konnte. Sie hatte einen Schirm aus Glas, der, zündete man die Lampe an, in wunderbarem Blau und Ocker leuchtete. Nurmi hatte solche Farben nur einmal als Kind in einem Buch bei der Manja gesehn und seither nirgends wieder gefunden. Es waren Farben, hatte sie gedacht, wie die der Erde von weitem gesehn; so wie sie vielleicht dem Jurij Gagarin vom Weltraum aus erschienen waren.

Es war ein großer Tag für Nurmi gewesen, und sie hatte Gori, den Liebling, mitgenommen. Er sollte die Lampe nach Hause tragen. Er hielt sie dann mit beiden Händen wie ein kleiner Fahnenträger vor der Brust und blieb den ganzen Weg lang nicht einmal stehen. Nurmi war glücklich wie lange nicht.

Doch was mußte geschehn, was mußte ihr, Nurmi wieder wie zum Hohn zustoßen? Auf dem Heimweg, an einem Straßenübergang, kreuzt ein bekanntes Auto ihren Weg; darin sieht sie ein bekanntes Gesicht; sehen Nurmi und Gori Spenz, den Zugeflogenen, sitzen, doch nicht allein, wie es am späten Feierabend zu erwarten wäre, sondern mit einer »Dame«; sehen ihn angeregt, um nicht zu sagen »anzüglich« plaudernd.

Nurmi, an ihrem Frühbeet jetzt, denkt im Erinnern nicht »Frau« oder »Mädchen«; sie denkt das Wort »Dame« in seiner häßlichsten Bedeutung. Und während sie die Misterde durchsiebt, alle unverwesten Bestandteile herausklaubt, rast, als wäre es gestern geschehn, alles noch einmal peinvoll durch ihr Gehirn.

Wie tollwütig ist sie danach den ganzen Abend lang durchs Haus gefegt. Obgleich sie sicher war, daß auch Gori die »Dame« gesehen hat, hat er den Vorfall doch mit keinem Wort erwähnt. Das hat sie mehr erbost als alles andere. Das Blut ist ihr in den Kopf geschossen, eine buchstäblich rote Wut. Sie ist in Margies und Goris Mansarde gelaufen und hat die Schranktüren aufgerissen. Hat gegriffen, was nur zu greifen war, und ein Chaos im Zimmer angerichtet. Dann hat sie Gori am Kragen gepackt, hat ihn die Treppe hinaufgezerrt und ihm befohlen, die Sachen unverzüglich wieder einzuräumen. Der Kleine hat sie einen Augenblick stumm angesehn, dann ist er an ihr vorbei in die Diele, hat die Lampe, die da schon brannte, gegriffen und sie auf dem Steinfußboden zertrümmert.

Da ist auch Nurmi plötzlich stumm geworden. Sie ist in die Küche gegangen und hat Kartoffeln geschält. Dann hat sie für alle Puffer gebraten. Dann, nach dem Essen, hat sie den Tisch abgeräumt, hat jeden Teller einzeln hinausgetragen. Mit einem Ruck hat sich etwas in ihrem Kopf bewegt, und sie hat wieder klar und logisch denken können. Ja, eins nach dem anderen, hat sie gedacht.

Sie könnte noch heute die Abfolge ihrer Gedanken beschreiben:

Da ist der Angriff, mein Junge, und da ist der Schlag. Da ist die Wunde, und da ist der Schmerz. Da ist die Narbe und ist die Verhärtung. Und damit wären wir am Ende angelangt? O nein, keineswegs! Wer Kinder zu erziehen hat, weiß, daß es kein Anhalten geben kann. Daß keines sich etwa einrichten darf, im bequemen Winkel des Hasses zum Beispiel. Er weiß, daß man sie weiterstoßen muß von Stufe zu Stufe, von einer Anstrengung zur anderen. Daß immer wieder eine neue Qualität zu suchen ist. Was also käme nach dem Haß?

Am Abend ihrer Ungerechtigkeit erleuchtete sich Nurmis Geist: es muß die Gerechtigkeit sein! Gerechtigkeit zur rechten Zeit am rechten Ort. Von nun an soll sie keiner mehr im blinden Racherausch erleben. Wie vor einem ordentlichen Gericht, sagte Nurmi, wird, was an Rechtsverletzung sich zeigt, angeklagt, verhandelt und verurteilt werden. Und niemand darf der Vollstreckung entgehn. Sie wird ein Exempel statuieren.

Klarsichtig, in ihrer neuentdeckten Eigenschaft, hatte Nurmi natürlich erkannt, daß es nicht die kleinen Betrüger sind, die wehrlosen Opfer der Verhältnisse, gegen die es anzutreten gilt. Man muß auf weltgeschichtlicher Ebene operieren, muß die großen herausfinden, die Vordenker, Urheber der Misere.

Wer hat vorausgedacht? Und wer die größte, die Ur-Betrügerei in Gang gesetzt? Es ist nicht Ada, die Schwester, es ist nicht der verräterische Spenz, nicht einmal die wehende Mutter ist es; es ist Maxim, der Vater, der beinah gleichzeitig mit Barnabas, doch unbeschädigt aus der Gefangenschaft nach Haus gekommen ist.

Und hier beginnt einer der großen Prozesse, die in der neuen Republik sonst nur so halbherzig stattfanden, die ganz private Abrechnung des Kriegsopfers Nurmi mit der Geschichte. Sie ist kalt, gnadenlos und – wie sie meint – vollkommen gerecht. Sie dauert nahezu ein Jahrzehnt.

Nurmi, ganz gewissenhafte Tochter, besucht den Vater fast jeden Tag. Sie bringt ihm, der nicht mehr hinausgehen will, was er braucht: Kleidung und Nahrung. Sie bringt Venensalbe und Gallentropfen. Aber sie bringt ihm ebenso, was er *nicht* braucht: Bücher, die er nicht lesen will, Zeitungen, Nachrichten, die er haßt. Der vormals so aktiv Beteiligte will von der Weltgeschichte nichts mehr wissen. Er will kein Buch sehen. Er will keine Nachricht hören. Vor allem keine politische Nachricht. Und nur keine Tageszeitung ins Haus!

Nurmi tut sich um, durchforscht mit schnellen Augen die Presse, sammelt gewissenhaft, was ihn aufstören könnte. Präsentiert unbarmherzig jede Enthüllung, jeden Kommentar zum Zeitgeschehen. Läßt keine Neuerscheinung auf dem Büchermarkt aus. Sie besorgt ihm, der nichts hören, nichts sehen will, einen der ersten Fernseher. Schickt Gori, den Kleinen, mit den in der Zeitung markierten Sendungen zu ihm. So wird dem mittlerweile alten Vater die Vergangenheit zur Folter. Sie verfolgt ihn, nimmt mit jeder Enthüllung gespenstischere Züge an. Halb mit Entsetzen, halb mit Schadenfreude beobachtet Nurmi die Verstörung. Doch sie läßt nicht locker. Schaut sich nach schlimmeren Plagen um. Da kommt ihr der Zufall zu Hilfe. Neben den Schreckensvisionen der Massenmedien bringt er ein Greuelbild aus Fleisch und Blut ins Haus.

Es ist nämlich Viehböck aufgetaucht, Maxims ehemaliger Bursche. Er ist so schwer verstümmelt, daß selbst abgebrühte Frontsoldaten einen Bogen schlagen, wenn sie ihn nur von weitem sehen. Denn während sich sein Kommandeur bei Nacht und Nebel in die Büsche schlug, blieb Viehböck im Kessel bis zuletzt. Nun hat er ein Holzbein, ihm fehlt die Nase und der Unterkiefer. Die Haut hat man ihm derart über das Gesicht gezogen, daß jeder fürchtet, sie könnte reißen. Daß man, ob man will oder nicht, unweigerlich an eine Mumie denkt. Oder an eins der neuen Gemälde, die man im Nachkriegsdeutschland allenthalben sehen muß.

So einen wie Viehböck hat Nurmi gesucht. Viehböck paßt ins Bild. Er ist der Belastungszeuge schlechthin.

Nurmi stellt Viehböck, den »guten Viehböck«, als Gärtner ein. So ist dem Vater, neben allem anderen, auch noch der Besuch des geliebten Gartens vergällt. Kaum ein Tag vergeht, an dem sie nicht den »guten Viehböck« zu Maxim hinüberschickt, mit kleinen Aufmerksamkeiten zum Frühstück, mit Töpfen zum Mittag, mit schweren Taschen, die sie selbst nicht tragen kann. Immer weniger kann Nurmi tragen mit der Zeit, immer öfter erscheint der Bursche dem Alten, der, da er sich in keiner Weise wehren kann, darüber in Melancholie verfällt. Denn wer in aller Welt könnte je den »guten Viehböck« von der Schwelle weisen? Wer sich dem so Geschundenen entziehn?

In gleichmäßigem Schwung – wie ein »Sämann«, denkt Nurmi – wirft sie die Misterde durch das Sieb. Gleichmäßig, weitgreifend gehn die Gedanken. Maxim, der Vater, der sich weder wehren noch bereuen wollte, ist elend gestorben, dahingeschwunden wie die Liebstöckelstaude bei Trockenheit. Der Junge aber, Gori, muß leben, muß sich weiterbewegen, wie sie sich bewegt hat; wie sie sich an den eignen Haaren aus dem Sumpf gezogen hat.

Plötzlich, in ihrem duftenden Garten, kann Nurmi das Lachen des Neffen deuten. Auch er muß einen Haß verspüren, wenn er sich von den Menschen zurückzieht. Wenn er für dieses Leben keine Hand mehr rührt. Wenn er lacht, so, wie sie ihn lachen gehört hat. Zuviel Hassenswertes gibt es, zuviel hat sich angesammelt, nicht nur im Haus, auch im Land, in der ganzen Welt. Mit jeder Nachricht kommt neue Lüge ins Haus. Es ist der Regenwald, es ist das Liebeslied, es ist das falsche Lächeln des Stars, es ist die Geste des Politikers. Schon liegt die Falschheit wie ein Müllberg über allem; man muß also zusehn, wie man herauskommt, muß Gänge graben und Schneisen schlagen –

Vielleicht wirst du mich eines Tages fragen, Neffe – ich habe noch immer die Hoffnung, daß du es tun wirst! –, wie man denn leben kann mit einer solchen Turbine im Innern, die, vom kleinsten Unrecht angetrieben, unaufhörlich läuft und läuft und nicht mehr anzuhalten ist. Ich kann dir versichern, es ist ganz leicht. Und, sage ich dir: ein enormes Gefühl. Es verdoppelt dich. Es gibt dir Kraft. Es macht stolz. Ist es wie Liebe? O ja, nur stärker! Du gehst auf die Jagd. Wonach? Nicht wie Spenz nach dem billigsten aller Abenteuer, nicht wie Ada nach irgendeinem Nirwana, sondern nach der Wahrheit, Freund. Du, als Wissenschaftler, solltest wissen, wie die Jagd nach der Wahrheit beflügeln kann.

Eins nach dem anderen werden die Probleme ausgemacht. Einer Hypothese nach der anderen aufgelauert. Alle miteinander schließlich zur Strecke gebracht. Enthäutet, ausgeweidet liegt das Jagdgut vor dir. Der aufgebrochene Mensch, seine schmutzigen Innereien. Du kannst darin lesen wie in der Schrift. Am Ende kann dich niemand mehr täuschen. Auch der Unschuldigste nicht. Eine Stimme beginnt unmerklich zu schwanken, eine Bewegung entgleist, eine Spur Kaffee wird grundlos verschüttet, schon bist du auf der Fährte wieder, hast du das Wild, die Beute im Blick.

Du fragst, was es nützt? Nicht viel, mein Kleiner.

Nicht, daß ich glaube, daß die allgemeine Verunreinigung, die Sittenverschmutzung, noch auf irgendeine Weise aufzuhalten wäre, dennoch mußt du weiter, mußt in Bewegung, auf dem Quivive bleiben –

Nurmi hat die Bäume fertig beschnitten und das Gesträuch. Sie hat das Frühbeet vorbereitet. Am Abend sitzt sie still am Tisch und sortiert die Samen vom letzten Sommer. Sie verteilt die winzigen Körner in Tüten. Die schimmernden blauschwarzen Samen des Schlafmohns. Die federleichten der Akelei. Die blitzblanken braunen der Brunnenkresse. Ganz friedlich scheint sie dazusitzen, doch hinter ihrer Stirne ist ein Rauschen, eine immer strömende Bewegung, die sie trägt und wiegt und mit sich zieht, die sie sich um jeden Preis erhalten muß. Einmal, in schlimmeren Jahren hat sie geglaubt, sich nur als Baum, verwurzelt, gepanzert im Leben halten zu können. Doch jetzt ist sie sich nicht mehr sicher.

Vielleicht, denkt Nurmi, bin ich ein Rochen, zwar mit einem Panzer, aber beweglich; ich habe Dornen, ich habe Stacheln; ein Schlag von mir kann lebensgefährlich verletzen. Und ich bin schnell.

Nurmis Gedanken jetzt sind scharf wie Blitze, erhellen ihr Haus, ihren Garten, die Schichten der Zeit. Sie geben ihrem Leben eine Geschwindigkeit, die sie gesund und wach erhält.

Gib auch du deinem Leben Geschwindigkeit, Gregor!

Gib ihm die Leidenschaft, die nur die Jagd vermitteln kann. Die Jagd nach der Wahrheit! Die Jagd nach dem Recht! Das allein ist, was das Dasein lohnt. Mehr noch: das ist, was der Mensch zu leisten hat. Die Aufgabe, der er nicht ausweichen darf. Die Gerechtigkeit allein ist menschen-würdig. Sie ist –

Nurmi will aufstehen und – erstarrt. Eisenschwer plötzlich der Kopf, die Glieder. Sie will sich bewegen und kann es nicht. Sie ist kein Geschöpf mehr mit Blut in den Adern, kein beweglicher Rochen, der eine Schlagkraft hat, nicht mal mehr eine Eiche, die noch ihr Haupt wiegen kann. Von einer Sekunde zur anderen ist das Blut in ihr geronnen, wie das der vergifteten Ratte im Keller. Ein einziger Gedanke, der sich einschlich, hat sie gelähmt.

Was, wenn es schon zu spät sein sollte? Wenn sie ihn nicht mehr erreichen könnte?

Wenn der, der ihr den Mann, den Sohn, den Geliebten ersetzt hat, sie ganz und gar verlassen hätte, wird alle Kraft und alle Schnelligkeit in ihr für immer abgestorben sein! Wird sie sich niemals mehr bewegen können! Wenn der, für den allein sie gelebt hat, für den sie – um vor ihm groß dazustehn – den eignen Vater hingemordet hat, ihr jetzt abhanden kommen würde, dann wird auch sie nicht mehr auf dieser Erde bleiben wollen. Dann wird sie nichts und niemand mehr – nichtmal die vielbeschworene Gerechtigkeit – im Leben halten können.

Die berühmte Gerechtigkeit! Wie hat sie jemals glauben können, daß etwas derart Verknöchertes den Neffen hatte begeistern können! Einen, der niemals kalkulieren, finanzieren, spekulieren wollte. Ein Gori will nicht im Unrat wühlen, keine Akten anlegen und Paragraphen vergleichen. Keinem je begangenen Unrecht nachschnüffeln. Viel eher springt er darüber hinweg. Oder aber er erfindet – was wahrscheinlicher ist – eine neue Art von Gerechtigkeit.

Gerechtigkeit ist etwas für Greise! Und es ist nicht wahr, daß sie eine Geschwindigkeit macht. Sie macht bewegungslos, sie läßt das Blut erkalten, den Geist. Schon stockt Nurmi der Atem, es stocken Gedanken. Ein Lied von früher kommt ihr in den Kopf, zieht langsam, langsam seine Kreise, sie singt es unaufhörlich vor sich hin, minutenlang oder stundenlang, nur immer diese dumme monotone Melodie; »Frère Jacques, Frère Jacques«, singt Nurmi, ohne noch auf die Bedeutung zu achten, »Frère Jacques, Frère Jacques« und noch einmal: »Frère Jacques«; dann ist sie still.

Agnes, die Freundin

> Die kurze Summe des Lebens
> verbietet uns, eine lange
> *Hoffnung* anzufangen.

Sie ist den ganzen Weg gelaufen, um schnell in ihre Dachwohnung zu kommen, in ihr neues weißes Zimmer, hoch über der Stadt. Sie hat versucht, das klebrige Zeug im Laufen aus ihrem Haar, von ihrem Kleid zu entfernen. An einem Stadtbrunnen hat sie den Kopf unter Wasser gehalten, und Tränen sind ihr über das Gesicht gelaufen. Zwei Mädchen sind stehengeblieben und haben gelacht.

Kleine Erschütterungen überwindet man durch Ablenkung; die großen muß man Schritt für Schritt durchwandern. Nicht nur einmal, hat Agnes erfahren, sondern viele Male, um alle Ursachen und Einflüsse zu kennen, um, durch Erfahrung gewitzt, der nächsten Katastrophe gewachsen zu sein.

Dazu muß alles hell sein ringsum, sogar das Zimmer geordnet, aufgeräumt. Sie ist froh, daß sie noch vor kurzem die Wohnung entrümpelt hat. Sich befreit hat von all dem unnützen Plunder, den gestickten, gewebten, geklöppelten Tüchern, den durchgescheuerten Diwandecken, Second-hand-Kissen, knarrenden Stühlen und Tischchen, den Schränken mit niemals schließenden Türen, Standuhren, Tischuhren und Figürchen; all den Verzweiflungskäufen, Langeweilekäufen vieler Jahre. All den Schmuckstückchen, Geschenkchen, den Erinnerungen.

Sie hat das Kleinzeug in Plastiksäcke gepackt und einem Freund in Kommission gegeben, und auch die

Möbel hat sie – zum Glück nicht ohne kleinen Gewinn – an den Mann bringen können. Zuerst hat sie geglaubt, es für sich selber geordnet zu haben. Doch mehr noch, weiß sie jetzt, hat es mit Gregor zu tun gehabt. Mit seiner Sammelleidenschaft, seiner Vorliebe für alles Aussortierte, Geflickte, für noch das kitschigste Gerümpel. Sie hat es *gegen* ihn getan, in einem Anfall von Wut und Enttäuschung.

Dann aber ist es ihr wie eine Häutung vorgekommen. Alles Nutzlose hat sie von sich abgestoßen, und außerdem noch einiges dazu, noch das eine, das andere; Agnes denkt: ja, noch *den* einen dazu –

Oh, du Heiliger in der Wüste! Man möchte lachen, wenn es nicht zum Weinen wäre. Nurmi hat recht: Man könnte brüllen vor Wut über soviel Anmaßung und Eigensinn, über diese lächerliche Art von Selbstdarstellung, nein, ausspucken möcht man –

Sie hat also Gregor doch wieder, und gegen alle Vernunft, getroffen. Hat sich aufgemacht, ihn zu suchen, nachdem Nurmi ihr nach zahllosen Anrufen endlich knurrend den Tip gegeben hatte. Hat ihn dann mitten in der Stadt in Scharayns altem Wohnwagen aufgefunden. Im Hinterhof eines Mietshauses, das ein reicher englischer Spinner schon seit Jahrzehnten verfallen ließ. Bei Goris Anblick fiel Agnes das Wort »moribund« ein. Später dann, im Gespräch, das allerdings ziemlich einseitig ablief, verwischte sich der Eindruck wieder etwas. Goris Höflichkeit und Zuvorkommenheit, seine gespielte Aufmerksamkeit, die nur mühsam sein Desinteresse kaschierte, erboste sie. Hinter allem ringsum, der Wildnis im Hof, der Verwahrlosung, schien etwas anderes zu lauern, etwas Betrügerisches, das sie, die für gewöhnlich Unerschrockene, unsicher machte. Etwas ist falsch, dachte sie, eine Inszenierung; etwas versteckt sich, etwas will zum Angriff übergehen.

Allein um zu ihrem Freund zu gelangen, hatte sie märchenhafte Hindernisse überwinden müssen. Als hätte er sie zwingen wollen, ein tiefes Wasser zu durchschwimmen oder einen Glasberg zu erklimmen. Beim ersten Versuch, am Abend vorher, als sie endlich das Haus gefunden hatte, war es ihr nicht gelungen, ihn zu erreichen.

Das große Tor zum Vorderhaus war noch nicht zugeschlossen. Doch es war dunkel im Flur; kein einziger Schalter funktionierte. Durch das angeschlagene Fenster der zweiten, verschlossenen Tür konnte sie in den Hof sehn. Auch dort war es dunkel und seltsam still. Nur das Tuckern eines Generators ließ auf menschliches Leben schließen, auf eine in der Finsternis verborgene Existenz.

Das ganze Haus schien menschenleer zu sein; hinter den Wohnungstüren, dort, wo sie angeklopft hatte, um nach dem Schlüssel zu fragen, rührte sich nichts. Und doch war es Agnes, als hörte sie schleichen, eine heimliche Bewegung irgendwo, verstohlene Schritte.

Als ihr unerwartet der Lichtstrahl einer Taschenlampe ins Gesicht fuhr, ohne daß sie jemanden wahrnahm, ergriff sie die Flucht. Plötzlich schien alles aufgeschreckt zu sein. Hunde fingen an zu bellen, ein großer, anscheinend gefährlicher, von dem sie nicht wußte, ob er angekettet war, und mehrere kleine mit ihrem Eunuchengekläff; im Vorderhaus wurden Fenster hell. Von einem Balkon goß jemand Wasser auf sie herab. Agnes rannte, so schnell sie konnte.

Erst am nächsten Morgen, und mit Hilfe Scharayns, gelang es ihr, zu Gregor durchzudringen. Doch nicht nur Gori selbst, alles, was sie bei Tageslicht sah, erbitterte Agnes über die Maßen. Was für eine Gesellschaft hatte er – der ihr doch längst gleichgültig sein sollte – der ihren vorgezogen! Roland Scharayn, den Freund, nahm sie noch, wenn auch widerwillig, in Kauf, doch nicht dessen Schützlinge. Seit längerem liebte es nämlich Scharayn, sich als Menschenfreund aufzuspielen, als Wohltäter für Entgleiste, Arbeitsscheue, Wohnungslose. So hatte er nacheinander schon in seinem Caravan beherbergt: einen Zuhälter, der sein Revier verloren hatte; einen Türken ohne Aufenthaltserlaubnis; einen Professor der Philosophie, der mitten in einer Vorlesung über Bergson ein für allemal seinen Kopf entleerte, um von Stund an im Hof zu meditieren; ein dickes Mädchen, das aussah wie ein aufgedunsenes Kind und anscheinend während der letzten Nacht wieder bei Gori Asyl gesucht hatte.

Der Unerträglichste von allen aber schien Agnes der Dauergast zu sein. Er gab sich als geisteskranker Schauspieler aus, doch was sie über ihn erfuhr, war nur geeignet, Argwohn zu wecken. Niemand wußte, ob seine Krankheit echt oder simuliert war. Wenn er Feuer legte, was öfters geschah, so hatte er doch rechtzeitig den Wasserschlauch zur Hand. Wurde er bei starkem Frost auf einer Parkbank aufgefunden, so war er doch mit seinem Lammfellmantel zugedeckt. Lief er vor ein Auto, wurde er wunderbarerweise stets nur gestreift. Jetzt, in einer anscheinend friedlichen Phase, gefiel er sich in der Rolle des Leibwächters. Bewaffnet mit Sprühdosen aller Art – die mit den dunklen Farben bevorzugte er –, schlug er die Feinde Gregors in die Flucht; so hatte auch Agnes ihr Teil abbekommen. Über dem Hof, der, bei Licht besehen, eher einem Schuttplatz glich, hing um die Mittagszeit ein widerlicher Gestank, gemischt aus Dämpfen von Benzin, von Holzkohle, verbranntem Öl und Hundekot.

Und jetzt, was nun wirklich zum Lachen ist, scheint Scharayn zum Jünger geworden zu sein. Zumindest zum barmherzigen Samariter. Scharayn, ausgerechnet, mit dem sie sich häufig verbündet hatte gegen die Traumtänzer dieser Familie, gegen Ada und Margie, und manchmal sogar gegen Gori selbst! Scharayn, der Bilderbändiger, ja, Agnes sah ihn oft in Gedanken so, selbstbewußt, klarsichtig, Scharayn, der alle Bilder zwingen wollte in das eine große Weltbild, den ganz großen Film, er taucht, anstatt in seinem Studio, nun schon vor Morgengrauen bei Gori auf, sitzt stundenlang neben seiner Matratze – sie weiß nicht einmal, ob sie zusammen sprechen – und scheint alles vergessen zu wollen: die Arbeit, die Freunde, das Leben selbst, das er einst so liebte.

Agnes rennt aus ihrem weißen Zimmer in die Kammer hinter der Küche hinüber. In den noch nicht renovierten Raum, den Gori lange Zeit bewohnte und den sie seither nicht betreten hat. Sie reißt die Bilder, die Plakate von der Wand. Beginnt vor Wut – vor Verzweiflung? –, mit ihren langen Fingernägeln die Tapete abzukratzen. Als wollte sie Stück für Stück Gori selbst aus dem Haus kratzen.

Ah, sagen die Leute: ein Eremit! Und sie staunen natürlich und wundern herum, wie du das öde Zellendasein aushältst, Gregor, und daß es ja vielleicht die letzte Existenzform überhaupt darstellt, und daß sie es eigentlich auch schon so wollten, ja, längst schon sich aus dem Leben ziehn wollten; ach, wenn sie sich doch nur entschließen könnten, wenn sie doch nur deine Kraft und so weiter, deine Charakterstärke und so weiter –

Agnes hat den Verdacht, für den sie sich gleich auch ein wenig schämt, daß es vielleicht nur das ist, was ihn treibt: die Bewunderung der blöden Menge für den Außenseiter, das Staunen, das so rar geworden ist in unserer Zeit. Sonnt er sich nicht darin, als großer Einsamer zu gelten, gefällt ihm nicht die neue Art der Zuwendung, die ihm nun ohne Anstrengung zufällt? Und fühlt er sich nicht gleichzeitig erhaben über diese Menge, der arme Bruder Franz in seiner selbstbefohlenen Armut, seiner edlen, eitlen Verweigerung?

Ich sage dir, die Geste ist nicht minder falsch als die des selbstlosen Scharayn! Oh, Ihre Heiligkeit beschmutzt sich nicht! Schüttelt den Erdenstaub von den Schuhen! Den Dreck, in dem wir anderen noch waten. Was sind wir nun gegen dich, wir, die wir uns noch immer auf der Halde, im Müll der verwesenden Welt bewegen, wir, die Ratten, die Läuse, das Ungeziefer? Oder – mir kommt der Verdacht, verzeih – ob es am Ende nicht noch etwas anderes ist. Ob es eventuell nichts als Faulheit ist, ganz gewöhnliche Faulheit, oder aber nur Delirium, das ganz gewöhnliche der Junkies, durch die schöne tragische Geste getarnt? Der Wink der abgemagerten Hand, entsagungsvoll, der müde Blick unter müden Lidern – wie lange braucht ein Schauspieler dafür, ein genialer natürlich? Habt ihr es miteinander eingeübt? Und hat Scharayn den Regisseur gespielt? Stell dich auf eine Säule, Mann! –

Fast mit Trauer erinnert sich Agnes, daß er sich seinerzeit auf bessere Art verweigert hat. Daß er – oft zum Befremden der Freunde – den Attitüden widerstanden hat, den schnell wechselnden politischen; den geistigen – soweit sie Mode waren – auch. Daß er, um ihn zu verteidigen, jeden Standpunkt erst in sich selber finden und entwickeln mußte. Und was ist jetzt aus ihm geworden! Ein Lebensverächter, eine kleine selbstgerechte Kreatur, ein, ach, fände sie nur das Wort ... ein jämmerlicher Pharisäer!

Agnes, in ihrem simulierten Gespräch, redet sich weiter und weiter in Hitze. Schon ist ein großes Stück Tapete abgerissen; schon sieht die bloße Wand heraus. Wenn nur das Kind nicht aus der Schule käme! Wenn sie nur vorher ihre Ruhe wiederfinden könnte! Obgleich sie nicht weiß, was er sie noch angeht – längst ist sie doch mit einem anderen Freund, einer neuen verläßlicheren Neigung beschäftigt –, klaubt sie doch alles, was vergessen schien, heraus, kann sie sich den Bruch mit dem Freund, seine Endgültigkeit, nicht eingestehn.

Es will, als wäre es noch immer früher Morgen, nicht hell werden heute. Ein wunderbarer Nebel füllt die Straße, beruhigt Bäume und Menschen, scheint selbst die Autos zu verlangsamen. Immer hat Agnes den Nebel geliebt, hat er sie still und wunschlos gemacht. Als wäre hinter ihrer Zimmerwand noch eine andere, ein zweifaches Haus; so hat sie sich doppelt geborgen gefühlt. Doch heute schützt er nicht; heute ist ein Bruch in ihr, ist ihre Schädeldecke wie ein Flugzeug demoliert; sie fürchtet, hinausgeschleudert zu werden. Wie jetzt sich halten, sich klammern – woran? An eine Bewegung, ein Wort, eine Pause nach einem Satz; an die Zeichnung einer Augenbraue, einer Hand?

Es klingelt. Agnes hält sich die Ohren zu. Die Flurtür öffnet sich wie von selbst. Jemand hat den Schlüssel, und es ist nicht Gori. So stark hat sie eben an ihn gedacht, daß ihr alles andere aus dem Kopf ist. Hat sie schon das Stadium der Alten erreicht, die ihr Gedächtnis schnöde im Stich läßt? Das Kurzzeitgedächtnis, das, kaum ausgebildet, sogleich zerflattert?

Agnes hat vergessen, daß sie Bertram den Schlüssel gegeben hat. Er ist, wenn sie sich nicht konzentriert, noch immer »der Ingenieur« für sie. Noch immer »der Neue«, ein Fremder. Agnes, in Goris Kammer, hält den Atem an und rührt sich nicht.

Bertram geht durch den Flur. Er stellt etwas in der Küche ab. Sie weiß, in seiner Mittagspause ist er losgerannt, die Sachen für das Abendessen zu besorgen. Sie horcht: er geht nicht in ihr Arbeitszimmer. Er wirft keinen unbefugten Blick. Nicht in den Schrank, nicht in die Schubladen. Immer, in jeder Lebenslage, wird sie ihm vertrauen können. Sie hört ihn nun auf der Treppe, nun wieder im Flur. Er hat ihr die Post heraufgeholt. Nie würde er nach den Absendern schauen. Nie einen Brief je gegen das Licht halten. Er ist nicht wie Gori. Gottseidank! Sie könnte dennoch jetzt nicht mit ihm sprechen. Sein Anblick würde zu Gedanken führen, zu Vergleichen mit dem Gori von früher, mit einem Gori, der im Treppenhaus pfeift, der in Sekundenschnelle die Ordnung im Bücherregal zerstört, der sie am hellen Mittag daran hindert, zu ihrer Arbeit zurückzugehn. Bertram darf sie jetzt nicht entdecken, er würde ihren Zustand gleich bemerken. Würde sich stumm und traurig zurückziehn. Sie dankt dem Himmel, daß sie ihn gefunden hat. Die Tür fällt ins Schloß. Es kann nicht dauern, nein, nicht mehr lange, bis sie vergessen hat. Endgültig und gründlich alles vergessen! Aus dem Kopf, aus dem Sinn! Es *soll* nicht mehr dauern, sie möchte hinaus, sie möchte schreien, es darf nicht mehr –

Wenn Gregor zu ihr kam in der ersten Zeit, hat er nur immer stumm auf einem Stuhl gesessen und jeden ihrer Handgriffe beobachtet. Es waren noch der alte Korbstuhl und die alte Küche, in der die Kochwerkzeuge wie bei einem Handwerksmeister an Regalen hingen. Schön aufgereiht, greifbar, nach der Häufigkeit ihrer Benutzung geordnet. Er hat zugesehn, wie sie Tee aufgoß, wie sie Brot abschnitt oder das Kind anzog. Er war so aufmerksam dabei, als sähe er alles zum ersten Mal. Sie dachte oder *wollte* denken: als käme er von einem anderen Stern.

Oder, denkt sie heute, wie Kinder vielleicht ihren Lehrer ansehn, den ersten, unvergleichlichen, oder ein Volk seine allerjüngste Prinzessin oder die Neapolitaner ihren geheiligten Fußballstar. Mit was für Augen hat er sie angeschaut! Und mit ihr das Kind, obwohl es nicht seins war. Agnes in ihrer Küche, so fein modelliert, als hätten alle Vorfahren an ihrer Form gemeißelt und gefeilt, bis sie so groß und schmal herausgekommen ist; bis sie so vollkommen erscheinen konnte in ihrem kleinen Rock, der aufhört zwei Handbreit über den Knien, mit ihren bloßen Beinen in den grünen Sandaletten.

Viel später erst, nachdem er sie sich eingeprägt hatte, sie wie fürs Leben in sich aufgenommen hatte, hat er dann mit der Fragerei begonnen. Hat jede Kleinigkeit aus ihr herausgefragt, durch alle die Jahre, bis ins Kleinkinderalter zurück und weiter, als ob es da nie eine Grenze gäbe. Als ob der Horizont des Menschen endlos wäre, sein Gedächtniskreis nahezu unerschöpflich.

Wie auch der Mikrokosmos – das hat sie von Gregor gelernt – bis heute noch nicht begrenzbar erscheint, wie hinter dem Kleinsten noch immer ein Kleineres auftaucht.

Und so, denkt Agnes in ihrem doppelten Haus, muß sich die Vorstellung in ihr entwickelt haben, daß es, ebenso wie zur Vergangenheit, auch zur Zukunft hin keine Grenze gäbe. Es ist wahr: fast nie haben sie über später gesprochen oder nur vage, in Andeutungen, doch beide für selbstverständlich genommen, daß es so weiterginge mit ihnen. Daß Gori noch nach Jahren, nach Jahrzehnten vielleicht, in Agnes' Küche sitzen würde und daß das Fragen kein Ende nähme. Das Fragen nicht und das Antworten nicht.

Doch dann eines Tages, ohne Vorwarnung, geschah das Unbegreifliche: Ihr Universum, das unermeßliche und, wie es schien, gleichzeitig so festgefügte, begann zu wanken. Es war im Frühjahr letzten Jahres, als Gregor, noch einigermaßen gesund, mit seinem Kellnerjob beschäftigt war. Agnes weiß nicht, was er dort erlebt hat, doch muß ihm etwas begegnet sein, etwas sich in ihm festgekrallt haben, das bald die Anzeichen von schwerer Krankheit aufwies und ihn wie eine solche schwächte.

Natürlich war sofort die ganze Sippschaft auf dem Plan! Gute Ratschläge, Vorhaltungen und Rezepte; düstere Prophezeiungen! Auch Agnes wurde von dem allgemeinen Aufruhr angesteckt. Anfragen, briefliche Nachrichten, Anrufe; niemals vorher war der Kontakt zu Goris Leuten derart eng gewesen.

Damals muß es gewesen sein, daß sie um ein Haar eingesponnen worden wäre. Daß sie sie beinah eingefangen hätten in dem verworrenen und verfilzten Gespinst, diesem Familienkosmos, der ihr unheimlich war. Der ihr mit seinen seltsamen Mustern ebenso wie mit seinen Verwachsungen einerseits als ein sicheres Nest, andererseits als Verlies erschien. Ein Refugium, das schützte und gleichzeitig einschloß und das geeignet war, empfindlichere Kreaturen, wie Gori zum Beispiel, ohne Erbarmen zu ersticken.

Immer schwerer wird es Agnes nun, den früheren,

den lebendigen Gori hinter dem erstorbenen der letzten Monate zu sehn. Noch einmal, kurz, findet sie das Bild, das unerschütterte aus guten Zeiten: Gori, neben ihr auf dem Bett, wie ausgeschnitten im Abendfenster, die Linie der Schultern, des Körpers, so klar wie die Kanten der Dächer und Schornsteine draußen, der Umriß der Pappel gegen den Himmel. Noch einmal gelingt ihr der Sprung, die Entgrenzung, wie er nur Kindern und sehr jungen Leuten gelingt: die plötzliche Verwandlung in ein Geräusch, ein Ding; in eine Baumkrone, ein Martinshorn, in das Geschrei der Spatzen vorm Fenster. Ganz unwillkürlich hebt sie die Hand, ertappt sie sich, wie sie es streicheln will oder berühren oder umschlingen, die schmale Schulter, die bloße Haut; doch sie greift ins Leere; sie würde gern weinen, wenn sie es könnte. Judas, sagt Agnes plötzlich laut –

> Weißt du, was Verrat ist? Wirklicher Verrat? Wogegen der, um den Nurmi lebenslang greint, so etwas wie ein Kinderspiel ist. Nicht die Lügen, Gori, sind es, Notlügen zumeist, die einer im Munde führt, nicht, daß einer heimlich beiseite schleicht, daß eine Frau zu einem Nebenbuhler geht, ein Mann zu einer anderen Frau, zu einem anderen Mann; das alles ist nichts gegen dieses andere –

Die Infamie, denkt Agnes, einer anderen Flucht: das Abirren der Augen ist es, seiner noch eben aufmerksamen Augen von einer Sekunde zur anderen, mitten aus einem Gespräch heraus, das seit Jahren angedauert hat und das gedacht war, ebenso lange, nein, länger weiterzugehn ... es ist die rücksichtsloseste, die äußerste Verletzung, die ein Mann einer Frau nur zufügen kann –

Agnes erinnert sich, daß es an einem dieser Wochenenden war, die langsam anfingen und sich dann wellenförmig, in viele Richtungen hin erweiterten. An denen unerwartet Schätze auftauchten: unter Papierstapeln eine Grammophonplatte, die so alt war, daß man sie wieder wie zum allerersten Mal hören konnte; ein Paar Schuhe, aufs Neue zum Glänzen gebracht; ein langvergessenes Gewürz in der Küche, ein Buch im Regal; ein Wort, das mündete in einen Satz, in eine Frage, eine Antwort, in einen Disput, der wieder mündete in einem Meer von neuen Fragen.

Agnes weiß es genau: sie hat ihm von ihren Eltern erzählt. Von den stummen Sonntagvormittagen, dem schweren Schweigen am Frühstückstisch, das ihr, dem Kind, so bedrohlich vorkam. Als ob sie noch immer Schläge austeilten, wortlos die Kämpfe der Nacht fortsetzten. Als ob die Eltern, hat Agnes gesagt und dabei tatsächlich so etwas wie Mitleid gespürt – ungewollt, irgendwo in der Gegend des Herzens –, als ob sie aus einem unaufgeklärten Zeitalter stammten, einer finsteren Epoche, in der es auf das Glück des Einzelnen nicht ankam. Sie hat noch den Duft des Kaffees gewußt, den sie als Kind nicht trinken durfte, den Geruch des gerösteten Brots, was ihr beides damals gleichbedeutend schien mit Haß und Kampf; selbst heute macht ihr die Erinnerung an den Geruch noch manchmal eine Gänsehaut.

Nie, hat sie zu Gregor gesagt, wollte sie es jemals so erleben. Nie würde sie solche Sonntage zulassen.

Agnes hat viel gelesen in den letzten Jahren, beinahe alles, was ringsum so heiß diskutiert wurde. Hat mit dem Freund, der allerdings zunehmend wortkarger wurde, darüber gesprochen, hat sich aus all den Denkgebäuden, den widersprüchlichsten Theorien ihre eigene Theorie gemacht. Ein Rezept für sie beide zu überleben.

Mochte ruhig die Apokalypse kommen, die empfindsame Seelen, wie Ada zum Beispiel, nicht müde wurden zu beschwören, oder auch nur eine Seuche, eine Hungersnot, mochten sie, was sie besaßen, verlieren, oder einer von ihnen sich an jemanden anderen, sie würden doch nach einer Weile wieder nacheinander suchen, würden wieder füreinander einstehn und sich aneinander halten. Vor allem würden sie zusammen sprechen. Agnes war der unerschütterlichen Überzeugung, daß es auf dieser Erde kein Unglück gäbe, keine Heimsuchung, die nicht durch ein vernünftiges Gespräch zu überwinden wären. Und sie glaubte, daß in diesem Licht – sie sah die kleine, vielfach gekittete Lampe auf Goris Schreibtisch buchstäblich vor sich –, daß bei vernünftiger Beleuchtung jedes Problem sich verflüchtigen, jeder Verlust ihnen nichtig vorkommen würde, außer natürlich der des Lebens, aber daran haben sie nicht denken wollen. Sie würden weiterleben, wie es geplant war, wie sie es sich ausgedacht hatten. Vielleicht, hat Agnes damals gedacht, würde nicht einmal der Untergang der Welt sie mehr beunruhigen, denn es wäre ja nicht *ihre* Welt, die unterginge.

Doch dann das Unvorstellbare: mitten im Reden über das Kind – denn Johanni, der Kleine, stand für alles die Zukunft Betreffende –, in einem Gespräch über Schulprobleme, plötzlich: die vagabundierenden Augen. Und gleich darauf das Erschrecken Goris, das Zurückzwingen der Pupillen, die krampfhafte Verlogenheit des Blicks.

Scharayn hat später wissen wollen, warum sie sich zurückgezogen hat, und Agnes hat es nicht sagen können. Es war ja nichts, nichts von Bedeutung, nein, nicht das geringste ist vorgefallen. Nie je, bis zu diesem Tag, hat doch Gregor irgend etwas nur halb getan. Auch wenn es zweierlei nebeneinander war – das Studium, das er liebte, das Schreiben, das er nicht lassen wollte –, nie hat er eins für das andere vernachlässigt. Er hat doppelt gedacht, doppelt gearbeitet. Kann ein bis dahin starker und verläßlicher Charakter wie ein Materieteilchen zerfallen? Kann er sich ändern und unerwartet eine neue Eigenschaft entwickeln?

In Goris Augen war etwas aufgetaucht, das wie ein neues Element erschien. »Es lohnt nicht«, stand darin geschrieben und: »Eins wie das andere; alles gleich.«

So hatte es schon Scharayn gehört. Aber Agnes konnte es in dem Moment in Goris Augen lesen, so, als hätte er es wirklich ausgesprochen.

»Nichts geht mehr«; mit einem Blick, endgültig wie ein Federstrich, hat er die Zukunft ausgestrichen.

Das hat Agnes nicht verwinden können. Doch wie das einem wie Scharayn erklären, wie überhaupt einem Menschen? Wie ihm begreiflich machen, daß ein Gespräch zuende gehen kann aus einem derart ungreifbaren, aus gar keinem Grund?

Ach, nicht einmal sich selbst kann sie es noch weismachen, so lächerlich ist es. Sie stößt Johanni, wie er nach Hause kommt, vor sich her in die Küche und möchte lachen. Sie streut ihm Zucker auf das Butterbrot, damit er still ist, und beginnt zu weinen. Schließt sich in ihr Zimmer ein und lacht und weint. Kann endlich nach so vielen Jahren wieder weinen, über ihre Dummheit, über die nutzlos vergeudete Zeit, über die Falschheit des menschlichen Blicks.

Agnes reißt sich das Kleid vom Leib. Nein, sie zwingt sich, das von dem Verrückten beschmutzte Kleid *langsam* abzulegen und sich *langsam* und bedächtig wieder anzuziehn. Sie sucht lange im Schrank nach den richtigen Sachen. Sie betrachtet sich in allen vier Spiegeln. Doch anders als Margie vertraut sie ihnen. Sie nimmt ihren Rat an: die schwere, beinahe weiße Schminke für die winzigen Narben, die sie, von keinem außer ihr bemerkt, in der Vergangenheit davongetragen hat; die wärmeren Farben für die Verformungen der letzten Nacht; die schönen leuchtenden aber, um hinauszugehn auf die Straße, ins Freie, ohne Furcht vor dem Tag.

Noch einmal prüft Agnes ihr Gesicht, nein, alle Gesichter, die ihr zur Verfügung stehn. Sie weiß, in Krisenzeiten muß man gewappnet sein. Es geht nicht darum, um jeden Preis das eigene Gesicht zu finden. Nicht das, worum sich scheinbar alle Welt bemüht. Man muß ein möglichst unbeschriebenes finden, ein simples, anspruchsloses Gesicht, das keinen Angriffspunkt bietet. Das keinen zurückstößt, keinen nahe heranläßt. Ein Gesicht, das Schutz gewährt, wie eine Sonnenbrille vielleicht. »Sich selbst ent-wirklichen«, hat Margie einmal gesagt. Die kluge Margie, die Gregor ähnlich ist und die sie liebt. Die asketische Margie, die Agnes verabscheut.

Was für einer Fata Morgana ist sie aufgesessen! In welche Sandwüste hineingeraten, in der sie zum ersten und hoffentlich einzigen Mal beinahe den Weg verloren hätte. Aus der sie, blind im Kreise rennend, um ein Haar nicht herausgekommen wäre. Nein, nicht noch einmal wird sie so den Kopf verlieren wie zum Beispiel Freund Scharayn, der, indem er Gregor nachäfft, plötzlich ins Okkulte ausschert und mit seinem Meister in die Einöde geht. Bald werden sie vierzig Tage lang hungern und vom Berge herab der Menschheit das Ende der Welt prophezeien.

Ein lange keimender Verdacht wird Agnes zur Gewißheit. Nicht die Menschen im allgemeinen sind es, die die Krankheit verursachen. Nicht die, die neben uns durch die Straßen hetzen. Nicht die Politiker auf den Bildschirmen, den Hochglanzseiten der Zeitungen; es sind auch nicht die schön geputzten und lackierten Waren und ihre Kadaver, die Müllberge; die versalzenen Äcker, die toten Gewässer, sie alle zusammen sind es nicht. Vielleicht hat Goris Mutter, die Verrückte recht: Das, was allein zerstören und zum Tode führen kann, ist etwas anderes. Es liegt *vor* allem Handeln in Köpfen gelagert. Es lauert, gefährlich brütend, in Geschichten. Ja, das ist die Lösung des Rätsels, die Pointe des Witzes, die Agnes plötzlich begreift: schuld an der Kalamität sind die, die sich noch immer darin suhlen, die in Geschichten schmoren wie im eigenen Saft! Es ist Gregors Familie oder das, was sich noch als solche versteht, diese Ansammlung von Besessenen, Abgestürzten, Träumern, die sich an Geschichten klammern wie an Rettungsringe und nicht loslassen wollen. Die selbst noch den Entfliehenden zurückziehn wollen und versuchen, ihn wieder darein zu verstricken. Die mit den klebrigen Fäden ihrer Geschichten ihn auf ihr sinkendes Floß binden wollen, nein, schlimmer, die noch im Kentern ihm ihre Geschichten aufbürden, daß er schwer wird und nur um so schneller ertrinkt.

Agnes hat es oft genug erlebt: kaum daß man einen ihrer Flure betritt – fast alle wohnen sie in alten Wohnungen mit dunklen Fluren –, kaum daß man über die Schwelle stolpert, legen sie los. Brabbeln die uralten Märchen herunter. Doch als wären ihnen die Fabeln gesprungen, gelangen sie stets nur bis zu einer Stelle in der Mitte. Nie werden sie fertig. Sie finden den Schluß nicht. Was sie nicht begreifen, was sie nicht wahrhaben wollen, ist, daß es seit langem schon keine Schlüsse mehr gibt. Anstatt nun aber sich etwas anderes auszudenken, eine uns entsprechende Geschichte *ohne* Schluß, oder eine mit vielen möglichen Schlüssen, wollen sie es erzwingen; in der Hoffnung doch noch ein gutes Ende zu finden, singen sie wieder das alte Lied; wieder und wieder noch einmal von vorn. Dem Wechsel der Zeiten, der Moden verweigern sie sich.

Es geht zu schnell, sagen sie. Und sagen: Das Neue taugt nichts mehr. Sie lassen die alten Schuhe noch einmal besohlen. Sie wenden ihre alten Kragen wie im Krieg. Und eines Tages, wenn alles verschlissen sein wird, alles irreparabel, werden sie verstummen und nicht mehr hinausgehn und wie Gregor das Ende der Welt erwarten.

Agnes, jetzt fertig angezogen, spurenlos und unangreifbar, wie man sie kennt, sieht die Dinge wieder zurechtgerückt. Mag auch die Welt ins Stolpern oder aus dem Gleichgewicht geraten sein, mag sie, wie die Leute sagen, krank geworden sein vom Überfluß an Menschen, an Waren, an Gift sogar; mit Vernunft, sagt Agnes, wird man sie kurieren – noch immer, soweit man zurückdenken kann, hat der Mensch Mittel und Wege gefunden –, mit Vernunft wird alles zu regulieren sein.

> Ah, möchtet ihr doch vertrocknen da, Prediger, Klosterbrüder, Apostel, oder in eurer Wüste verhungern! Ich wünsche euch die Pest an den Hals, schlaflose Nächte mit Alpträumen und einen Sonnenuntergang am frühen Morgen –

Mörder, murmelt Agnes und meint die Familie. Meint diese eine, doch mit ihr gleichzeitig alle die anderen, die Geschichtenerzähler in aller Welt, die im Dunklen auf ihre Opfer lauern, um sie einzuspinnen, sie zu paralysieren, um sie am Ende zu verschlingen.

Vernunft könne nichts mehr erklären, hat Gregor tatsächlich zu ihr gesagt, und die beste Einsicht bleibe verschlossen im Kern. Durchdränge doch nie die äußere Schale.

Nun gut, dann bleibe du, wo du bist, zwischen Feuer und Stein, zwischen Feuer und Wasser; nur erlaube uns anderen, den Ausweg zu suchen. Den Ausgang ins Freie, ins Leben, an das du nicht mehr glaubst.

Was, fragt sich Agnes, denkt er eigentlich von sich – als wäre nur er im Besitz der Wahrheit, als würden alle anderen blind und dumm durchs Leben gehn! Als ob sie nicht wüßte, was in der Welt vorgeht! Sie, Agnes, hört die gleichen Nachrichten wie er, sie liest die gleichen Zeitungen; sie haben die gleichen Freunde gehabt, die waren nacheinander: Sozialisten, Kommunisten, Maoisten, Hindus, Taoisten, Mohammedaner oder alles zugleich; ihre Familie war nicht minder bemitleidenswert als die seine – die Mutter: polnische Patriotin, der Vater: des deutschen Heeres treuer Offizier –, wie sollte sie nicht die Strömungen kennen, die Meinungen, Glaubensrichtungen, Überzeugungen; wie sollte sie die Verwirrung nicht sehen?

Du sagst, daß es ziemlich gleichgültig ist, ob du ein lang gesuchtes Teilchen entdeckst oder ich im Labor einen neuen Virus, ob du eine wichtige Formel findest, wenn keiner von uns mehr weiß, wozu. Wenn nichts mehr aufzuhalten, nichts zu verändern ist. Ich sage es anders.

Der Unterschied zwischen uns ist der: ich bin erwachsen, Gregor. Ich sehe, was ist. Muß ich durch den Wald gehen, schaue ich, wo die Fallen stehn. Wo sich die Jäger verborgen halten. Ich finde kleine sichere Nebenwege. Ich gehe am Morgen zur Arbeit, ich setze meine Versuchsreihen an, ich fülle täglich meine Petrischalen; wer von uns beiden ist es, der schließlich herausfinden wird? Ich sage, man muß eine Hoffnung haben; ich sage –

Agnes richtet sich auf und streicht sich das Haar aus der Stirn. Sie holt den Schal aus dem Schrank, den Margie einmal angefangen und halbfertig liegengelassen hat. Den Gori dann in einer Nacht zuende strickte. Man kann noch die großen schludrigen Maschen sehn. Sie nimmt die Kette mit der Uhr von ihrem Hals. Es ist die alte Taschenuhr, die Manja von einem Großvater erbte, die Gori von der Manja bekam, die Agnes dann von ihm geschenkt bekommen hat. Sie will alles loswerden. Jeden Talisman. Jedes An-Denken.

Agnes steckt den Schal in einen gefütterten Umschlag. Sie wickelt die Uhr in ein Taschentuch. Umhüllt sie sorgfältig mit Watte und packt sie ebenfalls ein. Sie wird den Schal an Gregor zurückschicken. Die Uhr an die Alte.

Sie beschriftet den Umschlag. Mit Großbuchstaben schreibt sie die Adresse auf das Päckchen. Wie sie den letzten, schön geschwungenen Strich gezogen hat, ist ihr ganz leicht und lustig zumut.

Sie geht hinüber zu Johanni, der über seinen Schularbeiten sitzt. Sie muß ihm nicht helfen. Er macht alles allein. Konzentriert, die kleine Stirn in Falten gezogen, ähnelt er Gori. Ein Gedanke, der flüchtig vorbeizieht und gleich schon davon ist; kaum ist ihr bewußt, daß sie ihn gedacht hat. Johanni wird einmal studieren. Er wird bedeutende Entdeckungen machen. Sie muß ihm nicht helfen. Sie muß nur dasitzen und ihm zusehn.

Barnabas, der Vater

> Der freie Mensch denkt über nichts
> weniger als über den Tod;
> und seine *Weisheit* ist nicht ein
> Nachdenken über den Tod, sondern
> über das Leben.

Das Bild, ein verblichenes Foto, ist mit einem Nagel an einem Balken befestigt. Durch die verdreckten Scheiben einer Bodenluke fällt gedämpftes Licht in den Raum. Das Gebälk ist roh und vom Holzwurm durchlöchert. Das Bild wird angesehn.

Beide, Betrachter und Foto, befinden sich im toten Winkel einer Werkstatt, im fünften Stock eines ehemaligen Fabrikgebäudes. Veraltete Druckmaschinen stehen herum. Von Zeit zu Zeit, in unregelmäßigen Abständen, kommen die Drucker, jüngere Leute zumeist, um hier zu arbeiten. Im Vorbeigehn nicken sie dem Fremden in seiner Ecke zu, machen eine Bemerkung über das Wetter, die Kälte in den ungeheizten Räumen, und fragen nicht weiter. Manchmal sehn sie den auf seiner Pritsche etwas schreiben, manchmal befördern sie Briefe für ihn, manchmal, selten, nehmen sie ein Honorar für ihn an. Nach den Umständen seines Lebens zu forschen, verbietet ihnen ihr Feingefühl. Keine Stadt diesseits des eisernen Vorhangs, meinen sie, ist derart geeignet, sich darin unsichtbar zu machen, wie diese. In keiner ist ein Fremder dem anderen Fremden so nah. Keine wird dafür so geliebt.

Da sich außer der wackligen Pritsche kein anderes Möbelstück in dem Verschlag befindet, ist es das Bild, das unwillkürlich den Blick auf sich zieht. Immer gegenwärtig, ist es sozusagen »in Gebrauch«.

Es ist das Foto, das Margie seinerzeit mit ihrer Agfa-Box von Barnabas geschossen hat; das war, wie erzählt wird, kurz vor seinem Tod. »Nachher« ist es auf allgemeinen Wunsch vergrößert worden. Es war am Abend ihres zehnten Geburtstags, und Barnabas kauert mehr als er sitzt auf dem Mäuerchen der Trümmergarage, welche noch heute – wie zur Erinnerung – in Nurmis Garten erhalten ist.

War es der Tag, an dem er aus dem Krankenhaus entflohen ist, oder der Tag danach? Er hat es ja dort, wie man weiß, nicht aushalten können. Es heißt, er sei aufgestanden früh, haben den Parka über seinen Schlafanzug gezogen, die Tasche über die Schulter gehängt und sei ganz ungeniert hinausgegangen. Dreist an den verdutzten Pflegern vorbei, ja selbst am Gefolge einer Visite; im Hof hat ihn dann keine Schwesternkraft mehr halten können. Bis zu Ada hat er es geschafft, bis vor ihre Wohnungstür. Aber Ada war nicht zuhause, wie üblich. Margie und Gregor nirgends zu sehn. Barnabas hat sich dann weitergeschleppt, an den Wänden der Häuser entlangtappend. Bei Nurmi angelangt, hat er die Kinder im Garten gefunden.

Elf Tage soll es noch gedauert haben. Er hat nichts mehr gegessen. Aber noch immer hat er hinaus gewollt. Auf die Straße, ins Leben; hat Menschen und Autos sehen wollen, bewegliche Bilder; hat jede Warnung lächelnd in den Wind geschlagen.

Regelmäßig abends kam sein kleines Mädchen, Margie, ihn zurückzuholen. Nahm mit strengem Gesicht seinen Arm, legte ihn sich um die Schultern wie ein Geschirr, paßte ihre Schrittchen den seinen an. Schleppte ihn mühsam wieder nach Hause, stolz wie ein Spanier.

Gregor, auf der Pritsche in seinem Winkel, weiß

nichts mehr davon; er hat nur das Bild; doch den Abzug dieses letzten Fotos kennt er, als hätte er alles – jede Linie des Körpers, jeden Gesichtszug – auswendig gelernt. Er liegt lange Stunden und sieht das Bild an. Es verändert sich mit der Tageszeit. Mit der Bewegung des Lichts. Spricht es nun endlich? Gibt es Auskunft? Sorgt es sich um den Nachkommen? Erteilt es Rat?

Was für ein Gedanke! Wo etwas im Spiel ist, das mehr als Elternpflicht ist, mehr noch als Neigung, als Liebe sogar, kann von Ratschlägen keine Rede sein. Wovon sonst, kleiner Sohn? (Dich als Erwachsenen zu denken, fällt mir schwer.) Sprechen wir lieber von gleich zu gleich. Oder besser: von Spiel zu Spiel? Im Spiel sind wir von gleicher Größe, ebenbürtig. Jeder von beiden hat das Recht zu fragen. Jeder das Recht zu antworten. Du meinst, das sei wenig in dieser Zeit? Ich denke, es reicht für *jede* aus. Daher, was immer sie dir überliefern, was sie mir nachsagen oder zuschreiben werden, welcher Vergehen sie mich – zu Recht – anklagen, du sollst wissen, daß jedes meiner Spiele Ernst gewesen ist. Daß ich versuchte, gewisse Regeln einzuhalten. Und daß ich nie kleingläubig, vorzeitig aufgab. So mancher, der lange in Gefahr gewesen ist, in Lebensgefahr, in Todesgefahr, der über Jahre mit dem dürren Bruder umgehn mußte, hat sich auf die Art seinen Stolz erhalten.

Es steht die Reihe angetreten, Mann bei Mann. Nach Gutdünken wird einer herausgewinkt, dem hat das letzte Stündlein geschlagen. In Swerdlowsk mochte es jeder fünfte sein. Im Frieden sind die Abstände größer. Doch auch das wird nicht dauern. Man muß sich abfinden, sagen die Klugen. Sterben lernen, die Klügeren.

Ich denke, es gibt eine Art des Entgegengehens, bei der du über die Klugheit hinaus mußt. Frag Ada, sie weiß vielleicht mehr davon.
Oder sieh noch einmal her. Nur einen Moment. Hab Geduld. Die Antwort liegt manchesmal vor der Frage.
Von heute an gehe ich ihm entgegen. Ich wende nicht mehr den Kopf, verdecke die Augen nicht. Bei Sonne brauche ich weniger Mut. In den Minuten, wenn sie senkrecht in unsre Straße fällt, möchte ich, wie als Junge, laufen. »Schneller, schneller«, würde Ada rufen, »schnurstracks hinein!«
Mein ganzes Leben, zumindest einen ganzen Krieg hindurch, sah ich ängstlich nach der anderen Seite. Was immer neben mir zusammenbrach, ich nahm es kaum wahr. Ich setzte im falschen Spiel, verlor falschen Gewinn. Betäubte mich mit Heldenmut. Das war mein Vergehen. Den Ausdruck »Sünde« wagte ich lange nicht zu gebrauchen. Als hätte er mir nicht zugestanden. Noch nicht. Doch der Augenblick kam. Wichtig ist zu wissen was einem zusteht. Und wann der Augenblick ist. Wann einer gehen darf zum Beispiel, wann er bleiben muß. Was er noch zu erledigen hat. Oder nur zu begreifen. Was nicht vergessen werden darf.
Das ist eine Frage an dich, eine Spielfrage. Gib du mir Antwort. Bedenke sie gut, als gings ums Gewinnen.
Nicht wenige haben ausharren müssen, in Türmen, in Zellen; manch einer noch Jahrzehnte über »seine Zeit«. Mehr ist nicht zu sagen im Moment. Vielleicht morgen mehr. Bis dahin grüße ich dich, kleiner mutmaßlicher Sohn; ich lache, zwinkere dir zu, wie früher, wenn ich dich auf die Schultern nahm. Der Moment ist vorbei. Unser Augenblick. Ich entferne mich. Ich ziehe mich in das Bild zurück.

Wer spricht?

Es hat doch alles nichts genützt! Was wir befürchteten, ist eingetreten. Einer hat sich davongemacht, ein verrückt gewordenes Elektron hat sich verirrt, ist rücksichtslos, gedankenlos aus unserem Kreis entwichen, und es hat eine Reaktion gegeben. Nun infiziert sich eins am anderen, entzündet, erhitzt sich; bald wird es brennen. Der Brand wird wandern, die Katastrophe wird unvermeidbar sein. Was wir längst und mit Ängsten erwarteten, muß nun geschehn.

Nichts ist geschehn. Wir ziehen früh die Jalousien auf und sehen die häßliche Mauer gegenüber, die Schulfassade wie jeden Morgen. Kein Brandherd weit und breit. Kein Rauch. Nirgendwo hat es zu schmelzen begonnen, kein bröckelndes Gebäude stürzt vor unseren Augen ein. Es ist die alte Aussicht, immer noch.

Fast sind wir enttäuscht. Fast entbehren wir etwas. Wie jeden Morgen kämpfen wir den altgewohnten Ekel nieder und müssen erkennen: es ist, wie es war.

Uns ist nichts geschehn. Wie kommt es dann aber, fragen wir uns, daß dennoch alles verändert erscheint? Daß uns der Tag aus der Ordnung gerät? Daß strenge Bindungen sich plötzlich lockern? Daß uns die Sprache auseinanderfällt? Daß wir die Sätze, die Worte nicht mehr verstehen? Keiner hat eine Antwort. Niemand weiß Rat. Was über Tausende von Jahren den vorgeschriebenen Bahnen folgte, verändert die Richtung und schafft sich seinen eignen, unvorherberechenbaren Weg.

Eine große Wanderschaft hat begonnen. Doch jedes läuft nun für sich allein. Als wären alle Landkarten verloren, kennt niemand mehr weder Straße noch Ziel. Als gäbe es keine Ziele mehr. Oder: als wollte jedes sich sein eigenes suchen. Zahllose Ziele werden ausgerufen. Neues schließt sich zusammen, organisiert sich und nimmt nicht selten die Form bekannter Strukturen an. Gibt sich die alten, vertrauten Namen. Tatsächlich scheint es allem Früheren zum Verwechseln ähnlich.

Doch es kann nicht bestehn. Im Handumdrehn fällt, was sich so rasch und scheinbar mühelos zusammenfand, auseinander. Ballt sich zusammen und zerflattert. Mitsamt seinen Gehäusen, seinen Besitztümern ist es dahin. Was Generation auf Generation für die Nachkommenschaft zusammentrug, ist schon bald vereinzelt und verstreut. Kein Geschirr ist mehr vollständig. Kein Kinderlied, kein Sterbelied fügt sich uns noch zusammen. Mit unseren Tellern und Kannen, unserem schwarzgewordenen Silber kommen uns selbst die Worte abhanden. Finden wir das eine oder andere wieder, begegnet es uns irgendwo in einem fremden Schaufenster, im Müll, können wir es nicht wiedererkennen.

Fest, wie mit Stricken, band uns noch unlängst – vor kurzem? Vor langer Zeit? – gemeinsames Andenken. Wir verloren aber den Zusammenhang. Kein Freundschaftsbefehl, kein Liebesschwur macht uns nun einen Sinn. Wir selber finden kein Schwurwort mehr. Verstört und richtungslos lassen wir selbst unsere Feinde entkommen. Doch es liegt nicht am Feuer. Es liegt nicht am Rauch. Nichts ist geschehn. Kein großes Schauspiel war zu erleben.

Manchmal, vornehmlich morgens im ersten Erwachen, beim Kummerlaut der Ringeltaube vor dem Fenster, durchfährt uns etwas, das fast wie Schmerz ist. Von einer Erinnerung? Einer Ahnung?

Wir wissen es nicht. Kleinere Schmerzen sind an die Stelle der alten getreten. Unklarere, noch kaum spürbare. Sie dämpfen, überdecken alles sanft wie Asche. Wir leiden an nichts mehr. Wir haben vergessen.

Manja, die Uralte

Attempted to expound
What Neither – understood –
Alas, that wisdom is so large
And *Truth* – so manifold!

Die alte Manja ist mit dem Sterben beschäftigt. Ihrer lebendigen Kraft, ihrem vorwärtsdrängenden Geist zum Trotz, hat sie doch plötzlich über Nacht zurückgemußt, von heut auf morgen ihre Richtung ändern müssen. Sie merkte es, als sie aufstehen wollte und etwas in ihrem Kopf sich drehte. Ihr ist dann schlecht geworden, und sie hat gewußt, daß jede Gegenbewegung zwecklos ist.

Ein langer Anstieg ist es gewesen bis auf den hohen Rücken der Jahre, nun wird es sie in einem Tag – in ein paar Stunden – wieder abwärts reißen, den steilen Absturz hinunter zutal.

Sie fügt sich klaglos. Sie will bereit und aufmerksam sein. Nur keine Sekunde mit Jammern vergeuden! Sie braucht die wertvolle Zeit, um das, was rasend an ihr vorbeizieht, was sie im Vorbeirasen streifen wird, in keiner Einzelheit zu verpassen. Mit allen Sinnen will sie es wahrnehmen, wie eine neue, unbekannte Musik.

Manja hat die Haustür verschlossen, die Kette innen davorgelegt. Die Klingel wird sie überhören. Niemand soll etwas vermuten. Es ist auch früher schon vorgekommen, daß sie tagelang nicht aus der Wohnung ging. Sie hat, was sie braucht; das Brot ist aus, doch es gibt Wasser in der Leitung genug. Und es gibt die Wände, das Fenster, das Licht. Das ist der Raum, noch einmal schöner, weiter Raum; der ist ihr nun am Ende, denkt sie, kostbarer als Brot.

Eine Zeitlang sieht Manja das Telefon an. Natürlich ist sie in Versuchung, den Hörer aufzuheben und zu wählen. Die Leute, ihre Leute, noch einmal zu sprechen. Den Stimmen noch einmal nachzuhorchen. Klingen sie freudig oder gedrückt, war es ein guter Tag für sie oder einer von den zähen, leeren? Ein ahnungsvoller Tag? Sie selbst würde lauter sprechen als sonst, damit sie gesund und kräftig erscheint; es sollte niemand in der Zeit »danach« noch über ihren letzten Worten brüten. Keiner nach Andeutungen und Verschlüsselungen suchen; womöglich nach versteckten Hilferufen. Fast muß Manja lachen. So pokert der Mensch noch bis zu seinem letzten Atemzug!

Sie läßt es sein. Sie wird niemanden aufstören. Auf dem Bettrand sitzend, wird sie noch ein Weilchen mit sich selber reden; sich befragen, sich streiten, sich Mut zusprechen.

Es ist beinahe Abend. Längst haben die Kinder drüben den Schulhof verlassen. Der schwirrende, jubelnde, tosende Chor, der auf der Höhe des Tags so lebendig zu ihr herüberklingt, fast wie von Vögeln oder Tieren, ist nun verstummt; wie eine Herde durch die Schluchten der Straßen davongewandert.

Der Abend ist Manjas Tagesbeginn. Sie sitzt mit diesem Karussell im Kopf, versucht, sich aus dem Riesenkessel der Erinnerungen noch dies und das herauszugreifen. Minutenlang kann sie sich konzentrieren. Doch schnell wird sie müde, verliert das Gleichgewicht und fällt auf ihrem Bett zur Seite. Verliert den angefangenen Gedanken, doch auch, zu ihrer Erleichterung, für Augenblicke das Gefühl der Übelkeit. Aber es dauert nicht. Bald steigt es, stärker als vorher, vom Magen her auf; sie glaubt, sie müsse sich übergeben. Es ist schlimmer als alles, was sie kennt, als säße da ein anderes Geschöpf in ihr, das gegen sie ankämpft, das an ihr nagt und frißt, wütend entschlossen, nicht aufzugeben.

Manja kommt wieder hoch, bäumt sich auf, möchte schreien, klammert sich an die Rückwand des Betts; noch schafft sie es, sich aufzulehnen. Wie oft muß es in Wehen wiederkommen, bis aller Widerstand gebrochen ist? Solange sie imstande ist, das Schreien in sich zu verschließen, hat sie Kraft.

Wie sie fühlt, daß es abebbt, läßt sie sich, unendlich dankbar für die Atempause, auf den Boden gleiten. Auf den schönen, alten Teppich, den ihr der Pferdedoktor aus dem Krieg mitbrachte. Vor sechzig Jahren? Vor siebzig Jahren? Aus Reims, ach, aus Reims, wo der junge Bummi die Pistole in die Luft abschoß, da haben die Türme der Kathedrale gewackelt! Sehr teuer kam ihn der Teppich damals; hat er geahnt, daß es ihr Sterbeteppich werden würde?

Fallen, denkt Manja, tiefer, und noch einmal tiefer, fallen. Gegen Ende tritt die Vernunft der Tiere in Kraft. Sitz ich am Boden, kann ich beim nächsten Krampf nicht stürzen. Denke du für mich, Gehirn! Oder besser: denke nicht! Schalte dich aus und gib mir ... was? Die großen Bilder? Die Leidenschaften? Hilf zu finden, was lohnt, noch einmal zu sehen, noch einmal zu hören. Suchen wir es, graben wir in den Milliarden von Neuronen –

Wieder ist da der Krampf, die Übelkeitswelle, und das Gehirn denkt nicht daran, ihr beizustehn. Es hat nichts Besseres zu tun, als gnadenlos zu registrieren, wie das, was sie bekämpft, der Djinn in ihr, sie drangsaliert, sie weiterstößt, voran, voran: Vorwärts, feiger Soldat, in die Schlacht!

Wie Manja ein andermal zu sich kommt, erhellt sich ganz sacht, ganz langsam das Zimmer. Das Licht schafft einen Korridor zum Fenster hin. Da sitzt ein Mensch auf dem Fensterbrett. So wie Ada immer gesessen hat. Ist es Ada? Ist es Barnabas? Manja schließt die Augen. Er sieht aus wie Barnabas in jung. Also kann es nur Gregor, der Schreiber, sein. Auch, wenn sie sagen, daß er geflohen ist, aus der Stadt, aus dem Land, daß er krank ist oder womöglich schon tot, es gibt keinen Zweifel.

Er sitzt, gegen den Fensterrahmen gelehnt, und kritzelt etwas in das große Schulheft, in das er immer geschrieben hat. Es ist eindeutig Gori. Sie hört das Geräusch des Bleistifts auf dem Papier. Sonst ist es still im Haus, die Betriebsamkeit des Abends hat noch nicht begonnen; kein Rauschen in den Wasserrohren, kein Schritt auf der Treppe, kein Klirren von den heimgebrachten Fahrrädern im Hof. Nur das Kritzeln überdeutlich in den Ohren. Als sollte es Spuren im Kopf hinterlassen. Sie hört es doch! Sie hört es doch!

Manja, die auf den nächsten Anfall wartet, bemerkt mit Erstaunen, daß nichts geschieht. Obgleich sie bei sich ist und, wie sie meint, so klar wie lange nicht, ist sie empfindungslos. Was ist das Gegenteil von Schmerz? Oder von Form? Wie wäre es, sich daraus zu entlassen?

> Kritzele, Schreiber! Das Meer ist angehalten. Jemand, im Himmel oder in der Hölle drunten, vergönnt mir was. Der alte Blasebalg, die Lunge, darf noch einmal Atem holen. Der schon verholzte Körper noch ein Weilchen an der Oberfläche schwimmen. Wirds etwa leichter? Rasselt nichts? Spitz deinen Bleistift, Junge, noch paddele ich nicht im Sumpf aus Dreck, Erbrochenem, Blut. Das kommt, das kommt! Noch nicht! Schreib auf, Skribent! Was ich dir einmal sagte, hör

> nicht darauf! *Es muß vermeldet werden!* Was denn? Die Wunder alle! Es gibt so viel davon. *Zu* viele? Das türmt sich schon im Lauf der Weltgeschichte in Archiven. Vergilbt, zerstäubt, zerfällt. Selbst guter Wein wird mit den Jahren sauer. Man müßte es in einen anderen Zustand überführen. Man müßte es erst raffinieren, destillieren, in etwas Hochprozentiges verwandeln –

Doch für wen, fragt sich Manja? Für die, die nach uns sind? Es werden so viele nicht sein. Die Rasse der Menschen stirbt – vorzeitig – aus. Darin ist sie sich mit Gregor einig. Mag sein, hat er gesagt, daß wieder neue kommen, denkende Wesen möglicherweise, ein paar Jahrtausende, Jahrmillionen weiter. Mag sein, daß sie uns finden werden. Oder das, was von uns geblieben ist.

Was wäre es, was das Suchen lohnt? Etwas ist da, denkt sie, etwas schwer zu Fassendes, tief Geheimes, hinter dem sie seit ihrer Kindheit her ist. Die Kindheit, heißt es, sei das Paradies. Doch wenn Manja zurückdenkt, ist es ein Friedhof. Ein Engel hier und da aus weißem Stein. Nicht mehr?

> Kindheit, Skribent, war nur ein Erdbeerbeet am Morgen mit Kohlweißlingen. Ein Donnerkeil im Sand der Nehrung. Ein Name: Netzebruch; das klingt wie Schnee bei Nacht; die kleine Schwester brach ein im Eis und ist ertrunken; von einer Kutschfahrt blieb nur der Geruch nach Leder. Kindheit, das war ... ein Waschbrett, weißer Dampf und die geriffelten Hände der Waschfrau. Ach, und die Blätter im Herbst, das fliegende Sterben! Zu wenig, Schreiber, was geblieben ist! Der Staub vom Flügel eines Schmetterlings. Lohnt es die Mühe?

Die alte Manja wird nervös. Sie, die ihr Leben jetzt beschließen muß, sollte ihm, der das seine verachtet, etwas sagen. Etwas Beflügelndes, etwas ihn wieder Erhebendes. Wer, wenn nicht sie, kennt die Essenz des Ganzen, das Konzentrat, das eine Lebensliebe, eine Weltenliebe in ihm wecken müßte. Wann ist es gewesen, zu ihrer Zeit, daß sie, kaum am Morgen erwacht, den Menschen, den Dingen entgegensprang? Daß die Dinge *ihr* entgegensprangen? Daß ein Blatt, eine Straße, eine Musik sich unerwartet öffneten und – sprachlos – ihr Geheimnis verrieten?

Im Krieg! Im Krieg? Manja schüttelt den Kopf. Immer nur stellt sich das Falsche ein. Die falsche Musik, der falsche Rausch! Nein, keine Erinnerung wird sie mehr zulassen, nichts mehr von dem, was einmal so großartig aufmarschiert ist und dem sie – so dumm, so jung – hinterherlief. Keinen Gedanken mehr an das, was ihr das Leben so verwüstet hat.

Doch, ob sie will oder nicht, sie muß noch einmal hindurch. Nicht mit ihrer Erfahrung und klug wie heute, mit dem Verstand von damals muß sie hindurch. Muß durch den Kindheitsrausch und durch den Kriegsrausch wieder. Durch die heroischen Tage des Anfangs und durch die jämmerlichen des Endes. Sprüche, Lieder, die sie längst vergessen glaubte, dröhnen plötzlich wieder in ihren Ohren. Verstopfen alles, verwirren alles; vermischen den ersten Krieg mit dem zweiten, den fast vergessenen mit dem noch immer im Gedächtnis schwelenden; sie muß durch und durch und kann sich nicht wehren.

Krieg! Krieg! Gesang und Marschmusik und Blumen! Die Leute alle draußen, macht die Fenster auf! »Hurra, zum Frühstück in Paris!« »Habt ihr gehört, das Wölfchen, eben sechzehn, will schon mit ins Feld!«

»Gold gab ich für Eisen!« Die Mutter opfert ihre Ringe und das Armband von der Uri. Wir schlagen vorher die Brillanten raus. Seht, seht: das erste lenkbare Flugzeug! Das zweite – da! – fällt wie ein Stein vom Himmel. Der kleine Flieger stirbt auf freiem Feld den Heldentod. Wir laufen, laufen nach Rosinskis Wagen! Laufen nach Kleidern, nach Kartoffeln, nach dem letzten Zug! Heut schmelzen sie die Kirchenglocken ein. Und die Bronze vom Denkmal des Alten Fritz. »Nikolaus, mit dir ists aus!« Pastor Hemmerling macht Exerzierübungen. Und Sally Cohn und Gastwirt Holtzmann sind schon bei Noyon gefallen. Der Sieg bei Tannenberg wird ausgeklingelt. »Jeder Schuß ein Ruß, jeder Stoß ein Franzos, jeder Tritt ein Britt!« Man hat zwei Agenten im Städtchen gesehn! Wachtmeister Woiczewski verhaftet sie. Ach, das sind nur zwei Polenjungs aus Margonin, die haben nach Hause gewollt! Aber das Auto? Die Limousine von Schneidemühl her? Haltet an! Haltet an! Blockiert die Brükken, die Ausfahrtstraßen! Womit? Mit Eggen und Deichseln! Mit den Fässern der Cohnschen Schnapsbrennerei! Wißt ihr nicht, was drin ist? Ein Auto voll Gold für den Iwan drüben! Niemals darf das Gold nach Petersburg kommen! Nie wanke das deutsche Vaterland! »Von Ostende bis nach Riga soll das neue Deutschland gehn!«

Und Manja, ob sie will oder nicht, singt es mit, mit ihrer zerbröckelnden Stimme, das umgedichtete Deutschlandlied, und gleich hinterher: »Der Gott, der Eisen wachsen ließ«, und noch die letzte Strophe »Lili Marleen« – war das nicht viel später? –, und sie sieht oder *muß* sehen: das Wölfchen, den Bruder, hier noch die Mütze frech überm Auge, dort mit Schimpf und Schande zurückbeordert, durch eine »Depesche des Deutschen Reichs«, aus dem Urlaub, dem überschrittenen, zurück ins Feld, zurück in den Tod. Und, ob sie will oder nicht, muß sie auch die Sirenen wieder hören, die Bombeneinschläge des anderen Kriegs, den sie niemals hat überleben wollen. Der sie, wie zum Hohn, in der geschundenen Stadt hat überleben lassen. Muß noch die Gesichter ihrer Söhne wieder suchen, die – wer weiß wo – in ihm verloren gingen.

Es ist wertvolle Zeit, die nutzlos verstreicht, und doch quält sie sich durch, gewissenhaft, wie durch eine Krankheit; sie ahnt, daß anders nicht zu finden ist, was sie doch braucht, das Ergebnis, das sie sich nun, am Ende, endlich ausgerechnet haben müßte. Sie richtet sich auf, sie atmet durch, so tief es geht, sie ruft sich zur Ordnung. Geduld, Geduld!

Da geht die Klingel, so laut, daß Manja zusammenfährt. Seit mehr als vierzig Jahren stößt jedes Klingeln sie in den gleichen Aufruhr: Furcht und Hoffnung. Seit vierzig Jahren, wenn es klingelt, könnte ein Mensch mit einer Botschaft vor der Türe stehn. Denn zwei ihrer Söhne, der »stumme Eckhart« und »das Albertchen«, sind niemals tot gemeldet worden. Die liegen irgendwo an einem Ort, den sie nicht finden kann. Den sie sich täglich anders denkt. Wann wird sie endlich aufhören zu warten?

Es könnte heute, denkt sie, für sie selber sein. »Man wird ja abgeholt am Ende, von einem, der vorausgegangen ist.« So sagten die Alten in der Familie, diejenigen, die es wissen mußten. Wer wird die längst schon Überfällige holen kommen?

Die Manja horcht. Zwei Nachbarinnen sind im Treppenhaus. Sie reden halblaut miteinander. Noch einmal geht die Klingel, dringlicher. Sie lauschen, schleichen hin und her. Sie fassen flüsternd einen Entschluß. Sie zögern noch, dann gehn sie in verschiedene Richtungen davon. Man schreibt es ihrer Taubheit zu, daß sie nicht öffnet. Viel hören die Tauben, sagt Manja, und kichert. Die Blinden sehen; sie braucht nicht einmal ihre Lupe mehr.

Schreib auf! Schreib auf! Man muß es aufschreiben, Skribent!

Sie ist so müde plötzlich, müde zum Tod. Hat sie denn geschlafen? Doch schon muß sie wieder von vorn anfangen, muß durch die vielverzweigten Gänge, muß aussortieren, was sie nicht braucht, und suchen, was sich verborgen hält. Sie weiß, daß, wenn sie etwas ganz Bestimmtes fände, Gregor, der Schreiber, es sofort verstehen würde. Das eine Wort, den Satz der Sphinx. Es war doch einmal oder ist noch immer, wenn sie sich konzentriert, ganz nahe. Man muß nicht, wie die Nichte Eli, sich erst ein Schloß herzaubern oder einen Prinzen. Das Wunder müßte ohne Zauberei zu finden sein. Es ist – ist es nicht das, worum die Welt sich dreht? Wovon die Mädchen und die Dichter singen? Ha, junges Liebesglück, denkt Manja, ist es das?

Schreib, Schreiber, schreib es auf! Es ist ein Blick, ein Griff, ein Tasten und ein erhitzter Körper, durch Stoff gefühlt. Es ist: ein härterer Griff, ein Reißen, Schwingen, Sterben, Aufatmen. Ein Tänzer geht durchs Städtchen – das ist der Pferdedoktor. Sein Hündchen tänzelt hinterher. Es springt, schwarzweiß, am ausgestreckten Arm hochauf.

Der abgestürzte Flieger, im Kornfeld, sieht mich an. Wie lange? Einen Augenblick? Ein Jahr? Mein Kind, im Hungerjahr der Inflation zu früh geboren, schlägt die Augen auf. Der letzte Blick, der erste: beide sehr blau, sehr weise. Wie schnell der Blick des Tänzers, später, an meinem Eßtisch wieder fremd.

Schreib auf, schreib auf: Es ist ein Fiebertraum, ein Tanz, und bald schon: rote Wut. Es ist ein Viehdoktor, ein Teppich, und ... eine Tänzerin in Reims! Für ein Pfund Speck, Mademoiselle, tausch ich den Pferdearzt! Von dieser Stunde an, wo wir auch sind, sind wir zu dritt!

Das wars schon, Freund: ein Teller Rübensuppe, der graue Star, und Rheumatismus in den Knien! Und war doch auch: ein Kanten Brot, durch zwei geteilt. Und blindes Tasten noch. Der andere Körper, fremder mit den Jahren, wird eines Tages unter meinen Händen kalt –

Sie schafft es nicht. Sie bringt es nicht zutage. Auch Liebe wars wohl nicht. Die großen Bilder, zerstückelt, kleingehäckselt durch Gelächter. Es lohnt nicht das Papier.

Gregor, am Fenster drüben, sieht Manja an. Wenn sie ihm sagen könnte, was den Aufwand lohnt, würde sie ruhig gehn. Doch sie kann allenfalls wimmern; sie will den am Fenster an ihre Seite, doch er kommt ihr nicht näher, nicht einen Schritt. Und schlimmer und schlimmer nun schon die Schwäche, die Drehbewegung im Kopf, der Djinn. Etwas drückt ihr von innen die Kehle zu. Sie fühlt jetzt ihre Kleider naß am Körper. Bleib, Alte, wenn du kannst! Halt aus!

Und nochmals folgt, wie eine Gnade, die Ruhe nach dem Kampf. Die fromme Manja, die von sich sagt, daß sie an nichts und niemand glaubt, fängt wieder, doch wieder von neuem an.

Warum, zum Teufel, hört es nicht auf? Was muß ich so durch meinen Kopf, hinauf, hinunter, kreuz und

quer? Was müssen alle Alten heutzutage immer reisen, vom Atlantik zum Pazifik, vom Nordkap hinunter zur Elfenbeinküste? Was treibt, was treibt?
Schreib schneller, Kind! Es geht ja kein Gedanke je verloren. Die kleine Ada, noch verschlafen, in der U-Bahn, sah dem Jungen ihr gegenüber zu. Sah ihn, ins Rechnen vertieft, über langen Formeln. Dachte sich, ein paar Minuten lang, ein paar Stationen weit, den Rechner als Freund. Dachte ihn als Sohn. Denkt sich nach Jahren, wenn sie den Jungen längst vergessen glaubt, den eigenen Sohn so. Hat dich so gedacht. Und die neuen Rechner wachsen heran –

Die Manja will es noch einmal denken, will noch einmal ihrer Lieblingsphantasie nachhängen: daß keine einmal ausgedachte Form verloren geht. Daß jede, wie man es oft in Kirchen oder Schlössern sieht, eine neben der anderen wieder erscheint; oder besser: *in* der anderen. Daß unsere Städte, von zarten, sterblichen Tieren gebaut, nichts als Muschelbänke sind, die, egal wie geschunden oder zerstört, doch nach den alten Mustern wieder auferstehen. Daß immer wieder etwas, sich verfeinernd, wächst.

Da sind sie schon wieder, im Treppenhaus draußen! Die Klingel nun rücksichtslos, ohne Erbarmen. Ein Scheppern vom Blech der Briefkastenklappe. Sie klopfen mit Fäusten, mit Stöcken, mit Schlüsseln. Manja hört wie ein Echo ihren Namen. Wie einen Aufruf? Wie einen Abruf? Kein Mitleid – man wird die Feuerwehr rufen.

Die Feuerwehr, denkt Manja, wieder kichernd, das bedeutet Zeit! Man muß zuerst die Nummer suchen, man muß telefonieren, man muß an die richtige Stelle geraten. Man muß das rote Auto aus dem Schuppen holen. Man muß ein Stück weit durch verstopfte Straßen fahren. Ein paar Ampeln werden gnädig auf Rot stehen. Wie viele sind es bis hierher? Und wie werden Sicherheitsschlösser geknackt? Wie eine Sicherheitskette durchsägt? Sie werden die Wohnungstür aufbrechen müssen.

Wir haben eine schöne lange Zeit, Skribent! Schreib auf! Es ist alles im Zimmer. Wir müssen nicht suchen. Nicht mehr. Es ist ja alles wieder da. Nicht nacheinander, nicht voreinander; es ist alles nebeneinander da. Der Tänzer und der Bruder mit der schiefen Mütze. Barnabas springt aus dem fallenden Flugzeug. Es stürzt! Es stürzt! Er kommt ohne Strümpfe und bringt den Brief. Den Brief? Es steht doch schon längst auf dem Denkmal geschrieben! Die Namen sind halb deutsch, halb polnisch. Nun schreiben sie Eckharts Namen darunter. Und Barnabas Namen. Und Adas schon? Die Kinder wandern über das Kartoffelfeld. Sie suchen, was übrig geblieben ist. Sind es jetzt ... Knochen? Sie finden die Erkennungsmarke nicht. Sie haben deine Marke nicht gefunden, Schreiber! Das ist das Zeichen. Das heißt: du kommst zu uns zurück! Das heißt: du arbeitest wieder! Du hilfst! Ich kann dich sehn –

Manja würde Gregor gern beschreiben, wer jetzt, in eben dem Moment, zur Tür hereinkommt. Sie richtet sich auf. Sie bewegt die Lippen. Stolze Margie, murmelt Manja, wie sie sie kommen sieht –

So aufrecht heute, schreib auf, schreib auf: Eiserne Nurmi im Kettenhemd; schillernder, flackernder Spenz; Eli, arme verlaufene Prinzessin; tapfere Ada, Drachenfliegerin; die zwei im Schnee sind Eckhart und Barnabas; ach, und Scharayn mit dem Schmetterlingsnetz! Es kommen Ria und Agnes die Straße herauf, der Pferdedoktor und alle Kinder ...

Schreib auf, schreib auf –

Doch wie sie näher herangeht, wie sie genauer hinsieht, ist es furchtbar verändert: in einem Augenblick die Vielgeliebten, im nächsten ein dreckiger, räudiger Menschenzug. Ah, es ist nur ein Zug von Lumpenpack. Betäubte, Kopflose, Zerschossene treten auf. Sie schlenkern mit versteiften Gliedern. Sie schaun sie wütend aus verkniffenen Augen an; der Auftritt der Erinnyen! Wie Schauspieler mit Doppelmasken, muß Manja denken, wie die Helden im Stadttheater zuhaus.

Auf allen vieren kriecht Manja wie ein Tier zum Schreibtisch. Sie tastet nach dem Stift, der ihr entgegenfällt. Sie findet Bummis alte Taschenuhr, die ihr ein Mädchen, eins von Goris Mädchen, kürzlich schickte. Aus welchem Grund, weiß sie nicht mehr. Sie kriecht zurück, denkt nach, sie schreibt etwas mit großen Buchstaben auf den Zeitungsrand. Ihr wird so leicht auf einmal; ist das die Erlösung? Nicht Er-Lösung, es müßte Aus-Lösung heißen, so hat es Margie, die sprachversessene Margie, einmal gesagt.

Wie der Hausmeister später die Türe einschlägt, liegt da die Taschenuhr auf einer Zeitung. »Für Gori«, steht darauf, und: »vergiß nicht die ...«, doch die nächsten Worte sind nur ein Gekritzel und für die Fremden nicht zu entziffern.

Das fremde Mädchen

Als ich ihn das erste Mal sah und er ging, vielmehr stürmte über den Campus – was hab ich gedacht? Der allererste Blick entscheidet, hatte Sal einmal gesagt. Sal, aus Puertorico, den wir auch Sokrates nennen. Mit dem allerersten, möglichst gedankenlosen Blick siehst du den Menschen wie gläsern oder den Kaiser wie ohne Kleider; mit seinen Vorzügen, Tugenden, Winkelzügen, seiner ganzen Wahrheit kommt er heraus.

Da Sokrates ein Mann ist, sprach er wahrscheinlich von einer Frau. Versuche ich jetzt, wo es vorbei ist, mir klarzuwerden über ihn, der da liegt, oder will ich ihn nur wecken, ihn wieder aufrichten, ihn mir zurück ins Leben denken? Muß ich, um die nächsten Stunden, die Wochen, die Jahre zu überstehn, alle Augenblicke unserer kurzen, langen Tage zusammensammeln, von heute an bis zu diesem allerersten Blick zurück? Wie war mein Eindruck von dem Fremden, der er ja damals für mich war? Wie würde ich ihn meinen Freunden beschreiben, Leuten, die ihn nur flüchtig oder gar nicht gekannt hatten? Von welchen seiner Eigenschaften, welchen Ereignissen ihnen berichten aus unserer gemeinsamen Zeit – später, wenn ich imstande sein würde, darüber zu sprechen?

»Sturmvogel«, hatte ich gedacht, und: »Immer hoch hinaus!« Ich hatte im letzten Semester eine Liste von Seevögeln aufgestellt, und ich erinnerte mich, daß manche von ihnen auf der Suche nach abgelegenen Plätzen von der Antarktis bis zur Beringstraße fliegen. Und daß es solche mit riesigen Flügeln gibt, mit einer Spannweite von mehr als drei Metern. Merkwürdig war, daß dieser stets irgend etwas mit sich herumschleppte, eine Flugtasche, einen Seesack mit Büchern, was ihn jedoch nicht zu beschweren schien. Im Gegenteil sah es oft so aus, als ob er sich im Fliegen immer noch ein Looping leistete, einen unerwarteten Sturz, eine schöne lange Windsegelei. Manchmal hatte ich den Eindruck, daß er sich über uns Zurückgebliebene lustig machen wollte. Ein Ding der Unmöglichkeit, dachte ich, für einen Vogel jedenfalls.

Ich erinnere mich an die erste Begegnung, an die Tageszeit, an den Ort. Wir saßen zu mehreren auf der Treppe unseres Instituts. »Das ist der von drüben«, sagte Moray, der ihn vom Studium in Deutschland her kannte, »der hat die Mauer mit eingerissen.« Natürlich gingen gleich gewisse Spekulationen los, jedoch nicht die sonst übliche Lästerei.

Wenn wir ehrlich sind, geben wir zu, daß wir hierzulande, vor allem aber bei uns an der Ostküste, gewisse Vorstellungen haben, um nicht zu sagen: Vorurteile gegenüber denen, die aus Europa kommen. Insbesondere den Deutschen. Ein bißchen beneiden wir sie, ein bißchen mokieren wir uns; letzteres natürlich diskret, hinter der Hand. Waren wir es bisher, die jahrzehnte-, vielleicht jahrhundertelang die Emporkömmlinge abgaben, so ist es nun eher umgekehrt; zu unserer Genugtuung.

Zeichnet sich ein Emporkömmling nicht dadurch aus, daß er sklavisch den Vorschriften und Gesetzen der von ihm bewunderten Gesellschaftsschicht gehorcht? Jetzt also sind es die anderen, die *uns* imitieren, die versuchen, sich in jeder Weise anzupassen, unseren Gewohnheiten ebenso wie unseren Moden. Am meisten jedoch unseren Nachlässigkeiten. Nicht, daß sie noch immer ihre Jeans mit Zehn-Cent-Stücken bearbeiteten, um sie fadenscheiniger zu machen, doch sehn sie häufig aus wie einem Film der Sechziger entsprungen, so daß man sie gleich auf den ersten Blick erkennt.

Dieser Neue allerdings, den wir beobachteten, entsprach nicht dem üblichen Bild. Merkwürdig war auch, daß Moray in seinen Erzählungen von drüben nur in Andeutungen von ihm zu sprechen pflegte. So wie man manchmal von einem Menschen spricht, den man schützen möchte, oder von einem, den man bewundert oder sogar – was immer seltener vorkommt – ohne Vorbehalt liebt. War das der Grund, daß er mich sofort interessierte?

Die anderen kamen natürlich dahinter und machten ihre Bemerkungen. Wir wetteten um ein Essen, daß ich ihn binnen einer Woche in »meiner Kartei« hätte. Das ist so ein Ausdruck zwischen uns, ein ziemlich kindischer, aber brauchbar. Es dauerte dann keine Woche mehr, und ich gewann das Essen.

Schon am nächsten Nachmittag saßen wir zusammen, nicht auf der Treppe, sondern auf der Wurzel des Ahornbaums, abseits von den anderen. Und die erste Nacht war wie der »erste Blick«. Kein Vorwissen, keine Spekulation, weder Erinnerung noch Erwartung störte die Klarheit des Erkennens. In was für »Zungen« redet einer bloß in diesem Zustand, in den ich schnell, viel zu schnell geriet. Am nächsten Morgen, bei Tageslicht, war alles wieder wie zuvor. Er war der Fremde, von »drüben«, undurchschaubar und geheimnisvoll. Doch obgleich er in der nächsten Nacht nicht wieder erschien und auch später oft ohne Ankündigung fortblieb, gab es nie die sonst übliche Unsicherheit, kein Reflektieren hin und her, nicht der geringste Zweifel stellte sich ein. Ich frage mich nach dem Grund und finde ihn nicht. Oder besser: ich brauche ihn nicht! Was zählt sind, im Guten wie im Bösen, die Wochen und Monate des Zusammenseins oder die Minuten, die Sekunden; was zählt ist, was ich davon behalten kann.

An jedem Nachmittag trafen wir uns, verabredet oder nicht, am gewohnten Platz. Die Baumwurzel wölbt sich an dieser Stelle wie eine kleine Bank aus der Erde, als hätte ein unterirdischer Fels sie am Wachsen gehindert.

»Der Baum kann die Füße nicht mehr ausstrecken«, sagte der Deutsche. Ich bat ihn, von zuhause zu erzählen.

»Von welchem Zuhause?« fragte er.

»Jeder hat ein Zuhause. Und wenn es nur aus einem Küchentisch besteht. Oder aus einer Handballmannschaft.« Er antwortete nicht.

»Und wenn es nur aus einem Schlagzeug im Keller besteht.«

»Kann man vom Mainbuilding aus«, fragte er, »die George-Washington-Bridge sehn?«

Er hieß übrigens Gregor, ein Name, den wir schwer aussprechen konnten. Wir nannten ihn Gregory.

Auch wenn niemand es sich eingestehen will, ist »Drüben« noch immer ein magisches Wort für uns. Besonders für diejenigen, die es nicht kennen.

Die aus Europa zurückkehren, zeigen ihre Bilder und Trophäen mit so bedeutungsvollem und verklärtem Blick, daß wir Daheimgebliebenen uns wie Zu-kurz-Gekommene fühlen, wie vom Schicksal Benachteiligte. Neidisch oder mit Wehmut schaun wir auf Schlösser und Kirchen, auf Triumphbögen, Kreuzgänge, Aquädukte, auf marmorne Säulen und Statuen.

»Und ihr stellt es euch wie Alibabas Höhle vor«, hatte

Gregory gesagt, »oder die Tropfsteinhöhlen von Chicago: Figuren in verwunschenen Ecken und Reiterstandbilder und betende Mönche –«

»Und glitzernde Wände, wie mit Diamanten übersät, und du gehst von einem Saal in den anderen –«

»Bis du im letzten endlich den Alten findest, dem ist der Bart durch den Steintisch gewachsen, der horcht, ob die Raben noch draußen kreisen, und im allerletzten schließlich stößt du auf ein Grab. Überall und immer in unseren Breiten stößt du unweigerlich auf eine Schädelstätte, auf ein Massengrab.«

Mir gefiel damals nicht, wie er redete. Es war das erste Mal, daß sich Zweifel einschlich. Ich hatte erst kürzlich den Durchbruch der Mauer im Fernsehen gesehn und den Film »The Wall«, und wie sie in Berlin auf den Straßen getanzt hatten. Und mir war die Höhle seitdem – wenn ich sie wirklich gedacht hatte – noch verheißungsvoller erschienen. Wie von oben her aufgebrochen, hatte ich gesagt, und ein Korridor aus Licht fiele ein, und jeder könnte hinein, hinaus, wie er wollte. Alles müßte jetzt noch reicher, noch glänzender sein in diesem sagenhaften »Drüben«.

»Und ich habe niemals gehört«, sagte ich zu Gregory, »daß man das Loch dann wieder zugeschüttet hätte.«

Das konnte er nicht bestreiten, natürlich. Ich erinnere mich aber, daß er alles mögliche anführte, mir meine Vorstellungen zu verdüstern. Dabei kam ihm jedes Argument zupaß, selbst das allerdümmste.

Er sagte, daß es ohnehin nicht lange gehen würde. Würde alles schon bald kaputt und zerschlagen sein. Und was nicht kaputtzuschlagen sei, würde gestohlen werden, und was sie nicht wegtragen könnten, das würde verbaut und verschandelt werden, und was nicht zu entstellen wäre, würde zerbröckeln wie die venezianischen Paläste.

»Und das, was nicht zerbröckeln und zerstäuben kann, das wird von Schwarzmalern überstrichen, bis nirgendwo mehr ein Glanz, eine Farbe zu sehen sein wird, und das ist glücklich und endlich das Ende der Welt!«

»Und die Entstellung«, setzte Gregory grinsend darauf, »die Verhäßlichung wird schneller vor sich gehn als aller radioaktive Zerfall, und die Massengräber und die Schädelstätten werden größer sein als je zuvor –

Trotzdem«, sagte er, »man muß es aufschreiben.«

Ich war wütend. Alle Zweifel, die ich im ersten Überschwang nicht hatte aufkommen lassen, überfielen mich jetzt. Auch wenn er keiner von diesen Naserümpfern war, die uns zwar imitieren, doch später zuhause über uns herziehen, auch wenn er es vermied, über unsere Coca-Cola-Burger-Unkultur zu lamentieren, er lamentierte über die eigne daheim.

Ich fragte, was es dann wohl Wichtiges sei, was das Aufschreiben lohnte. »Man muß es finden«, sagte er nur.

Von meinem Zimmer aus konnte ich das Fenster seines Labors sehn. Tatsächlich brannte das Licht dort oft bis zum Morgen. Ich wußte aber, daß er längst sein Forschungsprojekt mitsamt dem Protokoll beendet hatte. Die »Synthese von Indolderivaten« lag abgetippt auf seinem Tisch. Was also trieb er sich dort nachts herum, zwischen Gaschromatographen, Massenspektrometern, in diesem widerlichen Laborgestank, der selbst tagsüber nicht aus den Kleidern wich? Durch die halbgeöffneten Jalousetten sah ich ihn Stunde um Stunde gebückt am Tisch, brütend und schreibend, wie über einer unlösbaren Gleichung. »Man muß es finden«, hatte Gregory gesagt, und ich ahnte, ohne daß wir davon gesprochen hatten, daß es mit seinem »Drüben« zusammenhängen mußte.

»Nichts auf der Welt kann so wichtig sein, daß einer sich deshalb zu Tode schuftet!«

Gregory lachte nur. Von Moray hatte ich gehört, daß er zuhause sterbenskrank gewesen war, doch sich jeder Behandlung verweigert hätte. Daß aber dann plötzlich, allen Diagnosen, allen Prophezeiungen zum Trotz, eine Besserung eingetreten wäre. Er soll sich eines schönen Tages wie Lazarus von seinem Krankenbett erhoben haben und in die Stadt gegangen sein. Dort soll er sieben große Hefte und ungezählte Bleistifte gekauft und wieder zu schreiben begonnen haben. Nicht ein Wunder – die neugefundene Idee sei es gewesen, die ihn auf die Beine gebracht haben soll. Wer etwas erstrebt, das ihm wichtiger als sein Leben erscheint – so Morays Philosophie –, dem bleibt sonderbarerweise dieses Leben treu, bis es erreicht ist. Kaum wieder unter den Lebenden, habe Gregory dann seine Taschen gepackt, sich von »drüben« verabschiedet und auf den Weg hierher gemacht.

»Er kommt mir vor«, hatte Moray gesagt, »wie dieser englische Poet« – den Namen wußte er nicht mehr –, »der, sterbenskrank, allein durch seine Geisteskraft es schaffte, sich noch über Jahre am Leben zu halten.«

Ich weiß nicht, ob sich Gregory Gedanken über seinen Zustand machte. Jedenfalls sprach er nicht davon. Es wurde mir aber schwer zu sehen, wie er durch die Anstrengung der Arbeit – wie sie unweigerlich der Idee zu folgen pflegt – doch wieder an Kraft verlor. Je hektischer, ja gehetzter er schrieb, desto bleicher wurde er. Es schien ihn nicht zu bekümmern. Hielt ich ihm die

Nächte ohne Schlaf vor, gab er sich aufgekratzt. Machte Sprüche; behauptete, nur Kriminalromane im Labor zu lesen, und schob es auf die Enge seines Zimmers, das er im Wohnheim mit zwei anderen teilen mußte.

Sprach ich ihn auf die frühere Krankheit an, auf ihre physischen oder psychischen Ursachen, konnte er sich an nichts erinnern. »Wenn man es wüßte«, war einer seiner meistgebrauchten Sätze überhaupt. Doch kam er mir nie wie ein Schlußsatz vor, viel eher einer zum Anfangen. Nie ließ es Gregory damit bewenden. Gleich schloß er eine neue Überlegung an, ein anderes Gespräch.

Und niemals beklagte er sich. Nie lief er mit gekränktem Gesicht herum. Mit dieser Vorwurfsmiene der Leidenden, die dem Schicksal die Ungerechtigkeit seiner Zuteilung vorwerfen. Er war sich klar darüber, daß er es war, er allein, und niemand sonst, der für seinen Zustand verantwortlich war. Mit vollem Willen gab er sich aus. Manchmal erschien er mir wie ein Kind, das sich den Rucksack zu voll gepackt hat. Es ächzt ein bißchen unter der Last, trägt ihn aber dennoch vergnügt mit zusammengebissenen Zähnen, da es ja weiß, wohin es mit dem ganzen Spielzeug will.

Doch immer am Morgen, wenn ich ihn sah, wenn sein Körper, früh noch ungestützt vom Willen, hinfällig und schutzlos erschien, wuchs die Angst in mir an.

Als ich sie nicht mehr aushalten konnte, versuchte ich es mit Drohungen. Es wäre besser, sagte ich zu ihm, wenn wir uns nicht mehr sehen würden, und er sagte: Okay! und lachte wieder. Als hätten wir nicht beide gewußt, daß uns längst die Gewalt über unsere Entscheidungen entzogen war! Daß sich die Dinge ohne uns – wie hinter dem Rücken – von selbst entschieden.

Statt von Gregory habe ich mich von den anderen getrennt. Von Moray und allen früheren Freunden. Die Stunden, die wir nicht zusammen verbrachten, blieb ich für mich. Und so wird es – ohne ihn – bleiben für lange; für immer?

Als er das Zimmer in der Stadt bekam, in diesem elenden Hotel, von dem niemand sagen kann, ob es eher als Altersheim dient oder als Bordell, war er schon so schwach, daß er sich nur mit Aufputschmitteln aufrecht halten konnte. Ohne uns abgesprochen zu haben, blieben wir von nun an Tag und Nacht zusammen. Es ist eng im Raum; das Bett, der Sessel mit dem kaputten Bein und eine Schreibtischplatte aus bröckelndem Kunststoff füllen es beinahe aus; meine Luftmatratze paßt nur mit Mühe hinein. Es riecht nach Rauch und Staub und nächtlicher Ausschweifung. Als ob halb New York, sagte Gregory, sich in das angeschlagene Waschbecken ergossen hätte. Das Bad, das auch zum nächsten Zimmer eine Tür besitzt, ist lediglich nach Mitternacht oder vor Sonnenaufgang zu benutzen. Im Abstand von nur wenigen Minuten pflegt mit einem Startschuß wütend die Klimaanlage loszugehen, und regelmäßig fuhren wir zusammen. Und doch, mit der Zeit, gewöhnten wir uns. Begannen sogar, das Verlies zu lieben. Bald hielten wir es für das einzig uns gemäße Quartier. Nur selten gingen wir einmal hinaus. Allenfalls für ein, zwei Stunden in der Nacht, wenn der Portier das Zimmer an ein paar Zugvögel vermieten konnte und uns am Gewinn beteiligte. Den Tag über blieben wir an der Arbeit. Ich hatte für die Prüfung zu lernen, und Gregory schrieb, als hinge sein Leben davon ab. Und in gewisser Weise tat es das auch.

»Es sind deine Leute da drüben«, sagte ich zu ihm,

»und du willst sie dir von der Seele schreiben. Was ich befürchte ist: sie rücken dir nur näher auf den Leib.«

»Wenn man es wüßte«, sagte er.

Wir saßen in Sal-Sokrates' Coffeeshop, wo man sich, ohne viel zu bestellen, lange aufhalten kann. Ich hatte nie zuvor in Gregorys Manuskripten gelesen, kaum einmal flüchtig hineingeschaut. Doch an diesem Abend griff ich seine Tasche, die er, wo er ging oder stand, mit sich herumschleppte. Ich riß einen Packen Blätter heraus und setzte mich an den Nebentisch. Der erwartete Gegenangriff blieb aus. Er sagte nur: »Du hast das Recht«; so las ich also eine lange Zeit, sicherlich eine ganze Stunde. Er verhielt sich währenddessen still und sah durch die Glastür hinaus auf die Straße.

Es war tatsächlich die Geschichte von zuhaus, die er niemals hatte erzählen wollen. Ich frage mich noch heute, warum sie in Englisch geschrieben war, einer Sprache, die ihm noch Mühe machte. Sie erstaunte und erschreckte mich zugleich. Er hatte nicht, wie er vorgab, seine Freunde und Verwandten dargestellt, sondern eher eine Horde von Verwirrten und Besessenen.

»Monster, du hast sie als Monster geschildert.« Gregory sah mich verständnislos an. Nein, eher erschrocken oder entsetzt, als wäre er durch eine Prüfung gefallen.

»Hättest du sie nicht … abmildern können?«

»Ich dachte, ich hätte sie richtig beschrieben.«

»Wie richtig?«

Was dann kam, den genauen Ablauf des Gesprächs weiß ich nicht mehr; ich erinnere mich lediglich, daß er die Worte »Schätzung« oder »Hochachtung« gebrauchte, und einmal – das habe ich nicht vergessen – fiel ein seltsames Wort. Er war der felsenfesten Überzeugung, er hätte sie wie Geliebte beschrieben.

»Was ist dir, daß du es nicht sehen kannst?« schrie er verzweifelt. »Bist du blind oder was?«

Danach saß er lange am Fenster und überlegte. »Ich werde noch einmal anfangen«, sagte er endlich. Er meinte es ernst. Wäre ich doch nie mit meiner Meinung herausgekommen!

Nun wurde alles noch schlimmer. Gregory sah fiebrig und unglücklich aus. Er lag wach in den Nächten, verlor an Gewicht, und ich saß dabei und konnte nichts ändern. Ich mußte zusehn, wie er von Tag zu Tag mehr verfiel.

Die zweite Phase einer jeden Arbeit ist schwieriger als die ursprüngliche, von den folgenden nicht mehr zu reden. Man muß zufügen, wegnehmen, ausflicken; nie mehr ist man frei, kann nicht, wie beim ersten Entwurf, mit den Gedanken herumvagabundieren.

»Eine Zwangsjacke«, stöhnte Gregory, »und eine selbstverordnete dazu«; manchmal zweifelte er, daß er es durchhalten könnte.

Er stand jetzt immer schon vor Tagesanbruch auf und arbeitete bis zum Nachmittag. Bis er nicht mehr weiterkonnte. Von Zeit zu Zeit lief er hinunter in die Lobby, um einen Freund im Labor anzurufen. Sie hatten dort in aller Stille ein neues Weckamin entwickelt, ein Teufelszeug, das lange wachhielt, dem geschwächten Gregory jedoch die letzten Kräfte nahm. Kaum brachte er noch Essen herunter; immer öfter aber rannte er zum Telefon.

Täglich brauchte er größere Mengen. Man konnte zusehn, wie er sich ruinierte. Doch weder Sal, der es manchmal versuchte, noch ich konnten ihn mehr hindern. Von einem bestimmten Zeitpunkt an wollte ich es wohl auch nicht mehr. Alles schien richtig so, wie es war. Ich war mit meiner Thesis im Rückstand, und so saßen wir stundenlang in unserem stickigen Käfig und arbeiteten; der eine auf dem Bett, der andere am Boden auf der Luftmatratze, wobei wir uns aber abwechselten. Ab und zu berührte einer den anderen, wie zur Versicherung, daß er noch da war.

Wenn ich zurückdenke, scheinen mir die Wochen dieses Sommers wie aus der Zeit gefallen. Oder wie in eine andere Art von Zeit versetzt. Nicht das Ticken unserer Uhren, sondern das Knistern der Seiten, das zielstrebige Kratzen der Kugelschreiber auf Papier markierte den Ablauf der Stunden. Wir hatten Macht, uns eine andere Zeit zu schaffen. Wir setzten die Normalzeit außer Kraft.

Ich setze die letzte Nacht, Gregorys letzte Stunden außer Kraft und alle Zeit, die dieser folgen wird. Ich bin in eine Geschichte geraten, in eine sehr alte, beinah vergessene. Und ich denke – wie einmal, wie früher als Kind – daß ich mein Lebtag darin bleiben möchte.

Im letzten Stadium der Arbeit sah Gregory kaum noch auf. Er schrieb jede einzelne seiner Figuren um.

»Jetzt«, sagte er, »wirst du sie nicht mehr wiedererkennen.« Er irrte sich aber. Sie waren die alten Monster geblieben. Der einzige Unterschied, der mir auffiel: Er hatte sie von einem anderen Standpunkt aus betrachtet. Mit einem veränderten Blick. Ja, mit diesem trotzig stolzen Blick, den Eltern oft auf ihre Nachkommen werfen, auf Kinder, die leider ungeraten, aber doch genialisch sind.

»Sie kommen sich näher, denke ich. Und eines Tages werden sie stimmen. Mit sich übereinstimmen«, sagte Gregory.

»Und dann?« fragte ich.

»Dann werde ich aufhören.«

»Und dann?«

Ich sitze im halbverdunkelten Zimmer neben dem stummen Gregory. Ich decke sein Gesicht nicht zu. Ich schließe die Augen und denk ihn wie damals, wie er mich ansieht, kopfschüttelnd, lächelnd. Wie er ein neues Heft aus der Tasche zieht.

Ich halte den Atem an und spüre wieder Angst aufsteigen – die gleiche wie früher, um nichts gemindert –, Angst vor der einen bestimmten Frage.

Seit langem hatte ich sie stellen wollen. Doch immer hatte mich im letzten Augenblick der Mut verlassen. Ich dachte an meine Eltern in Austin, die Woche für Woche dort mein leeres Zimmer putzten. Die vor ihrem Haus auf Klappstühlen saßen und warteten, daß ich die Straße heraufkam. Wer wartete auf ihn dort drüben?

»Eines Tags wirst du zu ihnen zurückwollen, zu deinen Leuten daheim?«

»Im Leben nicht.«

Mir war, als würde ich aus einer engen Form befreit. So stelle ich mir die Krisis einer schweren Krankheit vor, wenn es nur wenige Augenblicke braucht, aus der Helligkeit des Fiebers in eine sanfte kühle Dämmerung zu treiben. Es war still im Zimmer; die Luft ganz leicht.

»Dann hast du dich von ihnen freigeschrieben und bist glücklich dran!« sagte ich.

»Phantastische Vorstellung«, murmelte Gregory, keineswegs glücklich oder befreit.

»Frei, denke ich und ungebunden.«

»Frei«, sagte er, »und mit Stricken gebunden.«

Wieder überkam es mich wie Fieber, und ich brachte kein Wort mehr heraus. Auch Gregory schwieg. Was hatte ich in ihn hineingesehn, welchen Grad von Freiheit, Unabhängigkeit in ihm vermutet? Nie war er mir so rücksichtslos erschienen. Nein, schlimmer noch: er kam mir plötzlich falsch und hinterhältig vor. Als hätte er mir ein Geschenk gemacht und es im gleichen Augenblick mir aus der Hand geschlagen.

Doch Gregory ist keiner, der über einer ungelösten Frage friedlich in Schlaf fällt. Ich wußte es, hatte es immer gewußt. Als ich in der Nacht den Vorhang aufzog, sah ich ihn im bunten Wechsellicht von gegenüber aufrecht auf der Matratze sitzen. Er setzte das Gespräch vom letzten Abend fort.

»Als ob sie sprächen. Als wären sie in diesem Zimmer. Das geht wie eine Zaubertrommel Tag und Nacht. Plötzlich haben sie dich im Griff. Wenn du ein einziges Mal nicht aufpaßt –«

Mir war der Zustand nicht unbekannt.

»Es ist eine Einbildung. Wie ein Phantomschmerz, oder so ähnlich. Man muß nicht antworten«, sagte ich.

»Wenn du dich nur einmal mit ihnen einläßt –«

Verstand ich doch noch nicht, was er meinte?

»Man muß sich nicht einlassen«, sagte ich.

Hatte ich nicht mit seiner Beharrlichkeit gerechnet, mit seiner Geduld? Kannte ich ihn immer noch nicht?

Ich sagte, daß es ja lediglich ein ausgedachter Dialog sei, ein vollkommen beliebiges Gespräch. Doch Gregory bestritt es mit dem Starrsinn eines Forschers, der glaubt, ein neues Element entdeckt zu haben.

»Du kannst es so und anders simulieren«, sagte ich.

»Nichts ist beliebig«, beharrte er eigensinnig. Erst am Abend kam er unvermittelt, als wäre keine Zeit seitdem vergangen, darauf zurück.

»Das Verrückte ist: je weiter du dich von ihnen entfernst, desto klarer artikulieren sie sich. Die Sache wird eindeutig wie ein Traum, den du im richtigen Augenblick einfängst. Kein Arzt, kein Wissenschaftler könnte es dir so erklären.«

»Was erklären?«

»Warum du sie hörst. Warum sie deutlicher sprechen als zuhaus.« Und nach einer Pause: »Warum sich die Sache klärt.«

»Schreib sie zuende, und du bist sie los!«

Aber Gregory wurde sie nicht los. Eine furchtbare Unruhe ergriff ihn. Nie hatte ich ihn so gesehn. In keiner Nacht kam er mehr zu Ruhe. Er änderte und fügte hinzu und begann, das Zugefügte wieder zu ändern, bis ich es nicht mehr mitansehn konnte.

»Ich bezweifle, daß du auch nur einen deiner Leute besser machen kannst.«

»Alles verkompliziert sich, verändert die Form. Macht sich einen Spaß daraus, dich wie in einem Spiegelkabinett zu foppen. Tritt in Gestalten auf, die du nicht für möglich hältst.«

Da er bald nur noch Kraft für zwei Stunden Arbeit täglich hatte – das war in seinen letzten Wochen –, saßen wir die übrige Zeit auf Bänken in Parks und Museen herum. Niemals aber wollte er hinaus ans Meer, an Orte, wo man Luft schöpfen konnte.

Dann kam der Morgen, an dem er so schwach war, daß er Mühe hatte, sich aufzurichten. Seine Knöchel waren geschwollen. Die Füße wollten nicht in die Schuhe passen. Ich holte Moray zu Hilfe. Das Entsetzen, als er Gregory sah, machte ihn rücksichtslos.

»Sollte es möglich sein«, fragte er, »daß du, allem Augenschein zum Trotz, doch wieder an den Fortbestand der Menschheit glaubst? Drüben kannte ich dich anders.«

»Worauf willst du hinaus?«

Moray wurde brutal.

»Fühlst dich berufen und singst Hosiannah und predigst die Herrlichkeit des Lebens, wobei du dir dein eigenes versaust!«

»Gib mir eine Spritze«, sagte Gregory.

»Und weißt so gut wie jeder Mensch, daß das Leben längst dabei ist, sich selbst zu versauen. Überhaupt möchte ich wissen, für wen du dich anstrengst«, schrie Moray noch einmal, »für wen noch schreiben heutzutage? Für wen?«

»Für die Asseln«, antwortete Gregory.

»O ja, die Asseln! Und die Makaken! Für die denkenden Wesen, die in ein paar Millionen Jahren aus einem Weltwinkel wieder herauskriechen werden! Was glaubst du wohl, was sie begreifen werden?«

»Ja, was?« sagte Gregory. Er schüttelte lange den Kopf, wie üblich, und machte sein Forschergesicht. Als wäre es tatsächlich eine ernstzunehmende wissenschaftliche Frage.

»Gesetzt den unwahrscheinlichen Fall«, brüllte Moray weiter, »daß sie dein Buch in einem Grundstein, einem Kunststoffwürfel eingegossen fänden, und selbst gesetzt den Fall, daß sie eines schönen Tages unsere Schrift entziffern könnten, sie würden doch niemals imstande sein, sich eine Vorstellung zu machen. Nicht die Andeutung einer Vorstellung von den Affekten ihrer Vorgänger, dieser Schneemenschen, die wir gewesen sind, von ihrem Größenwahn, ihrem Liebeswahn, von keiner dieser unverständlichen Verrenkungen! Hah«, sagte Moray, »sie werden mit offenen Mäulern davorstehn, wie wir vor den Steinen von Stonehenge stehn, und nicht das geringste wird ihnen aufgehn.

Nein, wißt ihr, was noch wahrscheinlicher sein

wird«, sagte er, während er zur Türe ging, »das Allerwahrscheinlichste wird sein, daß sie sich darüber totlachen werden.«

»Was ist Stonehenge?« fragte ich Gregory in der nächsten Nacht.

»Ein paar Steine«, sagte er, »ein Kreis aus Steinen im südlichen England. Niemand weiß, wie sie dorthin gekommen sind. Keiner kann sagen, was sie bedeuten. Ist es ein Heiligtum gewesen, ein Begräbnisplatz, eine Uhr? Es heißt, die Steine seien gerichtet; nach der Sonne, dem Mond – wir werden hinfahren«, sagte er, »bald.«

An seinem letzten Tag war Gregory vor Sonnenaufgang wach; noch nicht einmal ein Vogel rührte sich im Hof. War es erst gestern? War es vor Jahren? Unrastig lief er im Zimmer herum. Ich hörte Husten, dann Scheppern von Glas, Tabletten, die in die Wanne rollten, dann wieder das Geklopfe aus dem Nachbarzimmer drohend an der Wand. Bekannte und gewohnte Geräusche. Ich nahm sie aber anders wahr als sonst, zusammenhanglos und wie doppeldeutig; ich erinnere mich, daß sie mir unheimlich waren. Sie sind mir unheimlich, jetzt, im Nach-denken, doch ich will keine Erinnerung löschen. Will nicht das geringste davon verlieren.

Gregory zog sich dann an, stopfte Heft und Schreibzeug in seine Flugtasche und rannte hinaus. Schon zehn Minuten später war er wieder da.

»Laß uns ans Wasser fahren«, sagte er. Es war zu früh; nur mit Mühe hielt ich ihn noch im Zimmer. Selbst eine halbe Stunde später in der Lobby unten war es noch still; der Nachtportier gab keinen Witz und keinen Kommentar zum besten; kein schlafloser Alter trieb sich dort wie sonst im Pyjama herum.

Wir machten uns auf den Weg zum Bus. Die Hitze des Vortags war in den Straßen, noch immer, so daß wir nur langsam vorwärts kamen; alle paar Schritte blieb Gregory stehn. Dann, endlich an der Haltestelle angekommen, wollte er nicht mehr ans Meer. Er wollte ins Museum und »seine Steine« sehn. Er suchte eine ganz bestimmte Sorte von Achat, wußte aber den Namen nicht mehr. Da auch ich mich nicht erinnern konnte und er zu allem Unglück sehen mußte, daß das Museum noch geschlossen war, schlug er vor Wut mit der Faust an die Mauer. Dann plötzlich riß er beide Arme hoch und, wie an ihr Halt suchend, sackte er daran zusammen.

Nachdem ich ihn mit Mühe wieder aufgerichtet hatte, versuchte ich, ihn bis zum nächsten Block zu Sal zu schleppen. Ein Junge in grün-silbernen Jogginghosen half mir, ihn zu stützen.

Sal, der oft in seinem Coffeeshop zu übernachten scheint, hatte glücklicherweise schon geöffnet. Der Puertorikaner fragte nicht viel, packte Gregory auf eine Bank und legte ihm sorgsam die Füße hoch. Dann brachte er Kaffee, doch Gregory konnte nichts bei sich behalten. Er spuckte über den Tisch und die Muffins und torkelte wieder hinaus auf die Straße. Sal lief hinterher. Er pfiff ein Taxi heran.

Aber Gregory wollte nicht in das Taxi. Vor allem wollte er nicht ins Hotel zurück. Im Auto, zwischen Sal und mir, schlug er um sich; er wollte hinaus, versuchte, sich mit Gewalt zu befreien. Erst als er wieder in seinem Bett lag, wurde er ruhiger. Sal fand den Kaffee vom Vortag und einen Rest Honig. Er gab es Gregory wie einem Kind mit einem Löffel ein. Dann drückte er ihm einen abgebrochenen Bleistift in die Hand, winkte uns zu, wie er immer zum Abschied gewinkt hatte, und verschwand.

Gregory lag nun ganz still und beobachtete mich. Er schien zufrieden und heiter, fast auch ein wenig spöttisch, wie früher.

Ich kann nicht sagen, wie lange ich an seinem Bett gesessen habe. Wir sprachen nichts mehr. Er sah mich, ohne sich zu rühren, mit großen Augen lange an.

Ich muß ihn zudecken. Ich habe sein Gesicht zugedeckt, damit ich ihn sehe.

Irgendwann mußte er dann eingeschlafen sein, irgendwann das Bewußtsein verloren haben. Es war schon dunkel, als sein Atem lauter und unregelmäßiger wurde. Obgleich er die Augen geschlossen hielt, dachte ich, daß er mich hören könnte. Ich machte die Lampe über dem Waschbecken an. Sie besteht nur aus einer verrußten Birne und gibt kaum noch Licht. Es genügte aber. Dann nahm ich Gregorys Taschenuhr, die neben seinen Schreibsachen lag, und verstaute sie in der Flugtasche. Ich wollte nichts hören; keine Bewegung. Sie würde ohnehin bald aufhören zu ticken; ich hatte sie schon länger nicht mehr aufgezogen.

Viel später, es war wohl schon Mitternacht, wurden Gregorys Atemzüge tiefer. Groß und weit, heißt es, wird der Atem zum Schluß. Unmerklich begann sich sein Mund zu verziehn. Ganz langsam öffneten sich die Lippen. Gleichzeitig wich alle Farbe aus seinem Gesicht. Danach war kein Atmen mehr zu hören.

Nach einer langen Weile stand ich auf und holte mir das Manuskript. Es sah aus, als wäre es fertig geworden. Ich setzte mich zu Gregory ans Bett und las es von Anfang bis Ende durch.

Jetzt war alles verändert. Obgleich sie noch die alten

Namen trugen, schienen die Personen ihren Urbildern entrückt zu sein, ihre Schicksale sich vermischt zu haben. Sie kamen mir fremder, doch gleichzeitig bekannter vor. Zu meinem Erstaunen fand ich am Ende ein langes Kapitel, von dem ich nicht wußte, ob es nur die romantische Variation der ursprünglichen Geschichte oder der Anfang einer gänzlich neuen war. Schon wieder der Anfang einer Geschichte, eines anderen, größeren Entwurfs.

Es ging um die Entwicklung von Uhren. Um Generationen von Uhrmachern, die, eine nach der anderen, an der Verfeinerung der Werke gearbeitet hatten. Von der ersten plumpen Dosenuhr, deren Hemmung noch aus zwei Schweineborsten bestanden hatte, über die Erfindung der verschiedenen Federn, die vielfach verwandelten Formen der Unruh, reichte die Reihe bis hin zu den Quarzuhren, bis zum elektronischen Schwingsystem. Zum Stundenzeiger war der Minutenzeiger gekommen, zum Minutenzeiger der Sekundenzeiger. Metalle wurden ins Spiel gebracht, temperaturunabhängiges Beryllium. So liefen die Uhren bald zeitgenau; und wie die Uhren liefen die Menschen.

Merkwürdig war, daß ich im Lesen nur immer eine einzige Uhr vor Augen hatte, es wechselten allein die Zifferblätter mit ihren arabischen oder römischen Zahlen, mit Stundenstrichen, mit Punkten, mit Zeichen. Und es wechselten die Personen. Auch glaubte ich, jetzt doch den einen oder anderen Charakter aus Gregorys Geschichte deutlich zu erkennen. Die eine oder andere Eigenschaft der früheren Figuren blitzte auf. Doch wie gereinigt, mußte ich denken, wie über den Läuterungsberg gegangen. Und plötzlich begriff ich den Sinn der Sache: Die Monster waren endlich mit Bewunderung beschrieben. Mit einer Schätzung – wie er es wollte. Eine Treue zum Werk kam heraus. Eine Liebe zum Maß. Geduld wuchs langsam in endlosen Stunden. Mit den Mühen stellte sich Demut ein.

Plötzlich, schon fast am Ende, erschrak ich. So muß jeder erschrecken, der seine eigenen Worte oder Gedanken unvorbereitet schwarz auf weiß entdeckt.

Es war unser letztes Gespräch mit Moray, Gregory hatte es fast wörtlich eingefügt. Alles kam darin vor: die Asseln, der Grundstein, und Stonehenge natürlich. Der Zweifel. Der Spott. Doch nicht Gregorys Buch, die letzte Uhr der Menschen war in den Kunststoffwürfel eingegossen.

»Niemand wird wissen, was sie bedeutet«, sagte der jüngste der Uhrmacher, »keiner wird sie begreifen. Und doch werden sie etwas wissen. Sie werden begreifen.«

Noch einmal hatte sich mein Freund wie zum Abschied über uns lustig gemacht.

Als ich seine Taschenuhr wieder vorholte, sah ich den schön gearbeiteten Kordelrand. Das ziselierte Blattrelief auf dem Gehäuse. Ich sah es wie zum ersten Mal. Jemand hat sie für eine Frau gemacht, dachte ich. Ich glaubte es nicht nur, ich wußte es. Danach ging ich zum Fenster und sah hinaus. Ein paar Sekunden lang schien alles – die Häuser, die Autos – dort draußen schneeweiß. Doch gleich war es wie immer, wie jede Nacht.

Ich räumte auf. Ich legte Gregorys Hefte zusammen und löschte das Licht. Ich öffnete das Fenster und ließ das erste Tageslicht herein.

Jetzt werde ich hinuntergehn, den Arzt anrufen.

Inhalt

Spenz, der Zugeflogene 9

Demut ist Traurigkeit,
die dadurch entsteht, daß
der Mensch sein Unvermögen
oder seine Schwäche betrachtet.
Spinoza

Wer spricht? 20

Manja, die Uralte 23

Die Großherzigkeit macht
alle Tugenden groß.
Thomas von Aquin

Margie, die Schwester 34

Des Steuermanns Kunst erprobt sich nicht
bei ruhigem Meer und günstigem Wind;
etwas Widriges muß sich zeigen, dann erst
kann der Mut sich bewähren.
Seneca

Scharayn, der Freund 57

Hoch ragt über allen den Namen
empor der Name des Maßes;
am glücklichsten ist, wer bescheiden genießt;
was darüber hinaus ins Maßlose geht,
dient keinem zum Heil.
Euripides

Ada, die Mutter 83

Einen Menschen lieben heißt
sagen: du wirst nicht sterben.
Gabriel Marcel

Barnabas, der Vater 112

Mensch, was du tust, bedenk das End.
Das wird die höchst Weisheit genennt.
Hans Sachs

Wer spricht? 126

Elisabeth, die Großmutter 128

»Unaufhaltsam enteilet die Zeit.«
Sie sucht das Beständ'ge.
Sei getreu und du legst ewige
Fesseln ihr an.
Friedrich Schiller

Nurmi, die Ziehmutter 145

Gerechtigkeit ist der Edelen Kleid.
*Schehrezad in der einhundert-
neunundvierzigsten Nacht*

Agnes, die Freundin 166

Die kurze Summe des Lebens
verbietet uns, eine lange
Hoffnung anzufangen.
Horaz

Barnabas, der Vater 185

Der freie Mensch denkt über nichts
weniger als über den Tod;
und seine Weisheit ist nicht ein
Nachdenken über den Tod, sondern
über das Leben.
Spinoza

Wer spricht? 189

Manja, die Uralte 192

Attempted to expound
What Neither – understood –
Alas, that wisdom is so large
And Truth – so manifold!
Emily Dickinson

Das fremde Mädchen 205

Gerlind Reinshagen
Zwölf Nächte
1989. 147 Seiten. Gebunden

»Schreiben ist Geisterbeschwörung, und so versteht die Autorin auch das Theater, in dem sie, wie sie betont, ›Magie, Atmosphäre, Poesie, Ritual‹ herstellen will. Von einem ähnlichen szenischen *und* beschwörenden Blick zehren die zauberhaften kleinen Kunstgebilde in *Zwölf Nächte*.

Wie in den Dramen bezeugt Gerlind Reinshagen auch hier einen seltenen Scharfsinn im Aufdecken von widersprüchlichen Antrieben in Beziehungen, eine eigentliche Witterung für Brutalitäten und Ungreifbarkeiten im menschlichen Umgang, dort, wo sie solche flüchtig skizziert oder subtil in ihrer ambivalenten Richtigkeit ausdeutet.« *Beatrice von Matt, Neue Zürcher Zeitung*

Gerlind Reinshagen
Die flüchtige Braut
Roman. 1984. 267 Seiten. Gebunden

»Über die Stadt, in der sie lebt, hat Gerlind Reinshagen ein Buch geschrieben. Der Name wird verschwiegen – als wäre er nicht mehr der richtige, als müßten andere Wörter, viele, erst gefunden und erfunden werden. Einer im Roman, Robert, der Journalist, soll seinem Sender ein ›Porträt‹ von Berlin anfertigen. Er scheitert (oder verliert auch bloß die Lust), aber er kommt nicht los von dem Ort, der sich ihm entzieht. Die Stadt ist die flüchtige Braut, auch eine windige, unsichere, und folglich gibt es lauter unglückliche Liebhaber.

So indirekt, weil er anders nicht kann, erzählt der Roman. Er macht Umwege, immer neue Anläufe, um doch ›etwas irgendwie Haltbares‹ zu fassen. Er ist nicht klüger als die Figuren, denen er nachforscht, er teilt ihre Sehnsucht und Verzweiflung ... Und diese Nähe macht die Qualität des Buches aus (das eine Liebeserklärung ist) und bewirkt, daß man seinen rastlosen und zugleich behutsam-zärtlichen Annäherungen wie vertrauten fremden Straßen folgt. Denn daran hat sich die Autorin nicht gehalten, und das steht auch in diesem Buch: ›Laß dich niemals mit den Empfindlichen ein.‹«

Bernd Wilms, Die Zeit

Gerlind Reinshagen
Rovinato oder Die Seele des Geschäfts
1981. 183 Seiten. Gebunden

»Ein schönes Buch, ein kostbares. Ich erinnere mich an so warme, leuchtende Menschengeschichten auch bei Anna Seghers. Ich habe manchmal an Robert Walser gedacht. Aber bei Gerlind Reinshagen kommt noch das Lächeln hinzu, das verborgene oder unvorhergesehene – und eine Träne bitte auch – wie bei Chaplin, wenn er etwas Seltenes und Selbstverständliches macht.«

Alfred Kirchner, Die Zeit